LA PORTE

MAGDA SZABÓ

LA PORTE

Traduit du hongrois
par Chantal Philippe

*Ouvrage traduit et publié avec le concours
du Centre national du livre
et le soutien de la Fondation hongroise pour le livre*

VIVIANE HAMY

L'éditeur tient à remercier Chantal Philippe
pour sa fidèle complicité
et ses traductions remarquables

La porte

Je rêve rarement. Quand cela se produit, je me réveille en sursaut, baignée de sueur. Alors je me rallonge, j'attends que mon cœur cesse de battre la chamade, puis je médite sur le pouvoir magique, irrésistible de la nuit. Dans mon enfance, dans ma jeunesse, je n'avais pas de rêves, ni de bons ni de mauvais. À présent, c'est l'âge qui charrie sans relâche les alluvions du passé en une masse de plus en plus compacte, horreur dense d'autant plus alarmante qu'elle est plus étouffante, plus tragique que ce que j'ai jamais vécu.

Car ce dont je me réveille en hurlant n'est jamais arrivé dans la réalité.

Mes rêves sont des visions absolument identiques qui reviennent inlassablement, je fais toujours le même rêve. Je suis sous le porche de notre immeuble, au pied de l'escalier, derrière la porte cochère au verre armé inexpugnable, renforcée d'une armature de fer, et j'essaie d'ouvrir la serrure. Il y a une ambulance dans la rue, les silhouettes des infirmiers, floues à travers la vitre, sont d'une taille surnaturelle, leurs visages enflés sont entourés d'un halo, comme la lune. La clé tourne, mais je m'escrime en vain, je ne peux pas ouvrir la porte, pourtant je dois faire entrer les ambulanciers, sinon ils arriveront trop tard. La serrure reste bloquée, la porte reste fermée, soudée à l'encadrement métallique. J'appelle à l'aide, mais aucun des habitants de nos trois étages ne me

7

prête attention, ils ne le peuvent pas, car, je m'en rends compte, je ne fais que remuer les lèvres tel un poisson, sans qu'aucun son ne s'en échappe, et ma terreur atteint son comble quand je prends conscience que non seulement je ne peux pas ouvrir la porte aux secours, mais qu'en plus je suis devenue muette. C'est à ce moment que mon hurlement me réveille, j'allume la lumière, j'essaie de combattre l'asphyxie qui me saisit toujours après ce rêve, autour de moi les meubles familiers de la chambre, au-dessus de notre lit l'iconostase familiale, mes aïeux parricides, vêtus de dolmans soutachés, à la mode baroque ou Biedermeier, mes aïeux qui voient tout, qui comprennent tout, qui sont les seuls à savoir combien de fois j'ai couru la nuit ouvrir la porte aux premiers secours, à des ambulances, combien de fois – tandis qu'à travers la porte close on n'entendait que le bruissement de branches ou des pas feutrés de chats – au lieu de la rumeur familière de la rue à présent silencieuse, je me suis demandé ce qui arriverait si un jour je m'escrimais en vain avec la clé, si elle ne tournait pas.

Ces portraits savent tout, surtout ce que je m'efforce d'oublier, et qui n'est plus un rêve : une unique fois dans ma vie, dans la réalité et non pas dans l'état d'anémie cérébrale dû au sommeil, une porte s'est ouverte devant moi, une porte que n'eût jamais ouverte celle qui se cloîtrait dans sa solitude et sa misère impuissante, même si son toit en feu avait crépité au-dessus de sa tête. J'étais seule à pouvoir faire céder cette serrure : celle qui tournait la clé croyait davantage en moi qu'en Dieu, et moi, en cet instant fatal, je croyais être Dieu, sage, pondérée, bonne et rationnelle. Nous étions toutes deux dans l'erreur, elle qui avait confiance en moi, et moi qui péchais par excès d'assurance. À présent, cela n'a plus d'importance, on ne peut pas réparer ce qui s'est passé. Qu'elles viennent donc de temps en temps, ces Érinyes aux bottes sanitaires transformées en cothurnes, au masque tragique sous le bonnet d'infirmier, qu'elles montent la garde autour de mon lit, brandissant les épées à double tranchant que sont mes rêves. Chaque soir, en éteignant la lumière, je les attends, je me prépare à entendre retentir dans mon sommeil la sonnette qui fera s'avancer cette horreur sans nom vers la porte qui ne s'ouvrira jamais.

Ma religion ne reconnaît pas la confession individuelle. Ce sont les paroles du pasteur qui nous font savoir que nous sommes pécheurs, voués à la damnation car nous avons péché de toutes les manières possibles contre les commandements. Nous recevons l'absolution sans que Dieu exige de nous ni explications ni détails.

C'est ce que je vais donner à présent.

Je n'ai pas écrit ce livre pour Dieu, il connaît mes entrailles, ni pour les ombres, elles sont témoins de tout, me surveillent à chaque instant, éveillée ou endormie, mais pour les hommes. J'ai vécu avec courage, j'espère mourir de même, avec courage et sans mentir, mais pour cela, il faut que je dise : c'est moi qui ai tué Emerence. Je voulais la sauver, non la détruire, mais cela n'y change rien.

L'engagement

Quand nous nous sommes parlé pour la première fois, j'aurais aimé voir son visage, et j'ai été gênée qu'elle ne m'en laisse pas la possibilité. Elle se tenait devant moi telle une statue, immobile, non pas sur ses gardes, même assez détendue, je voyais à peine son front, à ce moment-là je ne savais pas que je ne la verrais sans foulard que sur son lit de mort, elle était toujours voilée, comme une catholique fervente ou une juive le jour du sabbat à qui leur foi interdit de se présenter tête nue devant le Seigneur. C'était un de ces jours d'été où l'on n'a aucune raison de se protéger, nous étions dans le jardin en début de soirée sous un ciel teinté de mauve, et elle ne semblait pas à sa place parmi les roses. On sait parfois par intuition quelle fleur pourrait être quelqu'un, s'il était né fleur. Elle ne serait certainement pas une rose ; la rose, étalage presque impudique de carmin, n'est pas une fleur innocente. J'ai tout de suite senti que ce n'était pas la fleur d'Emerence, et pourtant je ne savais encore rien d'elle, encore moins quelle fleur elle eût été.

Le foulard couvrant son front jetait une ombre sur ses yeux, par la suite je découvris qu'ils étaient bleus. J'aurais aimé savoir de quelle couleur étaient ses cheveux, mais tant qu'elle est restée elle-même, elle les a toujours cachés. Nous avons vécu ce soir-là des instants déterminants, il nous fallait décider si nous pourrions nous accepter mutuellement. Nous habitions ici depuis quelques

11

semaines, dans un appartement bien plus vaste que le précédent, je n'avais pas eu besoin d'aide pour faire le ménage dans le studio, mais ma carrière gelée pendant dix ans venait de redémarrer, et dans notre nouvelle maison, j'étais redevenue un écrivain à part entière, avec des possibilités accrues et d'innombrables obligations qui me clouaient à mon bureau ou m'appelaient à l'extérieur. Voilà pourquoi je me trouvais dans le jardin face à cette vieille femme silencieuse, il était certain que si quelqu'un ne se chargeait pas pour moi des travaux du ménage, je ne serais guère en mesure de publier le produit d'années de silence, ni de faire naître ce que j'avais encore à dire. Dès que fut terminé l'emménagement de nos bibliothèques et de nos meubles boiteux qu'il fallait manipuler avec précaution, je me mis en quête d'une femme de ménage. Je demandai à tous ceux que je connaissais dans le quartier, et une ancienne camarade de classe finit par résoudre notre problème, sa sœur employait depuis des années une vieille femme qui valait beaucoup mieux que n'importe quelle jeune, elle me la recommandait volontiers si toutefois celle-ci avait du temps pour nous. Elle garantissait qu'elle ne mettrait pas le feu à la maison avec ses cigarettes, n'aurait pas d'histoires avec les hommes, et si elle nous prenait en amitié, elle apporterait des choses plutôt que d'en emporter, car elle aimait par-dessus tout faire des cadeaux. Elle n'avait jamais été mariée, n'avait pas d'enfants, un neveu venait la voir régulièrement, ainsi qu'un officier de police, tout le monde l'aimait dans le quartier. Elle parla d'elle avec chaleur et respect, dit qu'Emerence était également concierge, donc un personnage presque officiel, et elle espérait qu'elle nous accepterait, car si nous ne lui plaisions pas, ce n'est pas l'argent qui l'inciterait à travailler pour nous.

Les débuts n'avaient pas été prometteurs, Emerence elle-même ne s'était guère montrée aimable quand j'étais venue l'inviter chez nous pour une petite conversation. Je la trouvai dans la cour de l'immeuble dont elle était la concierge – elle vivait tout près de chez nous, je pouvais voir son logement de notre balcon. Elle commençait une grande lessive, avec les moyens de l'ancien temps, entourée de vapeur, elle faisait bouillir le linge dans un énorme chaudron posé sur un réchaud, soulevant les draps avec une grande cuiller en bois dans une canicule déjà pénible. Le feu irradiait autour d'elle, grande, osseuse, encore puissante malgré son âge, telle une Walkyrie, et la forme de son foulard évoquait un casque guerrier. Elle accepta de passer nous voir, et c'est ainsi que nous nous sommes retrouvées ensemble ce soir-là dans le jardin. Elle m'observait sans rien dire tandis que je lui expliquais ce qu'elle aurait à faire chez nous. Tout en parlant, il me vint à l'idée que je n'aurais jamais pris au sérieux un écrivain qui, dans un grand roman du siècle dernier, aurait comparé un visage à un lac. J'en eus honte, comme chaque fois que j'ai l'audace de remettre en cause les grands classiques : le visage d'Emerence ne pouvait être comparé qu'au miroir lisse d'une eau matinale. Je ne savais pas dans quelle mesure ma proposition l'intéressait, elle n'avait pas besoin de ce travail, ni d'argent, cela se voyait sur toute sa personne, il était terriblement important pour moi qu'elle accepte, mais voilà, ce visage lisse comme un étang dans l'ombre du foulard évoquant un accessoire rituel resta longtemps sans rien trahir. Emerence ne releva pas la tête, même lorsqu'elle donna enfin sa réponse : nous pourrions éventuellement en reparler, parce qu'une des maisons où elle travaillait devenait impossible, le mari et la femme buvaient, le fils aîné était un débauché, elle ne voulait plus les garder. Si quelqu'un se portait garant de nous et lui assurait que chez nous, il n'y avait ni buveur, ni tête brûlée, c'était envisageable. Je l'écoutais, ahurie, c'était la première fois qu'on exigeait nos références.

– Je ne lave pas le linge sale de n'importe qui, dit Emerence.

Sa voix était un clair soprano. Elle vivait sans doute depuis longtemps dans la capitale, car si je n'avais pas étudié la linguistique, sa manière de prononcer les voyelles ne m'aurait pas fait penser qu'elle était originaire de la même région que moi. Je lui demandai si elle venait aussi du Hajdú, croyant que ma question lui ferait plaisir, mais elle se contenta d'acquiescer, oui, elle venait de Nádori ou plus exactement de Csabadul, un village rattaché à Nádori, mais elle détourna tout de suite la conversation, comme pour signifier qu'elle ne souhaitait pas en parler. Comme tant d'autres choses, j'ai compris seulement bien des années plus tard qu'elle trouvait cette question indiscrète et importune. Emerence n'avait pas étudié Héraclite, mais elle en savait beaucoup plus que moi, pourtant chaque fois que cela m'était possible, je revenais dans ma ville natale à la recherche de ce qui avait disparu à jamais, l'ombre des maisons qui s'étendait jadis sur mon visage, le foyer d'autrefois que j'avais quitté, et bien sûr, je ne trouvais rien, quel cours avait donc suivi le fleuve où dérivaient les brisures de ma vie ? Emerence était trop sage pour tenter l'impossible, elle réservait son énergie à ce qu'elle pourrait encore faire à l'avenir pour son passé, mais bien sûr, je ne devais comprendre tout cela que plus tard.

La seule chose que je pressentis ce jour-là en entendant pour la première fois les noms de Nádori et Csabadul, c'est qu'il ne faudrait plus les prononcer, pour une raison quelconque ils étaient tabous. Bon. Il fallait donc revenir à des choses concrètes. Je pensais que nous nous mettrions d'accord sur le salaire horaire, ce qui l'intéressait sans doute le plus, mais elle m'informa qu'elle ne voulait rien fixer tout de suite, elle déciderait combien nous la paierions une fois qu'elle se serait fait une opinion de nous, quand elle saurait dans quelle mesure nous étions négligents, désordonnés, quelle quantité de travail cela lui donnerait. Elle allait se renseigner sur nous — pas auprès de ma camarade de classe, elle serait de parti pris —, ensuite elle me ferait signe, même en cas de réponse négative. Quand elle partit de son pas tranquille, je la suivis du regard, et en pensant que cette vieille femme était si singulière qu'il vaudrait mieux pour tout le monde qu'elle n'accepte pas la place, j'eus un instant la tentation de la rappeler, il était encore temps, pour lui dire que j'avais changé d'avis. Je ne l'appelai pas. Emerence revint au bout d'une petite semaine, bien sûr entre-temps nous l'avions croisée plus d'une fois dans la rue, mais elle nous avait juste salués en passant comme pour montrer qu'elle ne voulait ni prendre de décision hâtive ni refermer une porte qui ne s'était pas encore ouverte. Le jour où elle sonna chez nous, elle avait revêtu ses meilleurs habits, je compris aussitôt ce que signifiait sa tenue, et me dandinai d'un pied sur l'autre, gênée par la quasi-indécence de ma robe bain de soleil. Elle portait une robe à manches longues de fine toile noire et des souliers vernis, et comme si elle reprenait notre conver-sation là où nous l'avions laissée, elle me fit savoir qu'elle commencerait le lendemain et que d'ici à la fin du mois, elle serait en mesure de dire ce qu'elle demandait comme salaire. En même temps, elle fixait mes épaules dénudées d'un regard sévère, j'étais contente qu'au moins elle ne trouve rien à redire à mon mari, par une chaleur de trente degrés il portait veste et cravate, même la canicule ne lui faisait pas perdre les habitudes qu'il avait prises en Angleterre avant la guerre. Ils étaient tous deux habillés comme s'ils voulaient donner l'exemple à une tribu pri-mitive à laquelle j'appartenais et qu'eux seuls pouvaient percevoir, et lui inculquer le respect des signes extérieurs de la dignité humaine. S'il y avait au monde un seul être pour qui cela fût possible, seul mon mari ressemblait à Emerence à l'égard de certaines normes, et c'est vraisem-blablement pour cette raison que, pendant longtemps, ils ne purent véritablement être proches l'un de l'autre.

La vieille femme nous serra la main à tous les deux, par la suite elle évita tout contact physique avec moi, si je faisais un geste vers elle, elle repoussait ma main, comme si elle chassait une mouche, et ce soir-là, elle n'entra pas à notre service, cela n'eût été ni digne ni convenable : Emerence s'enrôla. En partant elle prit congé de mon mari par cette formule : « Je souhaite bonne nuit au maître. » Il la regarda sans mot dire, il n'y avait personne au monde à qui ce superbe vocable convienne moins qu'à lui. Et jusqu'à la fin de sa vie, elle l'appela ainsi, mon mari mit du temps à s'accoutumer à son nouveau nom et à y répondre.

*
**

Aucun accord ne fixa le temps qu'Emerence passait chez nous, pas plus que le moment de ses apparitions. Parfois nous ne la voyions pas de la journée, puis elle venait à onze heures du soir et rangeait la cuisine et la réserve jusqu'à l'aube ; ou bien la salle de bains était inutilisable parce qu'elle avait mis les tapis à tremper dans la baignoire. Elle compensait ses horaires capricieux par une incroyable activité, cette vieille femme travaillait comme un robot, elle soulevait sans se ménager des meubles apparemment inamovibles, sa force de travail et son énergie avaient quelque chose de surhumain, presque effrayant, d'autant plus qu'il n'était nullement nécessaire qu'elle en fît autant. Emerence s'épanouissait visiblement en travaillant, elle aimait le travail, elle ne savait pas quoi faire de son temps libre. Tout ce qu'elle faisait était parfait, elle vaquait dans la maison sans un mot, non seulement elle n'était ni familière ni curieuse, mais elle évitait toute parole inutile. Elle exigeait beaucoup, bien plus que je ne l'avais imaginé, mais elle donnait aussi beaucoup. Si j'annonçais que nous aurions des invités ou si quelqu'un venait à l'improviste, elle demandait si je souhaitais qu'elle vienne m'aider, mais la plupart du temps, je refusais ses services. Je ne voulais pas que nos amis apprennent que je n'avais pas de nom dans ma propre maison, Emerence n'avait trouvé de nom que pour mon mari, moi je n'étais ni madame ni rien, et cela dura tant qu'elle ne put m'assigner de place dans sa vie, tant qu'elle ne découvrit pas ce que j'étais pour elle, et comment elle devait m'appeler. En quoi elle avait raison, tant il est vrai que sans émotion, toute détermination est inexacte.

Emerence était hélas parfaite en tout point ; j'étais parfois découragée quand, devant mes timides éloges, elle déclarait sans détour qu'elle ne réclamait pas une

16

reconnaissance de chaque instant, nous n'avions pas à lui faire de compliments, elle-même savait bien ce que valait son travail. Elle était toujours vêtue de gris, ou de noir les jours de fête et aux grandes occasions, elle protégeait sa robe d'un tablier qu'elle changeait tous les jours, et dédaignant les mouchoirs en papier, elle utilisait des mouchoirs de toile immaculés tout craquants d'amidon. Ce fut pour moi un réel bonheur de découvrir qu'elle avait aussi ses faiblesses, il lui arrivait par exemple de garder le silence sans aucune raison une journée entière, quoi que je lui demande, et un jour, en entendant le tonnerre, je me rendis à l'évidence : elle avait peur de l'orage. Quand un orage menaçait, elle laissait tomber ce qu'elle avait en main, et sans un mot d'explication, courait se réfugier chez elle.

– C'est une vieille femme, elle a ses manies, dis-je à mon mari, mais il secoua la tête.

– Cette crainte est à la fois plus et moins qu'une manie. Elle a certainement une bonne raison, mais selon elle, cela ne nous regarde pas, a-t-elle jamais révélé quoi que ce soit d'essentiel la concernant ?

Si je me souviens bien : jamais. Emerence n'est pas bavarde.

*
**

Elle travaillait pour nous depuis plus d'un an quand je voulus lui demander de réceptionner un paquet qui devait m'être livré un après-midi, mon mari faisait passer des examens, et c'était le seul jour où j'avais pu obtenir un rendez-vous chez le dentiste. Je punaisai un mot à notre porte pour que le coursier sache à qui s'adresser en notre absence, et courus chez Emerence, j'avais oublié de lui en parler pendant qu'elle faisait le ménage, elle venait de terminer, elle était probablement chez elle depuis quelques minutes. Quand je frappai à sa porte, rien ne bougea, mais j'entendis fourgonner à l'intérieur, le fait que la poignée reste immobile n'avait rien d'insolite, personne n'avait jamais vu Emerence ouvrir sa porte, même

17

si on l'en suppliait, une fois rentrée chez elle, elle tirait tous les verrous, tout le monde y était habitué dans le quartier. Je lui criai de se dépêcher, je devais partir et j'avais quelque chose à lui demander, le même silence accueillit mon appel, mais quand je poussai la poignée, la porte s'ouvrit si brusquement que j'eus peur de me cogner. Emerence sortit et claqua la porte derrière elle en hurlant que je n'avais pas à la déranger après son travail, elle n'était pas payée pour ça. Je restai plantée là, rouge d'humiliation sous cette étrange explosion que rien ne justifiait, car si pour une obscure raison elle se sentait offensée de ce que je vienne la chercher dans son domaine privé, elle aurait aussi bien pu le dire plus calmement. Je bredouillai ce que j'étais venue lui demander, elle ne répondit même pas, plantée devant moi, elle me fixait comme si je venais de lui plonger un couteau dans le bras. Bon. Je pris poliment congé, rentrai chez moi, décommandai le dentiste, mon mari était déjà parti, je restai seule à la maison pour attendre le colis. Je n'avais même pas envie de lire, je tournai en rond dans l'appartement, cherchant quelle maladresse j'avais pu commettre, pourquoi ce refus violent, délibérément insultant, qui par surcroît ne correspondait pas au caractère de la vieille femme dont le comportement était parfois d'un formalisme pénible.

*
**

Je restai longtemps seule. Pour me gâcher complètement la journée, le paquet n'arriva pas, j'attendis en vain, mon mari ne rentra pas non plus à l'heure habituelle, il resta avec ses étudiants après l'examen, je feuilletais un livre d'art quand la clé tourna dans la serrure. Je n'entendis pas notre salut coutumier, ce n'était donc pas mon mari. C'était Emerence, que je n'avais aucune envie de revoir au soir de cette pénible journée. Elle semble à présent calmée, pensai-je, et vient s'excuser. Mais Emerence ne vint pas me voir, elle ne vint pas me dire un mot, je l'entendis vaquer dans la cuisine, puis la serrure claqua, elle était repartie. Quand mon mari rentra, j'allai chercher le kéfir qui constituait notre dîner et trouvai dans le réfrigérateur une assiette de viande froide, des blancs de poulet découpés en tranches fines et reconstitués avec une habileté de chirurgien. Le lendemain, je remerciai Emerence pour ce festin de réconciliation, et je lui tendis le plat propre, non seulement elle ne dit pas « de rien », ni « avec plaisir », mais elle nia avoir découpé le poulet et refusa même de reprendre le plat, je l'ai encore. Bien plus tard, en recherchant le colis que je n'avais pas reçu, j'appris en téléphonant que j'avais vraiment perdu mon après-midi à faire le pied de grue à la maison, le paquet se trouvait dans la réserve, sous l'étagère du bas, elle l'avait apporté en même temps que le poulet, elle avait fait le guet dehors devant la porte, dit mot pour mot au livreur ce dont je l'avais chargée, apporté le colis sans m'avertir, puis était repartie chez elle. Ce fut un épisode important de notre vie, car à partir de ce moment-là, j'acquis pour longtemps la conviction que cette vieille femme n'avait pas toute sa tête, qu'il nous faudrait désormais tenir compte du fonctionnement singulier de son esprit.

Cette conviction se trouva renforcée par bien des choses, en particulier par ce que m'apprit un employé du gaz habitant la même maison qu'elle, réputé dans le quartier comme bricoleur de génie, et qui employait son temps libre à de menus travaux : depuis une éternité qu'Emerence habite là, dit-il, aucun des voisins n'a jamais été plus loin que le carré devant son logement, elle ne reçoit jamais personne chez elle, et elle le prend mal si on l'appelle au-dehors sans s'être annoncé. Elle garde son chat enfermé, on entend l'animal miauler, mais il est impossible de voir ce qui se passe à l'intérieur, toutes les fenêtres sont masquées par les volets perpétuellement clos. Qu'est-ce qu'elle peut bien garder là-dedans, à part le chat, Dieu seul le sait, encore que si elle a réellement des objets de valeur, elle ne devrait pas se claquemurer, parce que comme ça, n'importe qui peut croire qu'elle a des choses intéressantes et venir l'assommer pour les lui prendre. Elle ne quitte pas le quartier, tout au plus pour assister à l'enterrement d'une connaissance, elle l'accompagne à sa dernière demeure, mais après elle se dépêche de rentrer, comme si elle se croyait tout le temps en danger. Il ne faut pas se formaliser si on ne peut pas entrer chez elle, sa propre famille, le fils de son frère Józsi et le lieutenant-colonel, elle les reçoit hiver comme été devant sa porte, ils n'ont pas le droit d'entrer, eux non plus, il y a longtemps qu'elle le leur a signifié, mais ça les fait sourire, ils y sont habitués.

Ces paroles me firent entrevoir un portrait assez effrayant, je n'en fus que plus inquiète. Comment peut-on vivre dans un tel isolement ? Et pourquoi ne laisse-t-elle pas sortir le chat, si elle en a un, puisque la maison est entourée d'un bout de jardin clos ? En fait je la crus folle jusqu'à ce qu'une de ses admiratrices, Adélka, la veuve du préparateur en pharmacie, m'éclaire au cours d'un exposé exhaustif à l'envergure épique : le premier chat d'Émerence, grand chasseur, décimait le cheptel d'un locataire colombophile qui avait emménagé pendant la guerre, et celui-ci avait trouvé une solution radicale, car lorsque Emerence lui eut dit qu'un chat n'étant pas professeur d'université, on ne pouvait pas lui faire comprendre les choses en les lui expliquant, et que c'était malheureusement dans sa nature de chasser même s'il était bien nourri, le voisin, sans même lui demander d'enfermer l'animal, attrapa le valeureux chasseur et le pendit à la poignée de la porte d'Emerence. Quand, à son retour, la vieille femme se figea devant le cadavre déjà raidi, il l'informa encore en bonne et due forme qu'il avait été contraint de protéger, par un moyen qu'il avait lui-même choisi, ce qui constituait son gagne-pain et la seule nourriture assurée de sa famille.

Emerence ne dit pas un mot, elle dégagea le chat du fil de fer, car le bourreau n'avait pas pris une corde, mais du fil de fer, la dépouille du matou était effrayante avec sa gorge béante, la vieille femme l'ensevelit au jardin, dans la tombe de M. Szloka qui n'avait pas encore été exhumé, ce dont elle eut à pâtir car le bourreau de chats la dénonça à la police, mais heureusement l'affaire fut classée. D'ailleurs cette mesure expéditive n'arrangea nullement les affaires du colombophile, il n'eut même pas la possibilité de se brouiller avec Emerence, il était devenu transparent pour elle, si elle avait quelque chose d'officiel à lui communiquer, elle dépêchait le bricoleur en messager, et comme si une obscure solidarité animale s'était retournée contre lui, ses pigeons crevèrent l'un après l'autre. La police dut intervenir de nouveau, le lieutenant-colonel qui vient la voir de temps en temps n'était encore que sous-lieutenant. L'éleveur de pigeons avait déposé contre Emerence une plainte pour empoisonnement, mais l'autopsie n'ayant révélé aucune trace de poison dans l'estomac des oiseaux, le vétérinaire du district conclut qu'ils avaient succombé à une maladie due à un virus inconnu, d'autres pigeons en étaient morts, il était inutile d'ennuyer sa voisine et les autorités avec cette histoire.

Alors la maison se ligua contre l'assassin du chat, les Brodarics, un couple des plus honorables, portèrent plainte auprès du conseil de quartier, disant que les roucoulements incessants les dérangeaient le matin de bonne heure, le bricoleur déclara que les pigeons salissaient toujours son balcon, madame l'ingénieur se plaignit d'allergies, le conseil n'obligea pas le colombophile à abattre son cheptel, mais il lui fit des observations, la maison fut déçue, chacun aurait voulu que le chat d'Emerence soit vengé par une véritable sanction.

Et c'est ce qui arriva : le bourreau subit perte sur perte, il se procura de nouveaux oiseaux qui succombèrent aussi mystérieusement que les autres. Il essaya encore une fois de porter plainte, mais le sous-lieutenant ne fit même pas procéder à une autopsie, et même, il le réprimanda vertement d'excéder la police par ses chicaneries, alors il finit par en tirer la leçon, il hurla dans l'entrée des imprécations contre Emerence dont il exécuta le nouveau chat, encore qu'on n'ait pas pu en établir la preuve, et déménagea en banlieue. Après son départ définitif, il accabla les autorités de plaintes réitérées contre la concierge. Emerence supporta ce harcèlement avec une telle sérénité, une telle sagesse, un tel humour, que le conseil de quartier et la police la prirent en amitié et ne donnèrent suite à aucune accusation portée contre elle, ils s'habituèrent à ce que la vieille femme attire les dénonciations anonymes comme un paratonnerre, la foudre. La police ouvrit pour Emerence un dossier particulier où furent classés les divers documents, mais quand une des fameuses lettres arrivait, elle était rejetée d'un geste dédaigneux, il n'y avait pas un policier débutant qui ne fût capable de reconnaître le vocabulaire et le style ampoulé du colombophile. De temps à autre, un policier venait chez elle, en passant, pour bavarder ou prendre le café, le sous-lieutenant promu au grade de lieutenant-colonel prit l'habitude de lui présenter tous les nouveaux, Emerence préparait alors de la saucisse, des pogatchas, des crêpes selon les préférences de chacun, les policiers originaires de la campagne y retrouvaient le souvenir du village qu'ils avaient quitté, de leur grand-mère, de leur famille restée au pays, ils ne l'ennuyèrent pas en lui révélant qu'on l'avait aussi accusée d'avoir tué et spolié des Juifs pendant la guerre, d'avoir été une espionne à la solde des Américains, d'avoir fait marcher un émetteur clandestin, de pratiquer le recel et de garder des trésors chez elle. En fait, je fus réellement rassurée après le récit d'Adélka, en particulier le jour où je dus aller au commissariat pour une histoire de carte d'identité perdue. Le lieutenant-colonel traversait la salle au moment où je déclinais mon identité, mon nom attira son attention, il me fit asseoir dans son bureau pendant qu'on établissait ma nouvelle carte. Je crus qu'il connaissait mes œuvres, que c'était la raison de cette attention particulière, mais je me trompais. Il ne voulait entendre parler que d'Emerence, comment elle allait, ce qu'elle faisait, elle lui avait dit qu'elle travaillait chez nous, il voulait aussi savoir si la petite fille de son neveu était sortie de l'hôpital. Je ne connaissais même pas l'existence de cette petite. Je crois qu'au début, j'avais peur d'Emerence.

**

Elle s'occupa de nous pendant plus de vingt ans, mais les cinq premières années, on aurait pu mesurer à l'aide d'appareils la marge de sécurité avec laquelle elle consentait à nous laisser approcher d'elle. Je suis quelqu'un de sociable, j'aime parler même à des inconnus, Emerence se limitait à dire le strict nécessaire, retournait vite au travail qu'elle effectuait avec tant de soin, car elle avait toujours cinquante mille choses à faire. Elle vivait vingt-quatre heures sur vingt-quatre, et bien qu'elle ne reçût personne entre ses quatre murs, les nouvelles passaient par elle, le carré devant sa loge était comme une salle de télex, chacun annonçait tout ce qu'il savait, décès, scandales, bonnes nouvelles, catastrophes. Elle avait plaisir à s'occuper des malades, je la rencontrais presque chaque jour dans la rue portant un récipient couvert que je reconnaissais à sa forme ; à tous ceux qui, selon la rumeur publique, avaient besoin de nourriture reconstituante elle attribuait une portion mesurée dans un plat de marraine [1]. Emerence savait toujours où on avait besoin d'elle, elle avait un tel rayonnement que les gens se laissaient aller aux confidences avec elle, sans espoir de confiance réciproque, ils savaient bien qu'en échange ils ne recevraient que lieux communs ou secrets de Polichinelle. La politique ne l'intéressait pas, l'art encore moins, elle ne comprenait rien au sport, si quelqu'un colportait la nouvelle d'une infidélité constatée dans le voisinage, elle écoutait sans porter de jugement, ce qu'elle aimait par-dessus tout, c'était prévoir le temps qu'il ferait, car l'entreprise d'une éventuelle expédition au cimetière dépendait de ce qu'un orage menace ou non, comme je l'ai déjà dit, elle en avait peur. D'ailleurs le temps déterminait non seulement ce qu'on peut appeler la vie sociale d'Emerence, mais aussi son horaire d'au-

1. Mot à mot : « plat de compère ou de commère ». Selon une tradition ancienne, nourriture offerte à une jeune accouchée par les futurs parrain et marraine de son enfant.

23

tomne et d'hiver, quand venaient les véritables tour-
mentes, les précipitations régnaient en despotes sur son
emploi du temps. C'est elle qui balayait la neige devant la
plupart des immeubles du quartier, elle n'avait plus le
temps d'écouter la radio, sauf la nuit ou tôt le matin,
quand elle était dans la rue les étoiles lui indiquaient le
temps du lendemain, elle les connaissait par les noms que
ses ancêtres leur avaient donnés, l'intensité ou la pâleur
de leur éclat lui révélait les changements de temps à
venir avant même que le bulletin météorologique ne les
annonce. Une de ses tâches consistait à balayer la neige
devant onze maisons, quand le vent soufflait, elle s'emmi-
touflait jusqu'à en être méconnaissable, son corps auquel
elle apportait le plus grand soin ressemblait à une grande
poupée de chiffon, au lieu de ses chaussures brillantes à
force d'être frottées, elle portait des bottes de caoutchouc, par les hivers rigoureux on pouvait s'imaginer
qu'Emerence n'était jamais chez elle mais toujours dans
la rue, qu'elle ne se couchait pas comme les autres mor-
tels. En fait, c'est la réalité : Emerence ne se couchait
jamais, elle faisait simplement sa toilette et se changeait,
son mobilier ne comprenait pas de lit, elle sommeillait
sur un de ces minuscules canapés autrefois en vogue et
appelés causeuses, dès qu'elle se couchait, prétendait-
elle, une sorte de faiblesse s'emparait d'elle, elle n'était
bien qu'en position assise à cause de son dos qui lui faisait mal, la tête lui tournait si elle s'allongeait, elle n'avait
pas besoin de lit.

   Bien sûr, quand il neigeait beaucoup, elle ne pouvait
même pas se reposer sur son petit canapé, car dès qu'elle
en avait terminé avec la quatrième maison, la neige
s'était de nouveau amoncelée sur le trottoir devant la
première, et Emerence courait d'un immeuble à l'autre
dans ses hautes bottes, avec son balai de bouleau plus
grand qu'elle. Nous étions résignés à ne pas la voir chez
nous ces jours-là, je ne lui faisais aucune remarque,
pourquoi en aurais-je fait, Emerence avait des arguments
imparables, bien que tacites : nous avons un toit au-
dessus de la tête, son ménage était bien fait d'habitude, il

24

fallait attendre qu'elle ait de nouveau le temps, elle rattraperait tout par la suite, et puis cela ne pouvait pas me faire de mal de me courber un peu. Dès que la neige revenait à de meilleurs sentiments, Emerence réapparaissait, rangeait l'appartement comme jamais et laissait sans un mot d'explication un morceau de rôti ou un plat de gâteaux au miel sur la table de la cuisine, je devais comprendre que cette nourriture était porteuse du même message que les tranches de poulet à l'époque de sa première et inexplicable grossièreté : vous avez été gentils, disait le plat, comme si nous étions encore des écoliers et comme si personne chez nous n'était au régime, les enfants sages et patients sont récompensés.

Comment tant de vie trouvait place dans une seule existence, je l'ignore, Emerence ne s'asseyait pratiquement jamais, si on ne la voyait pas un balai en main, on pouvait être sûr qu'elle était en route avec son plat de marraine, ou qu'elle cherchait le maître de quelque animal égaré, et si elle ne le trouvait pas, elle s'efforçait de caser sa trouvaille chez quelqu'un, la plupart du temps avec succès, et dans le cas contraire, chien ou chat disparaissait brusquement des environs comme s'il n'avait jamais traîné sa faim parmi les ordures. Elle travaillait beaucoup, dans beaucoup d'endroits, elle gagnait beaucoup mais n'acceptait jamais de gratification sous quelque forme que ce soit, ce que je peux admettre, cependant je n'ai jamais compris pourquoi elle refusait les cadeaux. La vieille femme n'aimait que donner, si on pensait lui faire une agréable surprise, elle se mettait en colère, au lieu de sourire. J'ai en vain multiplié les tentatives pendant des années dans l'espoir qu'elle finirait par accepter ce que je lui offrais, elle me déclarait sans ménagement que ce qu'elle faisait ne réclamait pas de récompense particulière, je reprenais l'enveloppe, vexée comme un pou, mon mari se moquait de moi en me disant de ne pas faire la cour à Emerence, de ne pas essayer de changer la situation telle qu'elle s'était instaurée, cette ombre fugitive qui, certes à des heures impossibles et sans aucun règlement, s'occupait de tout chez nous sans même accep-

ter ne fût-ce qu'une tasse de café, lui convenait parfaitement. Emerence était une aide idéale, si je jugeais son
travail insuffisant, si je voulais être en harmonie avec tout
le monde, c'était mon affaire. Il ne me fut pas facile de
reconnaître qu'Emerence avait décidé qu'elle ne voulait
pas de nous parmi ses proches, pas plus que de personne
d'autre à cette époque.

Les frères du Christ

En réalité, elle nous tint à distance pendant des années, jusqu'au jour où mon mari tomba malade, gravement malade. Comme la vieille femme ne s'était visiblement jamais intéressée à ce qui nous arrivait, j'étais certaine que son émotion se manifesterait au mieux par un plat de marraine si je lui révélais la vérité qu'elle n'avait pas remarquée, je ne lui parlai donc de rien, j'emmenai mon malade se faire opérer d'un abcès pulmonaire sans que personne dans la maison, dans le quartier, pas même elle, ne sache où nous allions. Elle n'avait pas la moindre idée de ce qui se passait, les examens préopératoires avaient eu lieu sans qu'elle soit au courant, et quand je fus enfin de retour, Emerence, installée dans le fauteuil, nettoyait sur son tablier une poignée de petites cuillers en argent. L'opération de mon mari avait duré près de six heures, la lampe allumée au-dessus de la porte du bloc semblait être un signal avertissant que celui qu'on était en train d'opérer ne se relèverait peut-être jamais, on peut alors s'imaginer sans longues explications dans quel état j'étais en revenant. Pour la première fois, Emerence se trouva exclue d'un événement important de ma vie, je lui fis juste part de la situation du moment, sans entrer dans les détails. La vieille femme me regarda : je l'excluais de la peur que m'inspirait cette opération à l'issue peut-être fatale, comme je l'aurais fait d'une étrangère. C'est ce qu'elle me dit, non pas d'un ton froissé, mais avec indi-

27

gnation, je répondis que comme jusqu'à présent j'avais remarqué qu'elle ne s'intéressait nullement à notre vie, j'aurais eu du mal à savoir qu'elle puisse être touchée par ce qui nous arrivait, et par ailleurs, si cela ne lui faisait rien, je préférais rester seule et me coucher de bonne heure, la journée avait été pénible et tout pouvait encore arriver. Emerence s'en alla aussitôt, peut-être définitivement, pensai-je, je l'avais blessée, mais au bout d'une demi-heure, je fus brutalement tirée d'un sommeil agité en l'entendant s'activer dans la maison, puis elle apparut avec un gobelet fumant.

C'est un véritable objet d'art qu'elle apportait sur un plateau de métal, un épais gobelet de verre bleu roi sur lequel deux mains étaient gravées dans une guirlande ovale, le poignet de la femme orné d'un bracelet, celui de l'homme d'une manchette de dentelle, elles entouraient une plaquette d'or portant le mot français *toujours* en lettres d'émail bleu. Prenant le gobelet par le pied, je l'élevai à la lumière, il contenait un liquide noir et fumant qui sentait le clou de girofle. « Faut boire ! » dit Emerence. Je n'avais pas envie de boire, je ne voulais rien, sinon la paix.

« Faut boire », redit-elle, comme si elle s'adressait à un enfant attardé qui a du mal à comprendre, puis comme je reposais le gobelet sans ouvrir la bouche, elle le reprit et versa quelques gouttes de vin bouillant dans l'échancrure de ma robe, ce qui me fit pousser un cri. Elle écarta ma main et me plaqua le gobelet sur les dents, si je ne voulais pas être inondée, il fallait que j'avale. Je n'avais jamais rien bu de meilleur que ce breuvage, bien qu'il fût brûlant, et au bout de cinq minutes, j'avais cessé de trembler. Pour la première fois de sa vie Emerence s'installa à côté de moi sur le canapé, elle me prit des mains le gobelet vide, puis resta là sans rien dire, attendant que je prenne la parole et lui révèle ces six heures qu'elle ignorait et ce qui pouvait s'ensuivre. Mais je ne pouvais pas parler, j'étais incapable d'exprimer ce qui s'était passé, ni de faire partager l'horreur qui avait précédé, le vin chaud que j'avais bu d'un trait ne resta pas sans effet, je sais que je me suis endormie, parce que je me réveillai soudain, la lampe était allumée comme lorsque j'étais rentrée, mais la pendule marquait deux heures du matin. Emerence avait dû ouvrir mon lit, car j'étais enveloppée dans une couverture d'été qu'elle n'avait pu prendre que là. Elle dit de sa voix de tous les jours, sans aucune émotion, qu'il ne servirait à rien de passer la nuit à se faire du mauvais sang, je devais me détendre, il n'y avait rien de grave, elle sentait habituellement venir la mort, et d'ailleurs aucun chien n'avait hurlé dans le quartier, aucun verre ne s'était brisé ni chez elle, ni dans notre cuisine, bien sûr j'avais le droit de ne pas la croire, et si je voulais m'adresser au Ciel, elle allait me chercher la Bible, je n'étais pas obligée de lui faire la conversation.

*
**

À ce moment-là, j'avais déjà oublié le vin chaud, oublié qu'en fin de compte elle était restée veiller à mes côtés, la seule chose que je ressentis, c'est l'ironie de ses paroles : une pierre de plus dans mon jardin. Il ne suffisait donc pas qu'afin d'éviter ses remarques, je prenne des chemins détournés pour aller au temple le dimanche ? Comment lui expliquer, puisqu'elle ne voulait rien entendre, ce que représentait pour moi le service divin, entourée de la présence invisible de tous ceux qui, au cours des siècles, avaient fait les mêmes prières que moi, le seul moment où j'étais sûre de retrouver mes parents disparus, pendant les soixante minutes que dure la célébration. Emerence ne comprend rien, elle n'accepte rien, comme un chef de tribu primitive, elle brandit une robe du soir pailletée en guise d'étendard face à l'agneau brodé sur la bannière de la foi.

La vieille femme s'opposait à l'Église avec une passion digne du XVIe siècle, aux prêtres mais aussi à Dieu et à tous les personnages de la Bible, à l'exception de saint Joseph qu'elle tenait en haute estime en raison de son métier – le père d'Emerence était charpentier. Un jour, je suis allée voir la maison où elle était née, rayonnante de dignité derrière sa barrière, avec son toit à double pente surplombant les solides piliers de la galerie, elle semblait être à la fois une maison paysanne de l'époque baroque et une pagode de l'Orient lointain, il m'a alors semblé ressentir la présence de ce József Szeredás d'autrefois, penché sur le plan qu'il était en train de dessiner. Autour de la maison, les arbres-vaches, comme Emerence appelait ces platanes déjà grands dans son enfance, étendaient leurs immenses branches, le jardin offrait ses fleurs épanouies ; à l'époque où j'y allai, c'était encore la plus belle maison de Nádori, elle était devenue la menuiserie coopérative. Par ailleurs, le voltairisme d'Emerence n'avait rien de logique, pendant longtemps je n'en ai pas saisi la raison, il n'avait fait que me déconcerter, jusqu'à ce que nous en rassemblions les détails – cette fois avec l'aide de Chouchou, la marchande de primeurs, une autre de ses fidèles – et que toute l'histoire se révèle.

La brouille d'Emerence avec l'Église ne fut pas le dernier événement de la guerre ou le premier de la paix, après l'assaut auquel elle avait réchappé, ce ne fut pas non plus le produit d'une philosophie élaborée parmi les débris d'un monde en ruines, mais une vengeance fruste, primaire, pour un envoi venu de Suède. Un jour, la paroisse d'Emerence reçut un colis de bienfaisance envoyé par une église scandinave, jusque-là, Emerence n'avait dit à personne quelle était sa religion, on ne la voyait pas au temple puisqu'elle travaillait sans cesse, surtout au début, quand elle prenait du linge dont elle lavait le plus gros le dimanche. Pendant que d'autres étaient au temple, elle allumait son réchaud et se mettait à savonner. Elle savait naturellement que de lointains coreligionnaires avaient envoyé des dons à sa paroisse, son amie « Polett » était venue lui apporter la nouvelle, et quand la distribution commença dans la salle paroissiale, Emerence, qui ne faisait jamais une apparition au temple, arriva dans sa robe noire des grands jours et attendit qu'on l'appelle. Tout le monde la connaissait dans le quartier mais personne n'avait songé à elle, les dames chargées de la distribution, qui servaient d'interprètes aux membres de la mission suédoise, regardaient avec embarras cette haute silhouette qui attendait, le visage impassible. Elles avaient aussitôt compris qu'elle appartenait à leur communauté, même si elle ne venait pas au temple, mais tous les vêtements de laine ou de toile avaient déjà été distribués et il ne restait plus au fond des panières que des robes du soir dont une charitable Suédoise s'était défaite avec d'autres affaires inutiles, sans se soucier de ce qui était nécessaire ici. On ne voulut pas la laisser repartir les mains vides, comme ce fut pourtant le cas, on espérait qu'elle pourrait vendre ce don à un théâtre, à une maison de la culture, ou éventuellement l'échanger contre de la nourriture – il n'y avait aucune intention ironique, contrairement à ce qu'Emerence ressentit en jetant la robe du soir aux pieds de la présidente du comité, pourtant à partir de ce moment-là, ce ne fut plus le travail, mais sa propre conviction qui l'empêcha d'aller à l'église, même si elle avait exceptionnellement un moment de libre. Le bon Dieu, l'Église et les dames patronnesses ne firent plus qu'un dans son esprit, et elle ne laissa pas passer une occasion de déverser son venin sur la caste des croyants, ne m'épargnant pas plus que les autres quand elle me voyait partir avec mon livre de prières une demi-heure avant le début de l'office.

La première fois que cela se produisit, je ne connaissais pas encore l'histoire de la robe du soir, c'est en toute innocence que je lui demandai si elle voulait venir avec moi. Elle me fit savoir qu'elle n'était pas une de ces dames peinturlurées de vert et de bleu qui n'ont rien de plus pressé que d'aller se faire voir au temple, et elle n'irait pas, même si elle n'avait pas à balayer devant la maison, je la regardai avec stupéfaction, car dès le début, il m'avait semblé évident qu'Emerence avait une parente dans les Saintes Écritures, Marthe, dont la vie n'avait été que labeur au service des autres, comment avait-elle pu se brouiller à ce point avec Ceux d'en haut ? Quand je sus pourquoi, ayant appris l'histoire de la robe du soir, je fus choquée de son attitude et lui demandai des explications,

31

mais elle me rit au nez, ce qui ne lui allait pas, car ni les larmes, ni le rire n'appartenaient au monde d'Emerence.

Elle me dit qu'elle n'avait pas besoin de prêtre ni d'église, elle ne payait pas l'impôt sur le culte, la guerre lui avait montré ce que le Seigneur était capable de faire, elle n'en voulait pas au charpentier ni à son fils, ceux-là étaient des ouvriers, mais les hommes politiques avaient si bien embrouillé le pauvre garçon avec leurs mensonges qu'ils avaient été obligés de le compromettre dans une sale affaire pour pouvoir le mettre à mort quand il avait commencé à devenir gênant pour les dirigeants. C'était sa mère qu'elle plaignait le plus, elle n'avait certainement jamais connu de bons moments, et pourtant, si étrange que cela paraisse, c'est sans doute au soir du Vendredi saint que la pauvre avait enfin pu dormir tranquille, parce qu'auparavant elle se faisait continuellement du mauvais sang pour son fils. Je croyais rêver en entendant Emerence présenter le Christ en victime de machinations politiques, malheureux héros d'un procès truqué, qui sort enfin de la vie de la Sainte Vierge torturée d'inquiétude au sujet de son fils. Voyant qu'elle m'avait fait du mal, Emerence s'en réjouit et me suivit d'un regard narquois tandis que, relevant la tête, je prenais le chemin du temple. Alors j'eus idée que cette singulière créature qui prétendait ne jamais faire de politique avait pourtant, par les voies imperceptibles de la vie quotidienne, assimilé quelque chose de ce qui s'était produit chez nous juste après la guerre, et qu'il faudrait chercher un pasteur susceptible de réveiller en elle ce qui s'y trouvait autrefois, puis je songeai qu'elle ne ferait que le couvrir d'injures. Emerence est chrétienne, mais aucun prêtre ne saurait l'en convaincre, la robe du soir n'existe plus, mais ses paillettes se sont incrustées dans la conscience d'Emerence.

*
* *

Cette nuit-là, elle avait donc bien l'intention de me contrarier, mais curieusement, j'en fus apaisée, pensant qu'elle ne s'acharnerait pas sur moi si elle pressentait quelque chose de grave, mais Dieu merci, elle me taquinait, se moquait de moi. Je voulus me lever, elle ne me laissa pas faire, disant que si j'étais sage, elle me raconterait une histoire, mais il fallait que j'arrête de gigoter et que je ferme les yeux. Je me nichai dans la couverture, Émerence resta debout, appuyée contre le poêle. Je savais peu de choses d'elle, je n'avais d'elle qu'une image imprécise, composée de bribes amassées au fil des années, pour ainsi dire rien. Au cours de cette nuit irréelle, tandis que la vie et la mort se dressaient main dans la main dans l'aube hivernale, Emerence se raconta, pour dissiper ma terreur.

– Ma mère avait coutume de dire : « Vous êtes les frères du Christ », parce que mon père était charpentier, charpentier et ébéniste, et son frère cadet, mon parrain, lui était maçon, mais il est mort peu de temps après mon baptême, il était adroit de ses mains, comme tous les Szeredás. Notre père était aussi très instruit, et bel homme, quant à maman, c'était une vraie fée. Ses cheveux d'or descendaient jusqu'à terre, elle pouvait marcher dessus, mon grand-père était fier d'elle, il ne l'a pas donnée à un paysan, et s'il l'a mariée à un artisan, ça n'a pas été de bon cœur. Il l'avait envoyée à l'école, et il a fait promettre à mon père de ne pas l'obliger à travailler. Mon père a tenu parole. Tant qu'il a été en vie, ma mère lisait des livres, mais cela n'a pas duré longtemps puisque j'avais à peine trois ans quand le pauvre est mort, le plus étrange, c'est que mon grand-père lui a gardé rancune d'avoir osé mourir, comme s'il avait choisi de disparaître juste pour l'embêter, et que tout soit encore plus difficile, en plus c'était la guerre. Je ne crois pas que notre mère ait aimé le premier commis au début, mais elle n'était pas capable de diriger seule l'atelier, alors elle l'a épousé, mon beau-père n'aimait pas les livres, mais le pire, c'est que tous les hommes partaient soldats et le malheureux tremblait que son tour n'arrive, il vivait en bonne entente avec notre mère, avec nous aussi, ce n'était pas un méchant homme bien qu'il ait fait des pieds et des mains pour que je quitte

33

l'école, au grand regret du recteur, mais il fallait que je fasse à manger pour les moissonneurs parce que notre mère ne savait pas, et je m'occupais aussi des jumeaux, mon beau-père ne les a jamais embêtés, eux, rien d'étonnant, parce que si vous avez jamais vu des enfants d'un conte de fées, c'est ce qu'ils étaient, les portraits vivants de ma mère, mon frère Józsi – vous connaissez son fils, il vient me voir –, il ne ressemblait à personne, mais je ne le voyais pas beaucoup, parce que quand notre père a passé, le grand-père Divék, le père de notre mère, l'a fait venir chez lui, alors il était plus souvent à Csabadul, où il y a encore de la famille du côté de ma mère, que chez nous à Nádori. Le jour où ils m'ont retirée de l'école, M. le recteur s'est mis en colère, disant que c'était bien dommage, un beau gâchis, mais mon beau-père ne lui a pas envoyé dire que celui qui fourre son nez dans les affaires des autres est un moins que rien, il a intérêt à me laisser tranquille, sinon il va lui casser la figure, il a pris une veuve avec quatre enfants mais comme il risque d'être mobilisé à tout moment, sa femme ne peut pas tenir seule le ménage, est-ce qu'il s'imagine que cela lui fait plaisir de me faire travailler aussi, mais comment faire autrement, il n'y a plus d'hommes à l'atelier, ni aux champs, il faut quand même continuer à produire et le fourrage ne pousse pas tout seul, bref, il a tout déballé au recteur comme ça lui venait, et m'a mise au travail. Il n'était pas méchant, ne croyez pas cela, mais il avait peur, vous êtes bien placée pour savoir ce que c'est quand on a peur. Je ne lui en veux pas, pourtant il m'a filé plus d'une raclée, parce que je m'y prenais mal au début, nous avions aussi de la terre, mais jusque-là je n'avais pas eu à m'en occuper, quand j'allais aux champs, c'était pour jouer, pas pour travailler, et mon beau-père ne faisait que trembler et jurer, parce que les feuilles de route arrivaient à tire-d'aile, comme des oiseaux. Un soir, alors que tout était enfin calme, j'avais couché les jumeaux, mon frère Józsi n'était plus à la maison, mais chez grand-père, notre mère lui dit d'arrêter de parler tout le temps de ce qui lui faisait peur parce que cela finirait par arriver pour

34

de bon, et lui, bafouillant de frayeur, lui expliqua qu'il avait un mauvais pressentiment, il avait rêvé que si on l'appelait, il ne nous reverrait plus. Et c'est ce qui est arrivé. Il a été le premier appelé de Nádori à mourir à la guerre. Ma mère ne savait pas quoi faire de l'atelier, de toute façon le bois avait été réquisitionné, il n'y avait plus ni chantiers ni hommes, mais au début elle a cru que nous y arriverions tout seuls. Elle était fille de fermiers, elle croyait connaître la terre et s'en sortir seule. Vous auriez dû voir comment elle se démenait, je n'étais pas sotte, je l'aidais de mon mieux, mais cela ne nous menait à rien, à l'âge de neuf ans, je faisais la cuisine pour tout le monde et je m'occupais des jumeaux. Quand on a appris la mort de mon beau-père, j'ai bien vu que ma mère l'aimait aussi, elle a pleuré ses deux hommes autant l'un que l'autre, mon père et mon beau-père, sauf que mon beau-père n'avait pas de tombe, alors ma mère n'a plus supporté la vie, ne croyez pas que seuls les gens de votre espèce ont des états d'âme. Elle était faible, impuissante, trop jeune, un jour que les petits faisaient des bêtises, moi avec eux, j'étais encore jeunette moi aussi, elle s'est mise à me battre parce que je passais mon temps à jouer au lieu de faire ce qu'elle m'avait demandé, alors j'ai eu l'idée de m'enfuir, de rejoindre mon frère Józsi à Csabadul, mon grand-père le traitait bien, lui, et même s'il lui donnait du travail, ce n'était pas beaucoup. Je voulais aussi emmener les jumeaux, ma mère ferait ce qu'elle pourrait, nous, on s'en allait, on pouvait aller à pied à Csabadul, c'était le village voisin, et je connaissais le chemin. Alors nous sommes partis tous les trois un beau matin, je tenais les deux petits blonds par la main, mais nous ne sommes pas allés plus loin que l'aire de battage, parce qu'ils ont eu tout de suite envie de s'asseoir, de manger, puis ils ont demandé de l'eau, je suis donc allée à l'abreuvoir avec le quart en fer-blanc que j'avais toujours sur moi, je le portais autour du cou avec une ficelle, je savais que les petits réclament toujours de l'eau, alors j'avais toujours ce quart sur moi à la maison, je ne l'avais pas seulement pris pour le long chemin. L'abreuvoir était

35

tout près, ou très loin, est-ce qu'un enfant sait ce qui est près ou loin ? Je venais d'y arriver quand l'orage a éclaté, je n'en avais jamais vu d'aussi soudain, le tonnerre s'est mis à gronder comme on ne l'avait jamais entendu par ici, jamais un tel ouragan n'avait soufflé sur la campagne. Le ciel a changé en un instant, il n'est pas devenu noir comme d'habitude, mais violet, on aurait dit qu'on avait allumé des feux entre les nuages, en même temps un grondement terrible a failli me déchirer les oreilles, alors j'ai jeté mon quart et suis revenue en courant, mais comme je cherchais mes blondinets, ce n'est pas eux que j'ai vus, mais l'arbre que la foudre avait fendu au-dessus d'eux. Il y avait de la fumée partout et quand je me suis penchée sur eux, ils étaient morts tous les deux, je n'avais pas idée que c'était eux que je voyais, ils ne ressemblaient plus à rien d'humain. Alors la tempête s'est déchaînée, l'averse me collait dessus comme de la sueur, et moi, j'étais là, devant mon petit frère et ma petite sœur, je voyais deux bûches noircies, si cela pouvait encore ressembler à quelque chose, c'était tout au plus à des bûches calcinées, en plus petit et en plus tordu, je restais plantée là comme une imbécile à regarder de tous les côtés en me demandant où étaient passés mes blondinets, parce que ces choses-là ne pouvaient pas être mon frère et ma sœur. Ça vous étonne si je vous dis que ma mère s'est jetée dans le puits ? Il ne lui manquait plus que ça, ce spectacle, moi, poussant des hurlements hystériques qui s'entendaient jusqu'à la grand-route et la maison lorsque l'orage a cessé. Ma mère est sortie en courant, pieds nus et en chemise, elle s'est précipitée sur moi, m'a rouée de coups, pourtant elle ne savait pas que j'avais voulu fuir ses larmes et sa mauvaise humeur et ses soucis et ses plaintes perpétuelles, elle ne savait pas ce qu'elle faisait, elle voulait me réduire en bouillie dans son désespoir, démolir ce qu'elle avait sous la main, puis elle a vu les enfants, et elle a compris pourquoi je l'avais appelée, alors son visage s'est enflammé, et elle est partie en zigzag sous la pluie, ses cheveux défaits flottant derrière elle, elle courait en poussant des cris aigus, comme un oiseau. Je l'ai vue se jeter dans le puits, mais j'étais incapable de bouger, je restais là devant l'arbre et les cadavres, le tonnerre et les éclairs avaient cessé, si j'étais allée chercher du secours, on aurait encore pu la sauver, notre maison était tout près de la route, l'aire de battage était juste derrière notre jardin, mais je suis restée plantée là, comme ensorcelée, la tête vide, le cerveau engourdi, le front trempé. Jamais personne n'a aimé comme j'aimais les deux petits, je ne détachais pas les yeux de ces bûches, je ne pouvais pas croire que j'avais quelque chose à voir avec ça, je n'ai pas appelé à l'aide, je suis restée là bouche bée, me demandant juste ce que ma mère faisait tout ce temps au fond du puits. Qu'avait-elle fait, qu'avait-elle fait ? La pauvre s'était enfuie, loin de moi, loin de ce spectacle, loin de sa destinée, elle en avait eu assez de tout, il arrive qu'on veuille soudain mettre fin à tout. Je suis restée longtemps à regarder sans voir, puis je me suis mise en chemin sans me presser, la maison était vide, à quoi bon y aller, je me suis postée au bord de la route et j'ai demandé au premier passant d'aller parler à ma mère, parce qu'elle était dans le puits de l'abreuvoir, et que les blondinets avaient disparu sous l'arbre et qu'il y avait quelque chose de noir à leur place. Le voisin qui marchait d'un pas tranquille s'est mis à courir, finalement il s'est occupé de tout, on m'a confiée à M. le recteur pendant qu'on allait avertir grand-père pour qu'il vienne me chercher, mais il ne m'a pas gardée chez lui comme mon frère Józsi, quand des messieurs sont venus de Budapest pour engager de jeunes domestiques, il a vite conclu l'affaire, et on m'a emmenée tout de suite après l'enterrement. Je n'ai rien compris à l'enterrement, et pourtant je pouvais encore voir les miens, les deux cercueils étaient ouverts, les jumeaux dans l'un, ma mère dans l'autre, ma mère était une vision aussi incompréhensible que les blondinets, eux, leurs cheveux avaient fondu, ils n'avaient plus rien sur la tête, en fait ils n'avaient plus de tête, et ils étaient tellement différents de ce qu'est un petit enfant que j'étais incapable de pleurer, de les pleurer, c'était trop pour moi. Vous savez pourquoi je fais des économies ?

Pour construire un tombeau. Il sera très grand, plus beau que tout ce qu'on a jamais vu, avec des vitraux de différentes couleurs, et il y aura des planches à l'intérieur, une planche pour chaque cercueil, mon père, ma mère, les jumeaux, moi, si le fils de mon frère Józsi ne change pas, les deux dernières places seront pour lui. J'avais commencé à mettre de côté avant la guerre, et puis l'argent a servi à autre chose, on l'a réclamé pour une bonne cause, je l'ai donné, je ne le regrette pas. J'ai recommencé à économiser. Alors on m'a dévalisée mais j'ai continué, j'ai aussi une petite rente que quelqu'un m'envoie de l'étranger, et puis de toute ma vie, je n'ai pas manqué de travail un seul jour. J'ai ce qu'il faut pour le tombeau, quand je vais à un enterrement, je regarde s'il y en a un comme celui que je veux faire construire, mais je n'en ai jamais vu, le mien ne sera comme celui de personne. Vous verrez les beaux rais de lumière que les vitraux colorés dessineront sur les cercueils au lever ou au coucher du soleil, mon héritier pourra faire construire une si belle chapelle que tout le monde s'arrêtera devant. Vous me croyez ?

Viola

Il a toujours été important pour moi qu'un être devenu proche manifeste son plaisir de me revoir. La parfaite indifférence qu'Emerence montra le lendemain matin ne m'atteignit pas dans ma vanité, mais dans ce besoin que j'avais conservé après la nuit irréelle qu'elle avait passée auprès de moi, et où elle m'avait révélé cette facette d'elle enfant. Je m'étais endormie à l'aube, délivrée de toute agitation et de toute angoisse, je sentais que le monde était quand même en ordre et ne doutai pas un instant du succès de l'opération, car les paroles d'Emerence avaient dissipé ma terreur. Si le foulard avait jusqu'alors dissimulé tous les détails importants de son être, elle était désormais la figure centrale d'un paysage terrible, derrière elle une voûte embrasée, devant elle des cadavres calcinés, un éclair zébrant le ciel au-dessus du puits à balancier. Je croyais vraiment que quelque chose s'était débloqué entre nous, qu'Emerence n'était plus une étrangère, mais était devenue une amie, mon amie.

Je ne la vis pas dans la maison à mon réveil, ni dans la rue en me rendant à l'hôpital, mais le trottoir balayé devant l'immeuble témoignait de son travail. En chemin, je me dis qu'Emerence allait dans ses autres maisons, je n'étais pas inquiète, je n'avais pas le cœur serré, j'avais l'intuition que de bonnes nouvelles m'attendaient à l'hôpital, ce qui s'avéra. J'y restai jusqu'au déjeuner, j'avais faim en rentrant, j'étais sûre qu'elle serait là à guetter mon retour, mais je me trompais. J'étais confrontée à cette expérience à laquelle on ne peut s'accoutumer, constater que personne ne se soucie de savoir avec quelle nouvelle, heureuse ou cruelle, on rentre chez soi. L'homme de Neandertal a certainement appris à pleurer le jour où pour la première fois il a dû triompher tout seul à côté de l'aurochs rapporté de la chasse, sans personne avec qui partager les péripéties du combat, personne à qui montrer son butin ou ses blessures. C'est une maison vide qui m'attendait, je parcourus toutes les pièces à la recherche d'Emerence, criai même son nom, je ne voulais pas croire qu'elle puisse être ailleurs ce jour-là, alors qu'elle ne savait même pas si mon malade était mort ou vivant ; la neige avait cessé, elle n'avait certainement rien à faire dans la rue. Mais Emerence n'était nulle part, j'allai à la cuisine, et mis le déjeuner à réchauffer, ayant soudain perdu l'appétit. Mon esprit logique me disait que je n'avais aucun droit à ce que j'attendais de la vieille femme, mais le filtre de la logique ne saurait s'appliquer à tout, et certes pas à cette sensation de manque qui s'était brusquement emparée de moi, à cette déception. Ce jour-là, Emerence ne vint pas faire le ménage, je retrouvai la couverture en tas sur le canapé comme je l'avais laissée en me levant, je mis de l'ordre dans l'appartement, lavai même par terre, puis je retournai à l'hôpital en quête d'autres bonnes nouvelles. Me sentant de nouveau en sécurité, je décidai de ne pas lui rapporter un mot de ce qu'auraient dit les médecins, de ne pas l'ennuyer avec mes histoires personnelles quand je la reverrais. Elle ne se soucie manifestement pas de la vraisemblance de ce qu'elle m'a raconté la nuit du vin chaud, elle a raconté des choses impossibles, une véritable ballade populaire en prose, suis-je folle pour me préoccuper à ce point d'Emerence ? Elle ne vint que tard le soir, juste pour dire qu'il allait de nouveau neiger et qu'elle n'aurait pas le temps de venir faire le ménage le lendemain, mais qu'elle remplacerait dès qu'elle le pourrait, et n'est-ce pas, le maître allait mieux. Je ne prêtai attention ni à ce qu'elle annonça ni à sa question, feuilletant ostensiblement un livre, je lui dis que mon mari était encore en vie, et qu'elle pouvait s'en aller, ce qu'elle fit aussitôt en me souhaitant de bien dormir, et en prenant soin de ne pas jeter à la poubelle le pot de kéfir vide, puisque je l'avais moi-même oublié dans la cuisine. Elle ne s'occupa pas non plus du feu et ne revint pas cette nuit-là, il n'y eut ni vin chaud ni histoire. Elle ne réapparut que deux jours plus tard, fit le ménage en grand, mais ne demanda pas de nouvelles du maître, son instinct avait dû lui dire que son état s'était amélioré. Elle n'aimait pas les paroles inutiles.

Par la suite elle passa moins de temps chez nous, nos vies étaient réglées par des choses différentes, la mienne par l'hôpital, la sienne par les chutes de neige. Je ne recevais pas, je n'étais guère à la maison, mon mari revint enfin vers Noël, Emerence le salua avec courtoisie, lui souhaita une totale guérison, et ainsi que sa loi interne le prescrivait, elle apporta chez nous aussi le plat de marraine dû à un convalescent. Enfin je voyais ce plat, quand je la rencontrais dans la rue, je ne pouvais tout de même pas le lui prendre des mains. C'était une sorte de petite soupière, une véritable œuvre d'art tout comme le gobelet, avec sa panse joliment arrondie, ses deux anses et son petit pied rond, chose surprenante, le couvercle de porcelaine portait le drapeau hongrois avec le portrait et le nom de Kossuth [1]. Elle apportait un bouillon de poule chatoyant, et en voyant que j'admirais surtout le récipient, elle dit qu'il était bien pratique, c'est une de ses patronnes, Mme Grossmann, qui le lui avait donné à l'époque des lois contre les Juifs, elle ne l'utilisait pas comme plat de marraine bien sûr, mais comme cache-pot, c'était tout de même dommage d'y mettre des pots de fleurs. Elle avait beaucoup de beaux objets en porcelaine et en verre, le gobelet où elle avait apporté le vin chaud faisait aussi partie de l'héritage de Mme Grossmann.

1. Lajos Kossuth (1802-1894), homme politique à l'époque de la Guerre d'indépendance.

Héritage mon œil, pensai-je avec dégoût, j'étais déjà agacée de la voir reprendre ses anciennes poses, il ne me manquait plus que de l'imaginer faisant des paquets dans une demeure abandonnée et saccagée. J'avais passé les années précédant la Deuxième Guerre mondiale dans des conditions politiques très favorables, parmi des étrangers considérablement mieux informés que ne l'était mon entourage hongrois, et si jamais je raconte cette période de ma vie dont il n'est presque jamais question, l'histoire des premières années de ma jeunesse ne sera pas sans intérêt, je savais ce qu'emportaient les wagons, de qui il s'agissait, où on les emmenait et dans quel but. J'aurais voulu rendre à Emerence son plat de marraine, mais cela n'aurait pas été sans explications, et je devais éviter toute agitation à mon mari auprès de qui je filtrais encore parcimonieusement le monde extérieur, même à moitié mort, il aurait bondi de son lit à l'idée qu'on lui serve à manger dans de la vaisselle qui avait appartenu à des inconnus disparus dans les chambres à gaz, il est évident que comme bien d'autres à cette époque, Emerence avait pensé que si elle ne prenait pas ces objets, ils tomberaient dans d'autres mains. Alors je le laissai avaler le potage jusqu'à la dernière cuillerée et ma vengeance consista à ne pas informer Emerence qu'il avait enfin mangé avec appétit, pourtant elle resta encore longtemps à fourgonner dans la cuisine, et bien qu'elle n'en eût jamais convenu, je sentais qu'exceptionnellement, elle attendait des remerciements. Mais je ne la remerciai pas, je posai le plat vide devant elle et regagnai la chambre. Je sentais son regard dans mon dos, contente qu'elle ne comprenne pas ce qui m'avait pris. Je triomphais, avec arrogance et un certain mépris, je croyais avoir trouvé pourquoi elle interdisait qu'on entre chez elle. Les soupçons du bricoleur étaient justifiés, il devait y avoir des trésors derrière la porte perpétuellement close, les trésors de déportés condamnés à mort, des trésors qu'il n'était pas recommandé de montrer, car s'il advenait que quelqu'un reconnaisse un objet, Emerence en subirait les conséquences, c'est en vain qu'elle avait si soigneusement emballé son butin à cette époque, parce qu'elle ne pourrait revendre aucun objet sans courir le risque qu'il soit reconnu. Quel tableau, les pauvres Grossmann qui n'ont pas de sépulture, et elle qui amasse de l'argent pour édifier un Taj Mahâl ! Et en plus, elle veut faire croire que c'est à cause de son chat qu'elle n'ouvre pas la porte ! Elle peut garder un animal prisonnier comme alibi, c'est même un assez bon prétexte, mais voilà, il manque quelque chose, sa légende ne parle pas de la part des Grossmann.

Elle avait plus de fierté que moi, même si elle était surprise, elle ne me demanda pas une seule fois ce qui avait jeté un froid entre nous. Mon mari n'était pas sociable, en particulier avec elle, je l'ai déjà dit, et bien qu'il ne l'ait jamais vraiment exprimé, il est évident que pendant des années, la présence de la vieille femme le gênait : Emerence rayonnait comme une pile neuve fonctionnant pour le bien comme pour le mal, il n'était pas possible de l'éliminer purement et simplement de notre vie à deux. D'ailleurs elle ne nous offrit plus rien. À présent, elle ne me semblait plus souveraine puisque je croyais avoir éventé son secret, je ne la jugeais plus extraordinairement intelligente, parce que si elle avait eu assez de bon sens, elle aurait eu la possibilité de se cultiver après 45. Si elle avait entrepris des études après la guerre, elle serait à présent ambassadeur, ministre, mais elle n'avait plus besoin de culture, elle n'avait eu en tête que de faire des paquets, puis de faire la charité avec le plat volé, et de m'étourdir aux heures difficiles de l'aube avec des histoires qu'elle avait pu entendre conter sur les foires ou lire dans des romans à l'eau de rose dénichés dans le grenier de son grand-père. L'orage, la foudre, le puits, trop de dissonances. À présent je comprenais mieux sa passivité politique et son opposition à la religion, elle avait eu raison de ne pas vouloir jouer un rôle public, par ailleurs Budapest n'est pas si petit, les Grossmann pouvaient encore y avoir de la famille, quelqu'un pouvait entendre parler de son logement toujours fermé, se mettre à réfléchir et arriver aux mêmes conclusions que moi, au surplus pourquoi irait-elle au temple, en quoi une personne comme elle pouvait-elle croire ? L'hiver était rigoureux, Emerence avait beaucoup à faire, la santé de mon mari absorbait tout mon temps, nous ne nous rencontrions pas souvent, rien d'étonnant à ce que nous n'ayons pratiquement pas eu de vraie conversation.

*
**

Puis j'ai trouvé un chien.

Mon mari pouvait de nouveau sortir, il était redevenu lui-même, je devais souvent le soigner, depuis près de trente ans que nous étions mariés, il avait plus d'une fois échappé miraculeusement à la mort, et s'en était sorti chaque fois rajeuni et triomphant, jusqu'à la fin – dans tous les domaines de sa vie, la victoire était essentielle pour mon mari. C'était la veille de Noël, nous revenions ensemble du dispensaire où nous étions allés chercher une ordonnance dans le crachin du soir, quand nous sommes tombés sur un tout petit chiot enfoui jusqu'au cou dans la neige de l'avenue. Certains films de guerre montrent un procédé de mise à mort pratiqué dans les camps de prisonniers en Extrême-Orient, le condamné est enterré jusqu'aux oreilles, même sa bouche est dans le sable, il ne peut s'exprimer que par le nez, donc il ne crie pas, il couine. Ce petit chien couinait aussi, et c'est faire preuve de psychologie que de supposer que quelqu'un prendrait fait et cause pour lui, comment en effet abandonner à son sort funeste une créature vivante le soir de la Nativité ? Mon mari, qui n'était pourtant pas un ami des bêtes, ne put résister à la magie de ce soir-là. Il ne voulait pas laisser entrer chez nous d'étrangers, encore moins un chien qui réclame non seulement de la nourriture, mais de l'affection, et pourtant il m'aida à dégager le chiot de la neige glacée. En fait, nous n'avions pas l'intention de l'adopter, nous pensions que quelqu'un pourrait le recueillir par la suite, mais nous savions que si nous le laissions là, il serait mort avant l'aube. D'ailleurs, la pauvre bête ne semblait promettre que des problèmes, elle avait manifestement davantage besoin d'un vétérinaire que de nourriture.

– Quel drôle de cadeau, dit mon mari tandis que j'enfouissais le petit chien sous mon manteau. C'est rare d'avoir une vraie surprise de Noël.

La petite tête noire jetait des regards effrayés par-dessus mon col de fourrure, tandis qu'au-dessous j'étais toute mouillée par la neige fondant de ses pattes et de son ventre. Emerence avait fait le ménage en grand, la maison resplendissait, en chemin nous nous étions demandé où le chien aurait sa place, et avions décidé que ce serait parmi les beaux meubles anciens dans la chambre de ma mère, déjà morte à cette époque, où nous n'allumions pas le chauffage.

– J'espère qu'il aime le style XVIIIᵉ, dit mon mari. Un chien mordille seulement jusqu'à l'âge de deux ans, ensuite il arrête de lui-même.

Je ne répondis pas, il avait raison, mais il n'y avait rien d'autre à faire, ce malheureux blotti dans mon cou dût-il anéantir notre mobilier à coups de dents. Nous avancions, tel le mystérieux cortège d'une secte peu nombreuse, portant la relique noire contre mon épaule, un samedi de Noël.

Jamais auparavant, ni même quand elle se serait tuée pour moi par un amour compensant sa maternité jamais accomplie, jamais je ne vis Emerence comme lorsqu'elle aperçut ce que nous rapportions. Elle s'affairait à la cuisine, disposant les pâtisseries de Noël sur un plat, mais quand nous entrâmes, elle lâcha tout de suite son couteau et m'arracha le chien des mains. Elle le frictionna énergiquement avec un torchon, puis le posa sur le carrelage, regardant s'il pouvait marcher, la petite bête retomba maladroitement sur son maigre derrière noir, il était tout raidi par la neige où on l'avait enseveli, et pissa aussitôt de frayeur, Emerence mit une feuille de journal sur les traces et me demanda d'aller chercher un drap de bain dans le placard, le plus petit. Jusque-là, je ne savais pas si elle avait une idée d'où je mettais nos affaires, elle tenait à ce que je range tout moi-même, disant qu'elle

45

répugnait à toucher ce qui ne lui appartenait pas. Elle sait donc parfaitement ce qui se trouve dans nos armoires, elle ne touche à rien, mais surveille, contrôle, tient des comptes. Emerence ne supporte pas que les autres aient des secrets.

J'apportai le drap en éponge, elle y enveloppa le chiot comme un bébé, le promena de long en large dans l'entrée en murmurant à son oreille. J'allai au salon pour téléphoner, il n'y avait pas de temps à perdre si nous voulions sauver la petite bête, la télévision était allumée, Noël, Noël, les parfums, les lumières, la musique de la fête nous entouraient. J'avais déjà perdu bien des choses, mais il me restait l'atmosphère de Noël imprégnée de poussière d'étoiles, représentée par l'enfant auréolé dans les bras de la Vierge. Emerence ne voyait rien, n'entendait rien, elle promenait le chien dans l'entrée, lui chantait une chanson de sa voix râpeuse, elle célébrait la naissance du Christ avec une louche et émouvante maladresse sentimentale, telle une absurde Madone, caricature titubante de la maternité portant dans ses bras un chien noir serré dans ses langes. Dieu sait combien de temps elle aurait encore joué les nourrices si on n'était pas venu la chercher de la maison voisine, elle devait rentrer immédiatement, une conduite d'eau avait éclaté, il fallait faire quelque chose, M. Brodarics avait déjà appelé le plombier, mais elle devait tout de suite aller fermer la vanne générale. Elle déposa le chien dans mes bras avec une expression meurtrière, partit écoper l'eau et s'occuper de la vanne, mais elle revint tous les quarts d'heure pour voir comment allait le chien. Celui-ci était entre les mains d'un de nos amis vétérinaire que nous avions supplié de quitter ses illuminations de Noël pour venir chez nous, Emerence écouta son diagnostic avec méfiance, elle tenait tous les médecins pour des imbéciles et des ignorants, elle ne pouvait pas les supporter, elle ne croyait ni aux médicaments ni à l'efficacité des vaccins, selon elle les médecins ne les faisaient que pour gagner de l'argent et répandaient des légendes de renards et de chats enragés pour augmenter leurs revenus.

La bataille pour maintenir le chien en vie dura des semaines, la vieille femme faisait disparaître les traces d'entérite sans faire de remarques, quand je n'étais pas là elle lui faisait même prendre ses médicaments en dépit de ses convictions, le maintenait quand on lui faisait ses piqûres d'antibiotiques, de notre côté nous proposions le chiot partout, mais personne ne voulut le prendre. Nous lui avions donné un joli nom français, Emerence ne le prononça pas une fois, le chien n'y répondait pas, par ailleurs il grandissait de jour en jour, tous les charmes et qualités de sa nature bâtarde se manifestèrent, et il finit par guérir complètement. Son intelligence se révéla bien supérieure à celle des chiens de race que possédaient nos amis. Il n'était pas beau, il avait des origines trop disparates pour cela, mais dès qu'on croisait le feu inhabituel de ses yeux noirs, on sentait que son intelligence était presque à la mesure humaine. Avant d'être résignés à ce que personne n'en veuille, nous y étions déjà attachés. Nous lui achetâmes tout ce qu'il fallait, un panier qu'il dévora en deux semaines, répandant brindilles et débris dans toute la maison, et désormais, dédaignant coussins et couvertures, il dormit devant la porte dans sa fourrure aux boucles douces de plus en plus serrées. Il apprit rapidement le vocabulaire essentiel, devint un membre de la famille participant à tout : une personnalité. Mon mari le tolérait, le caressait parfois quand il se montrait particulièrement intelligent ou amusant, moi, je l'aimais. Emerence l'adorait.

Le souvenir du plat de marraine, du gobelet de vin chaud et des idées qui s'y étaient associées était encore frais. Comme ils sont dignes de respect, ces amis des bêtes qui, sans un soupir, sans un geste, avaient laissé s'éloigner les wagons plombés dont de vils calomniateurs prétendaient qu'on y avait enfermé des gens ! Je considérais avec ironie le fanatisme d'Emerence pour les animaux, elle racontait comment les oies, les canards, les poules s'attachaient à elle, bien sûr, ce n'était pas facile de les assommer et de leur couper le cou le jour où elle voulait cuisiner un de ses protégés, qu'elle avait d'ailleurs si bien apprivoisé en quelques jours qu'il venait chercher les grains sur ses lèvres, ou s'installait en confiance à ses côtés sur le petit sofa. Tant que je crus que l'attachement d'Emerence pour le chien relevait de ses sentiments, cela m'amusa, mais le jour où je me rendis compte qu'elle était sa véritable maîtresse, cela me rendit furieuse. Le chien considérait chacun de nous d'un point de vue autre, il adoptait trois attitudes différentes, avec moi il se montrait familier, devant mon mari il était calme, faisait preuve de bonnes manières, et quand la vieille femme arrivait, il se précipitait à la porte et l'accueillait par des gémissements de joie. Emerence lui inculquait beaucoup de choses, d'une voix forte, en détachant les syllabes comme si elle s'adressait à un petit enfant qui parle à peine, elle ne faisait pas un secret de ce qu'elle lui enseignait, elle répétait inlassablement la leçon, comme une récitation, et se souciait peu de ce que nous en pensions :

– Avec ta maîtresse, tu fais ce que tu veux, tu peux lui sauter après, lui lécher la figure et les mains, tu peux dormir à côté d'elle sur le canapé, ta maîtresse te laisse faire parce qu'elle t'aime. Le maître est calme comme l'eau qui dort, on ne sait pas ce qu'il y a au fond de l'eau, il ne faut jamais troubler l'eau, mon chien, il ne faut pas énerver le maître, sinon tu seras chassé, pourtant tu as une bonne place, ici, pour autant que dans cette maison il y ait une bonne place pour un chien.

Elle ne lui donnait pas d'instructions la concernant, le chien comprenait ce qu'elle voulait sans qu'elle eût à le dire, elle lui avait aussi donné un nom : Viola. C'était un mâle, mais Emerence n'en avait cure. Parfois au lieu de lui faire la leçon, elle le dressait.

– Assis, Viola. Tant que tu ne seras pas assis, pas de sucre. Assis ! Assis !

La première fois que je vis avec quoi elle le récompensait, je lui fis observer que le vétérinaire avait interdit qu'on donne du sucre au chien. « Le docteur est un idiot », répondit Emerence en gratifiant le chien d'une vigoureuse caresse. « Assis, Viola, assis. Tu vas avoir quelque chose de bon. Il va avoir un sucre, le chien, un sucre.

Assis, Viola, assis. » Et Viola s'asseyait, d'abord pour obtenir un sucre, puis pour rien, par réflexe, dès qu'il entendait la consigne. Il arriva que la vieille femme demande à l'emmener, disant que puisqu'elle n'était pas chez elle de toute la journée, il pourrait garder sa maison pendant qu'elle balayait la neige. Mon mari le lui permit, au moins, pendant ce temps, il n'avait pas à supporter sauts et aboiements, je demandai à Emerence si elle ne craignait pas pour son chat, puisque j'avais entendu dire qu'elle en avait un, mais elle dit que non, elle apprendrait à Viola à aimer les autres animaux, à ne pas leur faire de mal. Viola pouvait apprendre n'importe quoi. S'il faisait une bêtise, elle le rouait de coups malgré tout son amour et bien que je le lui eusse interdit. Pendant les quatorze ans que dura sa vie, je n'ai jamais battu Viola et pourtant sa maîtresse, c'était Emerence.

J'aurais bien voulu voir ce que faisait le chien dans le domaine que la vieille femme fermait aux autres, mais l'interdiction d'entrer était toujours en vigueur. Je savais qu'il y rencontrait un chat, parce qu'il était revenu avec des puces, alors nous nous sommes aussi occupés des puces. La première rencontre dut être mouvementée, Viola avait une blessure à la truffe, une profonde écorchure à l'oreille, à en juger par son humeur, il y avait eu une bagarre, puis on l'avait manifestement battu, Emerence avait eu recours à des moyens drastiques pour lui faire entrer dans la tête qu'il ne fallait pas toucher au chat. Il ne l'avait pas pris au tragique, et était revenu chez nous en pressant sa petite gueule triste contre les genoux d'Emerence. Il n'y eut plus de problèmes par la suite, je m'en rendis compte au cours de nos promenades, il considérait d'un air joyeux, sans colère ni trouble, les chats errants qui détalaient à sa vue pour se réfugier sous les balcons, et ne comprenait manifestement pas pourquoi ils s'enfuyaient alors qu'il n'avait pas l'ombre d'une mauvaise intention. Il monta la garde chez Emerence tout l'hiver, mais j'y mis fin quand il revint soûl à la maison un dimanche soir.

Je n'en crus pas mes yeux quand elle le ramena, le chien titubait, son ventre était comme un tonneau, il haletait, montrant le blanc de ses yeux. Il ne tenait pas debout, s'affalant sans cesse, je m'accroupis à côté de lui pour l'examiner, Viola avait le hoquet et sentait la bière.

– Ce chien est ivre, Emerence, dis-je en m'étranglant.

– On a bu un petit coup, répondit-elle avec flegme. Il n'en mourra pas, il avait soif, ça lui a fait du bien.

– Vous êtes devenue folle, dis-je en me relevant. Quant au chien, il n'est plus question que vous l'emmeniez. C'est terminé. Si nous l'avons sauvé, ce n'est pas pour le tuer en le rendant alcoolique.

– Parce que c'est cette petite bière qui va le tuer, dit Emerence avec une surprenante amertume. C'est sûr, le canard rôti que j'ai partagé avec lui, la bière que nous avons bue, qu'il m'a suppliée de lui donner, parce que c'est *lui* qui me l'a demandée, qu'est-ce que vous voulez que j'y fasse, il est capable de tout dire, il parlait presque en me réclamant à manger et à boire, c'est pas n'importe qui, ce chien. Ça va le tuer, c'est sûr, d'avoir fait un bon déjeuner avec moi, de ne pas avoir crevé de faim comme chez vous où on n'a pas le droit de lui donner autre chose que son petit régime à heures fixes, jamais dans le salon, ni à la main, alors que c'est ça qui est bon, de manger dans la main, et pas dans une gamelle. Je vais le tuer, moi qui l'élève, qui lui parle, qui lui apprends tout ce qu'il y a de bien ! (Elle parlait avec une extrême gravité, comme un pédagogue blessé dans ses sentiments les plus sacrés :) C'est peut-être vous qui lui avez appris à s'asseoir, à se lever, à courir, à rapporter la balle, à remercier, vous qui restez cloîtrés chez vous comme deux idoles, qui ne vous parlez pas, chacun dans sa chambre à taper sur sa machine. Eh bien, gardez-le, votre Viola, vous verrez bien où ça vous mènera.

Tournant les talons, elle sortit sur cette déclaration, car quand il était question de choses sérieuses, Emerence ne parlait pas, elle faisait des déclarations. Viola, vautré par terre, ronflait, tellement soûl qu'il ne se rendait même pas compte qu'on l'avait abandonné.

Les problèmes ne commencèrent que le lendemain, jusqu'à présent Emerence faisait manger le chien le matin, le promenait et l'emmenait souvent avec elle, mais elle ne vint pas. Viola se retint tant qu'il put, mais à partir de sept heures moins le quart il poussa de tels hurlements que je dus me lever, il m'avait fallu du temps pour comprendre que j'attendais en vain. Emerence est comme Jéhovah, elle châtie à sept reprises. Le scandale éclata devant la maison où elle habitait parce que le chien voulut entrer chez elle comme chaque matin, je n'ai jamais compris ce qu'il trouvait de mieux à être enfermé chez Emerence plutôt qu'avec moi dans l'appartement où il pouvait vagabonder de pièce en pièce. Quand il se rendit compte qu'il tiraillait en vain sur sa laisse, il devint récalcitrant, donna une grande secousse et m'entraîna à toute allure. Il était fort, j'avais du mal à marcher sur le sol enneigé : le trottoir était encombré de tas de neige, comme autant de dangers, je craignais de tomber, de me casser quelque chose, mais pour rien au monde je n'aurais lâché l'animal de peur qu'il ne se précipite sous une voiture. Ce matin-là, j'ai appris où elle avait l'habitude de l'emmener promener, Viola me fit parcourir le secteur d'Emerence à toute vitesse, me traîna vers les onze maisons où elle faisait le ménage. Haletante, à moitié aveuglée par la neige qui tombait dru, je galopais de maison en maison dans une course effrénée à la Peer Gynt, à l'allure imposée par Viola. Enfin, il donna une telle secousse qu'il me fit tomber pour de bon, mais nous étions arrivés au but, il avait trouvé celle qu'il cherchait. Emerence nous tournait le dos, le chien lui sauta dessus, il l'aurait aussi fait tomber, mais elle était dix fois plus forte que moi, pourtant plus jeune. Elle se retourna, me vit à quatre pattes dans la neige, comprit en un instant ce qui venait de se passer, elle assena au chien un grand coup de la laisse que j'avais lâchée, et continua de le frapper malgré ses cris. Je me relevai tant bien que mal, prise de pitié pour l'animal.

– Assis, vaurien ! cria Emerence avec une colère destinée à un être humain. Ce ne sont pas des manières, espèce de canaille ! (Viola la regardait, les yeux écarquillés, Emerence le fixait du regard comme l'eût fait un dompteur.) Si tu veux que ta maîtresse te laisse sortir, il faut promettre de ne plus te soûler, parce qu'elle a raison, ta maîtresse, seulement elle ne pense pas que personne ne fête mon anniversaire, tu es le seul à savoir quel jour c'est, parce que je ne l'ai dit qu'à toi, même pas au fils de mon frère Józsi, ni à Chouchou, ni à Adélka, ni à Polett, et le lieutenant-colonel, il l'a déjà oublié. Mais alors au réveil, il ne faut pas se comporter comme un voyou, il faut demander la permission. Debout, Viola !

Le chien, à plat ventre, l'écoutait en gémissant, immobile sous les coups qu'il n'essayait même pas d'esquiver, puis il se leva.

– Demande pardon !

Je ne me doutais pas qu'il savait faire le beau, mais il savait, il posa sa patte gauche sur son cœur, leva la droite en l'air comme une statue patriotique.

– Allez, dis-le, Viola ! ordonna Emerence. (Et Viola aboya.) Encore une fois !

Il aboya encore, sans quitter sa dompteuse des yeux, pour voir s'il exécutait bien le numéro, son instinct lui disait qu'il serait déterminant pour l'avenir.

– Et maintenant, promets que tu seras sage, entendis-je, et Viola lui donna la patte. Pas à moi, à ta maîtresse, moi je le sais bien.

Viola se retourna vers moi et me tendit sa patte droite en rampant, plein de repentir, comme le loup tend la patte à saint François sur les images. Je ne la pris pas, tant mon genou me faisait mal, tant j'étais en colère contre eux deux.

Voyant qu'il me suppliait en vain, il essaya autre chose, il fit le beau sans qu'on le lui demande, et remit la patte gauche sur son cœur. Je me rendis. Ils avaient gagné une fois de plus, nous le savions tous trois.

– Ne vous en faites pas, dit Emerence, il va déjeuner avec moi, je vous le ramènerai ce soir. Il faut nettoyer votre jambe, elle saigne. Bonne continuation.

Elle bougea à peine la tête, mais Viola comprit son regard et fit entendre deux aboiements bien sentis : il me remerciait. Emerence attacha la laisse à la grille et se remit à déblayer la neige : je pouvais disposer. Je rentrai seule à la maison en me traînant, la neige tombait en épais flocons.

Relations

Avec l'adoption de Viola, le cercle de nos relations s'agrandit. Auparavant, nous ne fréquentions que nos amis, à présent tout le quartier, même si ce n'était que superficiellement. Emerence sortait le chien matin, midi et soir, mais parfois elle ne pouvait pas se charger de la promenade de midi à cause d'un travail supplémentaire, c'était alors à nous de nous en occuper. Que ce soit mon mari ou moi, nous allions toujours où Viola nous emmenait. Nous suivions la laisse d'abord systématiquement jusque chez Emerence : il fallait laisser Viola entrer sous le porche, s'assurer qu'Emerence ne se cachait pas chez elle, mais son flair lui révélait bientôt que la vieille femme ne l'avait pas trompé, qu'elle n'était vraiment pas là, alors nous pouvions l'emmener plus loin. Il arrivait qu'elle soit là, absorbée par un travail pour lequel elle ne souhaitait pas l'assistance de Viola, alors à notre grande honte, nous devions attendre devant le porche avec le chien qu'Emerence, attirée par ses gémissements et ses grattements, apparaisse en pestant et interdise au chien de la déranger. Quelquefois, non seulement elle lui assenait un coup, mais elle le mettait dehors comme un hôte qui s'incruste, criant après lui, qu'est-ce qu'il avait à la faire sortir, ils s'étaient vus le matin, ils se reverraient le soir, d'autres fois, elle le gratifiait de petites tapes sur le dos, lui glissait une friandise dans la gueule, et lui faisait exécuter son numéro jusqu'au bout avant de le renvoyer dans la rue. Quand nous ne la trouvions pas chez elle, il fallait la chercher devant une de ses maisons, et si elle s'y trouvait, la cérémonie du porche se déroulait dehors cette fois, avec cette différence qu'Emerence lui faisait répéter son répertoire à plusieurs reprises, et nous devenions à notre corps défendant l'objet de l'attention générale, c'est ainsi que nous fîmes la connaissance de nombreux habitants du quartier avec qui sans cela nous ne serions jamais entrés en relation. Quand Emerence avait du monde – bien sûr seulement quand il faisait beau, à la saison où on pouvait s'asseoir sur les bancs devant sa porte –, Viola allait sur un ordre chercher sa gamelle, que la vieille femme cachait toujours à un endroit différent, et les invités s'émerveillaient de ces tours. Je m'étonnais encore de la résignation avec laquelle ils avaient accepté la déclaration de Cité interdite, bien qu'ils fussent ses proches, ses amis, même un parent comme le fils de son frère Józsi, ils s'installaient dans l'entrée, obéissant eux aussi à la loi de la porte close.

Le périmètre dont Emerence permettait l'accès était une sorte de vaste entrée rectangulaire sur laquelle donnaient la réserve, la douche et le débarras, et la Cité interdite n'était certainement pas n'importe quoi, elle l'avait sans doute bien aménagée avec les affaires des Grossmann. Le carré était toujours propre, la vieille femme lavait le sol deux fois par jour, il y avait une table où, tant que la saison le lui permettait, elle jouait à la maîtresse de maison quand elle avait une heure ou deux dans la journée. La table était entourée de deux bancs, depuis notre fenêtre ou à travers la haie quand je passais dans la rue, je voyais souvent Emerence servir le thé ou le café à ses hôtes, d'âge et de rang social divers, elle emplissait elle-même de belles tasses en porcelaine, du geste sûr et élégant de quelqu'un qui l'avait fait d'innombrables fois et n'avait pas appris n'importe où comment se tenir à table. Une fois, lors de la première de *John Tanner* de Bernard Shaw, où une célèbre actrice jouait le rôle de Blanche, je me suis demandé pendant toute la représentation à qui me faisait penser la jolie comé-

dienne dans la scène du thé, enfin je retrouvai l'image
d'Emerence tenant salon devant son domaine interdit.

*
**

Autrefois, un certain nombre de personnalités habi-
taient notre quartier, la police parcourait souvent les
rues, puis les hommes politiques ont déménagé, d'autres
sont morts et les rondes ont cessé à mesure qu'ils disparaissaient. Quand Emerence vint chez nous, il n'y
avait plus qu'un seul uniforme qui fît des apparitions
régulières dans nos rues : celui du lieutenant-colonel.
Pendant longtemps, je n'ai pas compris quelle pouvait
être leur relation et pourquoi ce bel officier n'était pas
dérangé par l'interdiction d'entrer, ni par le logement
d'Emerence qui pouvait recéler n'importe quoi, par la
suite j'appris qu'il le connaissait, il en avait franchi
le seuil. Outre les accusations d'empoisonnement de
pigeons et de violation de sépulture, d'autres dénonciations à caractère politique étaient parvenues à la police,
si bien qu'il avait fallu au moins une fois aller voir quels
étaient ces mystérieux objets précieux qu'aucun œil
humain n'avait jamais vus, alors le lieutenant-colonel,
qui n'était encore que sous-lieutenant, parcourut cons-
ciencieusement en compagnie d'un maître-chien le logement qu'on lui avait ouvert de mauvaise grâce, et ne
trouva qu'un énorme chat, le troisième depuis qu'Emerence habitait ici, lequel, à la vue du chien policier, s'était
aussitôt réfugié en haut du buffet de la cuisine. Il n'y
avait ni émetteur clandestin, ni forçat évadé, ni objets
volés, rien que la cuisine luisante de propreté et une
somptueuse chambre aux meubles protégés par des
housses, manifestement inhabitée, puisqu'elle ne contenait aucun objet personnel. L'amitié entre l'officier et
Emerence ne commença pas sous de bons auspices, car
dès qu'elle eut refermé la porte, elle se mit à vociférer, y
avait-il une loi qui l'oblige à laisser entrer tous ceux qui
sonnaient chez elle, en quoi devait-elle ouvrir sa porte à
n'importe qui, ils feraient mieux d'aller voir le bandit qui

57

l'avait dénoncée, si ce n'était pas une honte d'avoir tout le temps la police chez soi. Quand ce n'était pas pour des pigeons crevés, ils l'embêtaient pour une histoire de cadavre de chat, ou bien ils cherchaient des armes, ou la cause d'une épidémie, elle en avait jusque-là, de la police, jusque-là !

Tandis que les policiers restaient sur la défensive et que le lieutenant-colonel déployait toute son éloquence pour qu'elle se calme, Emerence haussait de plus en plus le ton, les politiciens du quartier, eux, ils avaient des armes avec lesquelles ils s'amusaient à tirer les corneilles, mais eux, la police les protégeait, alors qu'elle, on venait fouiller chez elle avec des chiens, le diable les emporte ! Eux, pas le pauvre chien qui n'y était pour rien si on l'employait à faire le mal, elle ne lui en voulait pas à lui, seulement au lieutenant-colonel. La coupe amère de l'humiliation s'emplit encore pour les autorités : contrairement à ce qu'on lui avait inculqué, le chien policier chargé de découvrir un cadavre éventuellement inhumé dans le jardin ou d'autres pièces à conviction toléra la main caressante d'Emerence sur sa tête et agita la queue en tremblant ; et le scandale fut à son comble quand, au lieu de remplir sa mission, il leva vers Emerence un regard enamouré et, gémissant selon un code déchiffrable, demanda pardon à tous ses supérieurs, il n'y pouvait rien, mais une volonté dominant la sienne l'obligeait à se coucher aux pieds de cette inconnue. Le lieutenant-colonel éclata de rire, le visage sombre d'Emerence se détendit peu à peu, elle cessa de crier, ils s'observèrent pour la première fois, l'officier de police n'avait jamais pénétré dans une maison où on le craignît si peu, et Emerence rencontrait pour la première fois de l'humour et de la bonhomie chez un représentant de l'autorité. Les policiers s'excusèrent et partirent, le lieutenant-colonel revint plus tard avec son épouse. Leur belle et rare amitié continua même après la disparition brutale de la jeune femme, l'officier me dit par la suite qu'Emerence l'avait aidé à passer ce cap difficile.

Depuis que l'emploi du temps était réglé par l'association de Viola et de la vieille femme, je commençais à
douter du bien-fondé des soupçons que m'avaient ins-
pirés le plat de marraine et le gobelet. En fin de compte,
le lieutenant-colonel fréquente régulièrement Emerence,
il a personnellement vu ce qui se trouvait chez elle et en
a contrôlé la provenance sans qu'elle ait été ensuite
inquiétée, je m'étais peut-être trompée, cette famille lui
avait effectivement laissé ses affaires parce qu'elle avait
fait quelque chose pour eux, à cette époque-là, l'aide
apportée revêtait parfois des formes singulières. Par ailleurs,
le nombre de nos relations avait encore augmenté, Viola,
comme Emerence, rencontrait toujours plus de gens qui
nous saluèrent à notre tour, trois amies d'Emerence s'arrê-
taient de plus en plus souvent pour échanger un mot avec
moi, Chouchou la marchande de quatre-saisons, Polett la
repasseuse et Adélka la veuve du préparateur en pharmacie. Par un après-midi d'été, elles étaient toutes quatre
attablées devant un gâteau à l'odeur alléchante, Emerence me fit signe de venir prendre le café avec elles. J'étais
en promenade avec Viola, je ne pouvais pas lui faire offense,
ni à ses amies, d'ailleurs c'est le chien qui trancha, il
m'entraîna en tirant sur sa laisse et se mit à mendier
autour de la table. Le pire, c'est que j'eus un mal fou à le
ramener à la maison, ce qui m'exaspéra. Le soir, quand
la vieille femme vint le chercher pour la dernière promenade avant de dormir, je lui demandai si elle ne voulait
pas le prendre définitivement puisque, à l'origine, nous
ne voulions offrir qu'un asile à ce chien, pas un foyer,
qu'elle l'emmène donc, elle n'aurait plus besoin de fermer
sa porte à clé, il lui suffirait de dire à Viola de mettre
dehors quiconque franchirait le seuil.

Pendant que je parlais, la vieille femme caressait le cou
du chien, avec autant d'amour et de tendresse que si
c'était une fleur ou un bébé, et elle secouait la tête : ce
n'est pas possible. Si elle l'avait pu, elle aurait eu un
chien depuis longtemps, mais aux termes de son contrat,

elle ne pouvait avoir d'animaux qu'à l'intérieur de sa loge, des poules, des oies même, avant de les mettre à la casserole, mais elle n'était presque jamais chez elle, et un chien, il lui faut de l'espace, du mouvement, un jardin, elle n'était pas une criminelle pour vouloir le faire souffrir, le chat supportait déjà mal la réclusion, alors un animal curieux de tout comme Viola, qui aime la compagnie, qui veut aller partout... Si ce chien gardait la maison par affection, il n'était pas né pour être prisonnier, et d'ailleurs les vieux ne devraient pas avoir d'animaux, car tôt ou tard, ceux-ci restaient seuls, et alors où allaient-ils, on les mettait dehors, ils n'avaient plus qu'à vagabonder. Mais si j'étais blessée par l'amour que Viola lui portait, elle ferait en sorte qu'il en soit autrement, il n'y a pas que les gens qu'on peut éloigner de soi, les animaux aussi. Je sentis qu'elle se dérobait à sa responsabilité, et cela me mit vraiment en colère, si elle n'en voulait pas, pourquoi l'attirer chez elle ? C'est plus tard, bien plus tard que je le compris en passant en revue les signes avant-coureurs de la disparition d'Emerence, personne en fait n'avait jamais cru qu'elle pourrait mourir un jour, moi-même, je pensais qu'elle nous resterait toute notre vie, se renouvelant au printemps avec la nature, que sa résistance ne se bornait pas à interdire l'accès à un logement fermé, mais qu'elle s'étendait à tout, y compris à la mort. À ce moment-là, je crus qu'elle ne disait pas la vérité, et c'est à Viola que je fis payer mon échec : je lui interdis la pièce où se trouvait la télévision. Le chien adorait le petit écran, sa tête suivait les mouvements du ballon, il dressait l'oreille au chant des oiseaux, à tous les bruits des documentaires sur la nature, il y faisait des expériences qu'il n'avait jamais vécues, puisque personne ne l'avait encore emmené au Jánoshegy [1]. Au bout d'une semaine, j'en eus honte, je ne pouvais pas le punir pour quelque chose dont il n'était pas coupable, et même si c'était le cas, je n'en aurais pas eu le droit. J'admis que le

1. « Mont Saint-Jean », la plus haute colline de Buda, lieu d'excursion populaire.

chien et la vieille femme étaient l'un à l'autre, je me fis une raison, le matin j'étais mal réveillée, trop prise dans la journée, et trop éreintée le soir pour m'occuper de lui ou le promener régulièrement, mon mari était souvent malade, et nous partions fréquemment pour d'assez longs voyages à l'étranger. Viola avait besoin d'Emerence, il fallait nous rendre à l'évidence : c'était effectivement son chien.

Je me demandai aussi pourquoi, pour la première fois depuis que nous nous connaissions, elle avait fait allusion à son âge, alors que nous n'en avions jamais parlé. Emerence pouvait porter des charges incroyables, elle montait l'escalier avec les paquets les plus lourds, avec des valises, elle était si forte qu'on aurait dit une figure mythologique, et elle ne nous avait jamais dit son âge, nous l'avions déduit de ce qu'elle nous avait raconté, elle avait trois ans à la mort de son père et neuf ans quand son beau-père avait été mobilisé juste avant de tomber en 14. Si elle avait neuf ans en 14, elle était née en 1905, elle était donc très âgée, et il était logique qu'elle pense à ce qu'il adviendrait si elle tombait un jour pour ne plus se relever. D'ailleurs, tous ceux à qui elle n'avait pas fait cette confidence devaient se borner à faire des conjectures sur son âge, c'est une fois de plus grâce au lieutenant-colonel qu'il fut possible de le découvrir par l'inoubliable jour de colère : dans les tiroirs arrachés avant la désinfection on ne trouva pas un seul document la concernant, il semble que la vieille femme ait été la seule citoyenne à avoir totalement exclu les autorités de sa vie dès qu'elle l'avait pu. Au début, le lieutenant-colonel avait vu des papiers chez elle, il avait même feuilleté le livret de travail qui avait servi à établir sa carte d'identité, elle avait dû tout détruire par la suite pour une raison à jamais obscure, parce qu'il ne restait pas le moindre document. Emerence détestait les passeports, les cartes d'identité, les cartes de transport, et dans le registre de l'immeuble qu'il fallut également détruire quand nous avons trié ses affaires, elle avait noté de son écriture cahotante cette chose inimaginable : née le 15 mars 1848 à

Segesvár [1], déclaration aussi fantaisiste qu'une pirouette, riposte typiquement emerencienne à des questions indiscrètes, les menues vengeances d'Emerence étaient coquettes et diverses.

Chouchou était encore une jeune fille quand Emerence vint dans sa rue, par la suite elle me dit qu'avant la déclaration de la guerre et même après, elle n'aurait pas pu avoir la place ni emménager sans papiers, mais Emerence avait repris la loge et y avait installé les beaux meubles, leur propriétaire les y avait lui-même transportés avant de partir pour l'Ouest, c'est sûr qu'à cette époque, elle avait des papiers, son compagnon aussi, celui à cause de qui elle fermait déjà sa porte. Son ami était peu sociable, elle ne laissait entrer personne auprès de lui, elle avait peur, pourtant on se demande qui en aurait voulu, il n'avait pas de santé, il avait des papiers prouvant qu'il était exempté de tout, il ne sortait jamais, avait été déclaré inapte au service comme au travail, il était tout en os, disait Emerence. Elle tombait toujours sur ce genre de personnage, chez les hommes comme chez les animaux, c'est la ruine qui l'attirait. Et si elle a soigné M. Szloka jusqu'à sa mort, c'est certainement parce que lui non plus ne valait pas grand-chose, et qu'en plus il n'avait personne.

*
**

Le récit de Chouchou était tellement décousu que je le lui fis répéter avant de comprendre : pendant la guerre et même avant, Emerence vivait avec quelqu'un. Au début elle n'avait donc pas seulement un chat, mais un sous-locataire ou un je ne sais quoi, et son entourage comptait aussi un certain M. Szloka, qui ne pouvait ni s'enfuir, ni s'occuper de lui-même dans l'abandon total où il se trouvait, parce qu'il avait une maladie de cœur qui l'empêchait même de participer à la défense passive, et qui

1. Début de la Révolution hongroise, dont la bataille de Seges-vár (31 juillet 1849) marqua la défaite.

ensuite mourut brutalement, au plus mauvais moment. C'était l'époque troublée du début du siège, Emerence frappa en vain à toutes les portes pour qu'on enlève la dépouille, le défunt lui resta sur les bras, la fête nationale commençait, personne ne s'occupait plus de rien, finalement c'est elle qui dut enterrer le malheureux. Emerence ensevelit donc M. Szloka dans le jardin, en contrepartie de sa bicyclette, laquelle disparut d'ailleurs par la suite, c'est sans doute son ami qui l'a emportée, parce que lui aussi est parti, mais Chouchou ne savait pas où. Emerence avait mis M. Szloka sous les dahlias, et c'est là qu'il reposa jusqu'à ce que le conseil le fasse enfin exhumer au début de l'été 46. Entre-temps la maison changea d'occupants, elle vit défiler toutes les nations, Emerence fit la lessive pour les Allemands, ensuite pour les Russes. Puis le monde reprit son cours normal, on vivait de nouveau en paix. En fait, les dénonciations à l'encontre d'Emerence ne s'étaient pas limitées à des histoires politiques ou à l'empoisonnement de pigeons, elle fut aussi accusée de violation de sépulture après avoir enterré le chat pendu auprès de M. Szloka, mais quand elle expliqua au lieutenant-colonel que ce chat était sa seule famille, celui-ci déclara qu'ils allaient voir ce qu'ils allaient voir, ces locataires qui compliquaient la tâche de la police avec ce genre de choses, il allait les expédier aux travaux d'intérêt commun, faire le ménage sur le Vérmezö[1], comme il y avait là-bas au moins autant de chevaux que d'hommes morts, ils pourraient trier ce qui restait et enterrer les hommes en terre consacrée, les animaux où ils pourraient. N'avaient-ils donc pas d'autres soucis, alors que le pays s'efforçait de se redresser après la défaite ? Ils avaient bien de la chance ! S'ils y revenaient avec cette histoire de chat, il allait faire une enquête sur l'ordure qui, parce qu'il ne supportait pas le chat d'Emerence Szeredás, l'avait pendu en bon fasciste

1. « Champ du sang », ainsi nommé en mémoire des dirigeants du mouvement des Jacobins hongrois qui y furent décapités en 1795.

à la poignée de sa porte au lieu de s'entendre avec sa pro-priétaire. Il y avait une loi contre la torture des animaux.

*
**

Un jour, Emerence ne vint pas promener le chien, et je ne la vis pas de la journée, bien que rien ne justifiât son absence. C'était l'automne, la neige était encore loin, mais la vieille femme ne vint pas, il pleuvait, une pluie fine, alanguie, j'emmenai le chien en promenade. Le matin, Viola la chercha chez elle, mais son flair lui dit qu'elle n'était pas derrière sa porte close, alors nous avons passé en revue toutes les maisons connues, le chien m'emmena jusqu'au marché, mais son attitude désap-pointée signalait qu'elle n'y était pas non plus, peut-être même pas dans le quartier, à aucun endroit connu de lui. Viola se coucha en rond, je fis le ménage, la sonnette n'arrêta pas, les autres employeurs d'Emerence venaient toujours la chercher chez nous quand elle était absente, ses amis s'inquiétaient de ce qui avait pu lui arriver, elle n'avait pas balayé les feuilles sur le trottoir, les poubelles n'étaient pas sorties, elle n'avait pas rapporté le linge lavé, n'était pas venue garder les enfants la veille au soir et n'avait même pas fait le repassage. Je n'arrêtais pas d'ouvrir et de fermer ma porte devant le défilé de ceux qui la cherchaient, Viola hurlait, montrait les dents, il ne voulut pas manger, il attendait.

La glace de Murano

Emerence réapparut tard le soir, emmena promener le chien qui, rassuré, faisait entendre d'incroyables sons, puis frappa à ma porte et me demanda de venir chez elle, elle avait quelque chose à me dire que le maître ne devait pas entendre. Nous aurions pu aller dans n'importe quelle autre pièce de la maison, mais elle insista pour que je l'accompagne, alors nous sommes partis tous trois, elle, moi et Viola qui dansait devant nous, nous ne lui avions pas mis sa laisse, à cette heure tardive, il n'y avait pas à craindre qu'il se batte avec des chiens de rencontre. Dans son entrée, Emerence m'offrit une place à la table recouverte d'une impeccable nappe en plastique, je m'assis. Une puissante odeur nous assaillait toujours en cet endroit, un mélange écœurant de chlore, de produits d'entretien et de désodorisant, la maison était silencieuse, aucune fenêtre n'était éclairée. Cela ne se remarquait pas dans la journée, mais à présent, comme nous n'étions que trois sur le carré, et comme il faisait nuit, même si ce n'était pas vraiment l'heure des fantômes, je sentis soudain la présence des occupants du logement d'Emerence. On entendit un bruit dans le profond silence, un bruit mou, Viola se tapit contre le bas de la porte, et se mit à soupirer ; quand il voulait entrer quelque part, il le signalait d'une manière particulière qui ressemblait assez à des soupirs humains ou à une respiration profonde et pénible. C'était un soir étrange à tous points de vue, ni agréable ni harmonieux, plutôt troublant, en temps normal je n'ai pas l'habitude de me livrer à des analyses, mais cette fois il me vint à l'esprit que je ne connaissais pratiquement rien d'Emerence, sinon ses manies et les réponses évasives qu'elle savait si joliment tourner.

– Ces jours-ci, j'attends une visite, commença-t-elle. (Elle parlait avec la voix irréelle, lointaine qu'on a après une anesthésie, quand l'esprit s'efforce de soutenir la conscience vacillante.) Vous savez que je ne laisse personne entrer chez moi, mais la personne qui doit venir, je ne peux pas la faire asseoir où vous êtes. C'est impossible.

L'expérience m'avait appris à ne jamais lui poser trop de questions, sous peine qu'effarouchée elle n'en dise encore moins. Si elle avait un visiteur qu'elle ne ferait pas entrer chez elle, mais ne pouvait recevoir dehors, ce n'était certainement pas n'importe qui, elle attendait peut-être ses deux blondinets calcinés, sous forme de héros de ballade, puisque bien sûr ils n'étaient plus en vie, ou bien le bon Dieu, en qui elle ne croyait pas parce qu'il lui donnait des robes du soir au lieu de vêtements de laine. C'était sans doute quelqu'un de plus important que le fils de son frère Józsi ou que le lieutenant-colonel puisque, eux aussi, elle les recevait dehors.

– Est-ce que vous me permettez de recevoir chez vous ? D'autres feraient des commérages, pas vous. Nous ferions comme si c'était votre invité. Le maître travaille l'après-midi, et si c'est vous qui le lui demandez, il accepte tout. Vous voulez bien ? Vous savez que je vous le revaudrai.

– Vous voulez inviter quelqu'un chez nous ? dis-je en la regardant.

Ma question était inutile, Emerence s'était exprimée avec exactitude et précision. Bien sûr, c'est ce qu'elle voulait.

– Tout ce que je vous demande, c'est de faire en sorte que cette personne croie que j'habite là aussi, avec vous. J'apporterai tout ce qu'il faut, des tasses, du café, des boissons, vous n'aurez rien d'autre à fournir que la place. Dites oui, je vous en serai bien reconnaissante. Nous serons partis avant le retour du maître. Mercredi à quatre heures. C'est possible ?

Viola soupirait sur le seuil, la pluie tombait mollement dehors. La situation du pays était depuis longtemps redevenue normale, même si le visiteur d'Emerence était le président de la République française, cela ne créerait pas de complications politiques. La raison pour laquelle elle ne pouvait pas le recevoir ici épaississait à peine le mystère dont elle s'enveloppait comme d'un châle. Je haussai les épaules, qu'il vienne, j'espère seulement ne pas avoir à monter la garde, c'est déjà bien que je reste à la maison puisqu'elle ne veut pas être en tête à tête avec lui. En rentrant, je me demandai comment présenter la chose à mon mari, il déteste par-dessus tout ce qui manque de clarté, ce qui n'est pas carré, certain, justifié, mais au lieu de protester, il se mit à rire, lui aussi trouvait que cette affaire avait quelque chose de bizarre et cela excitait son imagination d'écrivain. Emerence et son visiteur qu'elle reçoit ici ! Et si elle voulait se marier, si l'inconnu venait en réponse à une annonce matrimoniale, et Emerence, qui n'ouvrait jamais sa porte, voulait le rencontrer chez nous ? Qu'il vienne donc ! Il regrettait presque de ne pas être à la maison à ce moment-là. Il n'était pas inquiet à l'idée de nous laisser seules avec cet inconnu, Viola le mettrait en pièces s'il nous ennuyait. Le chien lui donna un grand coup de langue sur la main en entendant son nom, puis il se roula par terre en présentant son ventre : il voulait être gratouillé. Je ne pouvais pas m'habituer à ce que Viola comprenne tout.

Le jour dit, Emerence était dans l'état d'un dément qui se contient au prix d'un effort surhumain, et Viola, sur qui déteignait l'humeur de tout le monde, n'était pas non plus dans son état normal. La vieille femme avait apporté toutes sortes d'assiettes et de plats recouverts de serviettes, cela m'exaspéra et je lui demandai si ce banquet devait être à ce point tenu secret, qu'est-ce qu'elle avait à transporter ses affaires comme une contrebandière, elle n'avait pas la lèpre, son visiteur non plus, pour ne pas manger dans nos assiettes, avec nos fourchettes, elle pouvait prendre tout ce qu'elle voulait dans le vaisselier, utiliser le beau service de ma mère, son argenterie, est-ce qu'elle croit peut-être que je vais le lui regretter ? Elle ne me remercia pas, mais fit remarquer qu'elle n'oubliait jamais aucun geste ni bienveillant ni malintentionné. Elle ajouta qu'il ne s'agissait pas de faire des secrets, mais elle ne voulait pas que cette personne voie qu'elle n'avait pas de famille, qu'elle vivait seule, et elle n'avait pas envie de lui expliquer pourquoi elle n'ouvrait pas sa porte ni pourquoi elle vivait ainsi.

Pendant qu'elle mettait le couvert dans la chambre de ma mère, je pensai que le moment était venu de lui dire une chose que je préparais depuis longtemps. Elle disposait de la viande froide, de la salade sur des assiettes – elle savait présenter les plats à merveille –, et je lui demandai si elle avait jamais pensé à parler à un spécialiste de ce symptôme qu'on ne pouvait vraiment pas qualifier de normal, du fait qu'elle excluait le monde de chez elle, ce complexe, ou quel que soit le terme médical, on pouvait en guérir.

– Un médecin ? (Tout en essuyant les hautes flûtes à champagne des grandes occasions, Emerence leva les yeux sur moi.) Je ne suis pas malade, et je ne fais de tort à personne en vivant comme je vis, d'ailleurs vous savez bien que je ne peux pas sentir les médecins. Laissez-moi tranquille, je n'aime pas que vous me fassiez la leçon. Si je vous demande quelque chose et que vous me l'accordez, faites-le sans rien dire, sinon, ça ne sert à rien de donner.

Je la laissai là, allai dans ma chambre et mis un disque pour ne pas entendre ce que je ne voyais pas. En fin de compte, j'étais vraiment contrariée par la présence de ce visiteur qu'Emerence allait recevoir chez nous. Elle finirait par nous attirer des ennuis, c'était vraiment de la folie. Qui amène-t-elle chez nous, j'aurais peur si je ne savais pas que le chien est là, et pourquoi diable lui faut-il des flûtes à champagne pour ce rendez-vous clandestin ? Je n'aime pas mes propres secrets, encore moins ceux des autres.

La musique que déversait le tourne-disque recouvrait tout, deux pièces me séparaient de la chambre de ma mère où Emerence dressait la table. J'essayai de lire, j'avais feuilleté une cinquantaine de pages quand je me souvins qu'elle voulait me présenter l'inconnu, mais où est-il donc, que font-ils pour que tout soit si calme, Viola lui-même ne dit rien, le visiteur est-il seulement venu ? Le moment indiqué par Emerence était déjà passé de presque une heure quand j'entendis enfin des aboiements, c'est pratique d'attendre quelqu'un avec un rôti froid plutôt qu'un plat à tenir au chaud, pensai-je, je continuais d'écouter ma musique quand la porte s'ouvrit soudain et Viola se précipita en dansant et en sautant autour du lit, m'expliquant manifestement quelque chose. C'était décidément bizarre, car si le visiteur avait eu peur des chiens, Emerence l'aurait reçu ailleurs, elle ne l'aurait pas fait entrer, que faisaient-ils donc là-dedans pour que la vieille femme ne supporte pas la présence de Viola ? Je le compris vite, car elle ne tarda pas à venir voir où était le chien, son visage alors ne laissa rien paraître, elle pouvait être comme une sourde-muette. Viola était couché sur le lit à côté de moi, Emerence ne le regarda même pas. Elle m'annonça que la personne n'était pas venue, qu'elle ne viendrait pas, le bricoleur était venu lui dire qu'on l'avait appelé au téléphone de l'hôtel où cette personne devait descendre, pour lui demander de l'avertir qu'elle s'était décommandée à la dernière minute pour raison d'affaires, qu'elle n'était même pas à Budapest, et qu'elle préviendrait dès qu'elle envisagerait un nouveau voyage.

J'avais manqué d'innombrables rendez-vous officiels parce que la personne attendue n'était finalement pas venue, aussi ne trouvai-je rien de tragique à cette affaire, si ce n'est qu'Emerence avait fait des dépenses considérables pour rien, mais la vieille femme se retira comme une tornade en claquant la porte, je l'entendis crier dans l'entrée après le chien qui l'avait suivie, si bien que je dus me lever et aller voir ce qu'elle lui faisait, après tout, il n'y était pour rien. Dans la chambre de ma mère où elle avait mis le couvert pour son invité, on entendait un fracas de vaisselle malmenée, et pour la première fois de ma vie, je fus choquée par le vocabulaire d'Emerence, dont la bouche déversait un flot d'invectives et de jurons orduriers. J'ouvris la porte mais restai sur le seuil. Ce n'était pas le chien, mais autre chose qu'elle accablait d'injures, Viola mangeait, installé à table sur le fauteuil de ma mère, Emerence avait posé le plat devant lui, le chien happait les tranches de rôti et s'empiffrait, sa patoche posée sur la nappe, prête à glisser sur le milieu de table en glace de Murano que jamais, même aux plus grandes occasions, je n'avais utilisé, et au centre duquel vacillait le chandelier d'argent à cinq branches. De temps en temps, Viola crachait une bouchée et la récupérait sur la glace constellée de taches de gras. Je crois que je n'ai jamais été aussi furieuse de ma vie.

– Fiche le camp, Viola ! Descends de là ! La glace de ma mère, son service de porcelaine ! Qu'est-ce qui se passe ici, Emerence ? Vous avez perdu la raison ?

Jamais je n'ai entendu Emerence pleurer, ni avant ni par la suite, jusqu'à la fin de sa vie, mais ce jour-là, elle éclata en sanglots, je ne savais pas quoi faire, parce que dans les moments de crise, le chien ne m'obéissait pas tant qu'Emerence ne lui avait pas répété mon ordre. En effet, il continua tranquillement son repas, Emerence sanglotait à l'autre bout de la table, Viola levait les yeux sur elle en signe de sympathie, mais il n'arrêtait pas de manger, incapable de résister à l'exquise nourriture. Je ne peux pas dire qu'Emerence ne lui ait pas appris à se tenir à table, il aurait pu se produire en public, il mangeait presque parfaitement, assis sur son derrière, appuyé tantôt sur sa patte gauche, tantôt sur la droite, comme un être humain, à ceci près que pour saisir les aliments, il se servait de sa gueule et non de ses griffes. Ce spectacle était si absurde qu'il m'exaspéra au point que je ne sus plus quoi dire. Notre chien qui ne prête pas attention à mes ordres, qui mange dans la chambre de ma mère, à la table de ma mère, à une table richement dressée pour une fête, qui lorgne du coin de l'œil la desserte où trône

70

un gros gâteau en se demandant comment il pourrait bien le prendre, pendant qu'Emerence sanglote sans pouvoir s'arrêter. Cela représentait une grosse dépense, le plat était presque vide, mais les restes témoignaient assez de l'estime portée à l'invité qui n'était pas venu. La colère montait en moi, j'étais prête à exploser quand Emerence s'essuya le visage et les yeux du revers de la main, puis comme s'éveillant brutalement d'une anesthésie, elle se jeta sur le chien qui mangeait allègrement et le frappa à coups redoublés avec le manche de la fourchette de service. Elle le traita de tous les noms, d'ingrat, d'infidèle, de misérable menteur, de capitaliste sans cœur, Viola sauta du fauteuil en gémissant et, couché sur le tapis, laissa s'exécuter l'incompréhensible sentence, Viola n'essayait jamais de se sauver quand Emerence le battait, ni de se défendre. C'est en rêve qu'on voit de telles scènes d'horreur composées d'éléments irréels, comme celle qui se déroulait ici même. Viola recroquevillé tremblait sous les coups, dans sa frayeur il n'avait pas avalé la dernière bouchée qui tomba de sa gueule sur le tapis préféré de ma mère. Je crus qu'Emerence allait le transpercer avec la fourchette, tout se passa en un éclair, j'eus si peur que je me mis à hurler, alors la vieille femme s'accroupit à côté du chien, lui releva la tête et l'embrassa entre les oreilles, Viola gémit de soulagement et lécha la main qui l'avait frappé.

Non, tout de même, c'en était trop, qu'elle trouve un autre public pour ses crises ! Je tournai les talons en lui demandant de bien vouloir débarrasser ses reliefs de la chambre de ma mère, et si ce n'était pas trop exiger, qu'elle s'abstienne de nous faire jouer les seconds rôles dans les épisodes impossibles de sa vie privée, et de prendre notre maison pour un théâtre. C'est à peu près ce que je lui dis, peut-être plus simplement, afin qu'elle comprenne. Elle comprit. Je l'entendis aller et venir sans savoir ce qu'elle faisait, plus tard je m'aperçus qu'elle avait mis au réfrigérateur le dessert et le champagne destinés à son invité, ainsi qu'un plat contenant un autre rôti intact, manifestement à notre intention : elle avait vidé dans la gamelle de Viola le plat où il avait mangé. Le chien ne bronchait plus, le calme était enfin revenu, je croyais Emerence partie, mais elle n'en était qu'aux préparatifs, elle mettait sa laisse à Viola, chaque fois que quelque chose avait bouleversé le chien, elle l'emmenait pour une longue promenade, même s'il lui fallait pour cela abandonner le repassage ou la pâtisserie. Quand elle entra me dire qu'ils allaient vers le bois, elle était redevenue comme d'habitude, elle resta à la porte avec le chien, et me demanda de l'excuser. Je n'avais jamais entendu quelqu'un présenter ses excuses avec une telle dignité, une telle absence d'humilité ou de remords, et par la suite j'ai toujours pensé qu'en réalité elle se moquait de moi, comme si c'était moi et non elle qui avais commis une faute. Bien sûr, elle ne donna pas d'explication, et ils partirent.

Mon mari eut un geste de dérision quand je lui racontai l'après-midi d'Emerence. Il me dit que c'était bien fait pour moi, je prenais tout et tout le monde tellement au sérieux, et n'arrêtais pas de me mêler de la vie des autres. C'est dans son club de l'entrée qu'elle aurait dû recevoir son mystérieux visiteur, cet éminent personnage, tellement plus important que le lieutenant-colonel que la seule salle à manger digne de lui était la chambre de ma mère. Et voilà qu'elle avait préparé pour rien des montagnes de nourriture, l'invité n'était pas venu. Je n'avais qu'à lui rapporter ce qu'elle nous avait laissé dans le réfrigérateur, il ne voulait pas manger les restes de celui qui n'était pas venu, il n'était pas Viola.

Je sentais qu'il avait à la fois tort et raison, mais bien sûr je fis ce qu'il voulait et mis sur un plateau tout ce que je pouvais porter. Moi aussi, j'étais furieuse contre la vieille femme, mais je n'en comprenais pas moins que quoi qu'il ait pu se passer l'après-midi, c'était l'horreur totale aux yeux d'Emerence, je l'avais entendue sangloter, et au cours des quelques heures qui avaient suivi son départ, j'avais retrouvé mon sang-froid au point d'être saisie d'un doute : c'était bien plus grave que nos blessures d'amour-propre. L'image que j'avais eue sous les yeux, Viola à table, n'était qu'une apparence d'idylle, et le festin d'Emerence devait représenter une autre passion mythologique, puisque en y repensant, je ne les voyais pas auprès de la table comme un brave chien récompensé et sa maîtresse, mais comme deux convives d'un terrible banquet de la mythologie grecque, et la viande engloutie par l'animal n'était peut-être qu'une apparence de rôti, pas de la nourriture, mais d'invisibles fibres et viscères, une sorte de sacrifice humain, comme si Emerence, avec ses souvenirs et ses bonnes intentions, avait voulu jeter en pâture au chien la personne qui n'était pas venue cet après-midi et s'était contentée d'envoyer un message, blessant ce qu'il y avait de plus important au tréfonds d'Emerence, et dont elle ne parlait jamais à personne. Viola était Jason sans méfiance, sous le foulard de Médée-Emerence couvait la braise des enfers. Cela ne me plaisait pas de devoir lui rendre ses plats, mais je n'appréciais pas non plus d'être régalée de restes. Moi aussi je viens de la campagne, et ma sensibilité provinciale me disait que j'allais la vexer, mais je n'avais pas de meilleur moyen de lui faire sentir qu'elle avait vraiment dépassé les bornes.

Le plateau était lourd, j'eus du mal à ouvrir la porte cochère, on me suivit des yeux tandis que je traversais la rue. Emerence n'était pas visible, mais, ce qui était inhabituel, on l'entendait remuer sans précautions derrière sa porte, même parler, elle s'entretenait évidemment avec son chat, puisqu'elle passait son temps à tout dire à Viola aussi. Je lui criai que je regrettais de ne pouvoir garder le repas de fête, que je le lui laissais dehors sur la table, elle pourrait sortir le chercher. Elle entrebâilla la porte, juste assez pour empêcher son chat de sortir et sa visiteuse de regarder à l'intérieur, et se glissa au-dehors, elle avait déjà quitté sa grande tenue pour ses vêtements de tous les jours. Sans un mot, elle alla chercher une grosse marmite dans le réduit qui lui servait de débarras, y déversa tout, écrasant ensemble le gâteau, la viande, la salade, puis l'emporta aux toilettes, et j'entendis qu'elle mettait tout dans la cuvette et tirait la chasse d'eau. Viola se démenait frénétiquement, mais elle ne lui donna rien, elle le tenait à distance comme si elle ne le connaissait pas, et lui envoya même un coup de pied. Alors j'eus de nouveau peur d'Emerence, vraiment peur, je tenais serrée la laisse de Viola, et pourtant je savais que si elle m'attaquait sous l'emprise d'une soudaine crise de nerfs, ce n'est pas moi que le chien défendrait, mais elle. Emerence fit également un sort aux boissons, saisissant les bouteilles par le col elle les lança contre le chambranle de la porte, le champagne explosa, le chien se mit à hurler de frayeur, Emerence jeta les bouteilles dans la poubelle, lava le sol avec le vin et le champagne répandus, à l'odeur on se serait cru dans un bistrot. Chouchou, Adélka et Polett, que le hasard amenait à ce moment-là, firent demi-tour dès qu'elles nous virent, Emerence barbouillant sans un mot le pavé de vin, le chien hurlant, moi comme une statue de bois, nous offrions un spectacle incompréhensible qui n'inspirait pas confiance, il valait mieux s'éloigner, ce qu'elles firent en toute hâte.

À ce moment, j'eus la certitude qu'un meurtre avait bien été commis l'après-midi à la table de ma mère, en anéantissant le repas, Emerence avait réglé métaphoriquement son compte à son visiteur. Je fis d'ailleurs la connaissance de la victime quelques années plus tard, une belle et svelte jeune femme piétinait à côté de moi dans la cohue de la Toussaint, elle n'aurait pas pu choisir pire jour pour régler des affaires à Budapest ou aller au cimetière, mais elle avait quand même pu faire des choses plus intéressantes que de chercher la dernière demeure d'Emerence. Elle déposa ses fleurs sur le seuil de la chapelle de légende, sans se douter que cela ne servait à rien, les roses à longue tige dans leur boîte transparente seraient volées la nuit même. Elle exprima ses regrets de ne pas être venue quand elle l'avait promis, elle aurait pu voir Emerence à ce moment-là, mais elle était dans les affaires, elle dirigeait l'usine depuis que son père et son oncle, qui à l'origine vivait aussi à l'étranger, s'étaient retirés, et la situation de ses entreprises européennes avait fait que les négociations prévues à Budapest avaient été ajournées, il n'aurait servi à rien qu'elle vienne, elle avait alors préféré attendre une autre occasion pour grouper la visite à Emerence et les rendez-vous d'affaires. New York n'était pas la porte à côté.

Elle partagea notre dîner, c'est-à-dire ce que je trouvai dans le réfrigérateur, où étaient la table de fête d'Emerence, les bougies se reflétant dans la glace de Murano ? Je lui racontai combien sa visite manquée avait bouleversé la vieille femme, elle s'en étonna, ne comprenant pas comment on pouvait s'offusquer à ce point d'un changement de date, c'était monnaie courante dans les affaires. Au cimetière, j'avais remarqué qu'un désagréable souffle froid et humide nous enveloppait, peut-être la vieille femme ne voulait-elle pas accepter la bougie qu'elle avait allumée pour elle, et au moment où la jeune femme toucha la tombe, le vent se leva, agitant les branches qui s'égouttèrent dans son cou, les flammes des veilleuses s'allongèrent et s'éteignirent aussitôt, comme si Emerence lui avait soufflé un froid hivernal au visage. D'ailleurs, depuis sa mort, elle avait bien des fois pirouetté sur ses talons disparus et tiré la langue à notre mauvaise conscience ou à nos tentatives de rapprochement : un cristal encore inconnu de ses millions de secrets scintillait alors au-dessus de nous.

Le plus terrible, c'est que si Emerence avait pu l'entendre, elle aurait peut-être compris et admis que sa visiteuse ne voulait ni la blesser ni l'offenser, ce n'était pas un nouveau-né parvenu à l'âge adulte réduisant à néant ses préparatifs fébriles, mais un bébé d'autrefois devenu femme d'affaires faisant coïncider travail et vie privée, qui reconstituait avec exactitude les sentiments que sa détresse avait pu inspirer à Emerence, et ce que sa famille et elle-même devaient à leur ancienne domestique. Elle partagea notre repas de régime sans un souvenir larmoyant, regrettant seulement de ne pas avoir pu rencontrer la vieille femme, en fait elle l'aurait vue pour la première fois, car à l'époque elle était trop petite pour se souvenir de son visage, en dépit de l'affection qu'Emerence lui portait. Je me demandai ce que dirait cette charmante personne si elle savait que la vieille femme l'avait tuée métaphoriquement, tandis qu'aveuglée de colère par le refus de son amour, elle avait momentanément perdu la raison, et jeté au chien le repas, c'est-à-dire la petite fille qu'elle avait autrefois sauvée mais qui s'était révélée indigne : mange ça !

*
**

Tout cela était encore loin ce soir-là, terriblement éloigné, et en revenant de chez Emerence, je sentis seulement que ce que je venais de faire n'était pas juste malgré tout, que c'était blessant. Je n'aurais pas dû lui permettre de recevoir une inconnue chez nous, je n'aurais pas dû l'aider à faire croire à quiconque qu'elle vivait en famille, qu'elle n'était pas seule, ni à épaissir les mystères dont elle s'entourait, mais puisque je l'avais fait, je n'aurais pas dû lui jeter à la figure ce qu'elle ne voulait surtout pas voir, et nous avait offert. Quelle stupide arrogance peut nous saisir parfois ! Emerence aurait peut-être mieux surmonté son incompréhensible crise, si elle avait senti qu'elle ne s'était pas donné en vain la peine de préparer des plats qu'on voit rarement, même dans les cuisines des grands hôtels. Je n'aurais pas dû lui renvoyer quoi que ce soit. Quelqu'un avait meurtri la vieille femme ce jour-là, avec ou sans raison, je l'ignore, il se peut aussi que tout cela ait une explication simple et logique, seulement voilà, Emerence ne voit pas les choses comme moi, elle est capable de ne rien comprendre, tout comme elle peut saisir en un instant ce que personne d'autre ne peut concevoir. Pourquoi la blesser moi aussi ? Même Viola, qu'elle avait pourtant rossé, ne lui en voulait pas, et cependant ce chien sait tout, il ressent les choses par des voies mystérieuses. Nous sommes allés nous coucher, j'étais de mauvaise humeur, mon mari dormait depuis longtemps, je ne pus trouver ni le sommeil ni la paix. Je me rhabillai, Viola, deux pièces plus loin au pied du lit de ma mère, dressa l'oreille en m'entendant bouger mais ne gémit pas, il gratta doucement à la porte comme

76

s'il ne voulait pas réveiller mon mari. Bon, allons-y tous les deux, mon chien, il est vrai que ce n'est pas loin, mais je n'aime pas déambuler seule la nuit.

Nous sommes partis, comme les héros de mon enfance, le jeune père généreux du troisième chant de *L'Énéide*, c'est peut-être à ce moment que quelque chose bascula définitivement dans notre relation et dans nos vies. *Ibant obscuri sola sub nocte per umbram perque domos Ditis vacuas.* Nous marchions à petits pas dans l'obscurité, Viola et moi, la grille était fermée, je sonnai chez Emerence, il fallut attendre qu'elle vienne, minuit était passé depuis longtemps, mais je vis que la lampe de l'entrée était encore allumée, Emerence ne se retirait jamais avant de l'avoir éteinte. Elle parut tout de suite, nous étions chacune d'un côté de la grille, Viola haletait, il posa la patte sur le seuil.

– Le maître est malade ? demanda Emerence d'un ton neutre.

Elle parlait bas comme il convient. La maison dormait.

– Non. Je voudrais entrer.

Elle me laissa passer et referma la grille derrière nous, elle était sortie de chez elle mais sa porte était bien sûr soigneusement fermée. Viola se coucha sur le seuil, soufflant au bas de la porte comme pour appeler le chat. J'aurais voulu dire quelque chose de beau en signe de réconciliation, que je ne comprenais pas ce qui s'était passé auparavant ou ce jour-là, mais je regrettais de ne pas avoir été plus adroite l'après-midi quand elle était hors d'elle, et bien qu'ignorant ce qui l'avait bouleversée, je voulais lui témoigner ma sympathie. Je restai muette, ce n'est que sur le papier que je sais m'y prendre, dans la vie j'ai toujours du mal à trouver les mots.

– J'ai faim, dis-je enfin. Il ne vous reste pas quelque chose à manger ?

Quand le temps change brusquement, le soleil sort des nuages gris, mais jamais d'une manière aussi inattendue, si contraire à la logique. Elle sourit, et je me rendis compte à ce moment combien elle souriait rarement. Elle disparut d'abord dans le cabinet de toilette, j'entendis couler de l'eau, Emerence ne touchait jamais d'aliments sans se laver les mains, puis elle ouvrit la porte de la réserve. Elle n'y rangeait pas que la nourriture, mais aussi le linge de table. Viola voulut la suivre mais j'attrapai sa laisse au passage, la vieille femme lui ordonna de ne pas bouger, alors il se coucha, Emerence revint avec une nappe jaune damassée, puis alla chercher une assiette, un couteau et de la viande, non pas un reste de ce qu'elle avait préparé pour son invité, mais une côtelette marinée avec beaucoup d'aromates. Elle était absolument délicieuse, je mangeai de bon appétit. Viola eut l'os. Elle m'offrit aussi du vin, pas en bouteille, mais qu'elle versa d'une dame-jeanne, je le bus, je n'aime pas l'alcool, mais cette nuit-là, je devais aller jusqu'au bout, sinon j'étais venue pour rien. Je ne savais pas qui j'incarnais à cette table, mais il est sûr que je jouais le rôle de celui qu'on avait attendu en vain, pour qui on s'était donné toute cette peine, je m'efforçais de personnifier un inconnu tout en n'ayant pas la moindre idée de qui il s'agissait. Nous pétrissions les oreilles de Viola, jouions avec ses pattes, puis quand je voulus partir, Emerence me raccompagna jusqu'à la maison, comme si j'allais à pied jusqu'à Köbánya [1], en robe de chambre et en pantoufles. Nous ne parlions que du chien, comme si le sujet essentiel cette nuit était le comportement de Viola, ses facultés intellectuelles, son joli corps, il ne fut pas question du visiteur. En arrivant devant chez nous, Emerence me remit la laisse et attendit que je sois entrée dans le jardin ; puis lentement, posément, comme si elle prêtait serment, murmura dans cette nuit virgilienne où se mêlaient réel et irréel que jamais elle n'oublierait ce que je venais de faire. Mon mari ne se réveilla pas quand je me recouchai près de lui, mais Viola était tellement énervé que j'eus beaucoup de mal à l'envoyer à sa place. Puis il s'endormit à son tour, pas dans la chambre de ma mère, mais sur le seuil de la salle de bains, je remarquai qu'il était enfin calmé, car il ronflait comme un homme.

1. Terminus de métro en banlieue.

Le débarras

Je crois que c'est à partir de ce moment-là qu'Emerence m'aima vraiment, sans réserve, avec gravité, comme si elle avait pris conscience que l'affection est un engagement, une passion emplie de risques et de dangers. Le jour de la fête des Mères, elle fit une soudaine apparition dans notre chambre, tôt le matin, mon mari émergea avec peine d'un sommeil alourdi par les somnifères, je me réveillai aussitôt et écarquillai les yeux en voyant dans la fraîche lumière entrant à flots par la fenêtre ouverte Emerence en grande tenue, qui amenait Viola par sa laisse jusqu'à mon lit. Le chien était coiffé d'un petit chapeau noir démodé au ruban orné de roses fraîchement cueillies, et son collier était entouré d'une guirlande de fleurs. À dater de ce jour, à chaque fête des Mères, elle venait avec le chien et récitait au nom de Viola ce compliment d'usage :

> Merci d'avoir la bonté de m'aimer,
> de me donner à manger, un doux lit pour me coucher.
> Merci au maître et à mes parents pour l'éducation,
> Dieu bénisse leurs champs d'une belle moisson.

Ce poème, que son institutrice avait dû lui faire réciter lors d'une fête de l'école entre la révolution russe de 1905 et la Première Guerre mondiale, Emerence le claironnait tous les ans auprès de notre lit de sa voix qui ne déclina jamais, Viola essayait de faire tomber à coups de patte le petit chapeau venu d'on ne sait où, mais bien sûr, on ne le laissait pas faire. Chaque année, la vieille femme ajoutait à son poème ce texte rituel en guise de conclusion : « Je remercie pour tout, moi, le petit garçon, c'est pour ma maîtresse que je porte une rose à mon chapeau. » Il y avait effectivement des roses au chapeau de Viola à chaque fête des Mères, depuis, je ne peux plus voir un petit chapeau noir sans que leur image me revienne en mémoire, Emerence dans ses habits de fête, et notre chien, des fleurs autour du cou, les oreilles aplaties sous le rebord du chapeau. C'est l'aube, parfumée, dans le château de Barbe-Bleue les moments de la journée sont exactement répartis. Emerence a désormais l'éternité pour elle, toutes les aubes avec leur lumière, avec le parfum des herbes du jardin. Cette cérémonie irritait mon mari au point que la plupart du temps il ne venait pas se coucher la veille de la fête des Mères, il somnolait en robe de chambre dans son fauteuil ou s'enfermait dans la chambre de ma mère, il trouvait insupportable cette visite matinale auprès de notre lit, alors qu'il n'était pas encore habillé. En réalité, je crois qu'il ne voyait pas d'un bon œil qu'Emerence m'aime tant et le manifeste par des moyens si singuliers.

Il est vrai qu'Emerence n'aimait pas n'importe comment, elle aimait d'une manière qu'elle aurait pu découvrir dans la Bible si toutefois elle en avait une, ou si à l'époque où elle allait à l'école on lui avait mieux fait connaître les apôtres. Si Emerence ignorait les épîtres de saint Paul, elle les vivait, je ne crois pas qu'en dehors des quatre piliers qui soutiennent la voûte de ma vie, mes parents, mon mari et Agancsos, mon frère adoptif, quelqu'un eût été capable de m'aimer comme elle, inconditionnellement et sans réserve. Son amour faisait penser à celui de Viola, qui parcourait le dédale de ses sentiments avec une passion si douloureuse, mais voilà, Viola n'était pas à moi, il était à elle. Où qu'elle travaille, il lui arrivait de laisser tomber sa tâche, parce qu'il lui venait à l'esprit que je pouvais avoir besoin de quelque chose, et elle n'était rassurée qu'en voyant qu'il ne me manquait rien, alors elle repartait en courant, le soir elle préparait un plat dont elle savait que je l'aimais, mais il lui arrivait aussi d'apporter autre chose, des cadeaux inattendus, sans raison particulière. Un jour, comme la collecte des encombrants devait avoir lieu dans notre arrondissement, elle parcourut les rues l'une après l'autre, ramassa toutes sortes de choses intéressantes ou étranges, les nettoya, les répara, et les apporta en cachette chez nous.

La mode n'était pas encore au rétro, mais elle ramassait d'une main sûre ce qui se révéla par la suite avoir de la valeur, un matin je trouvai dans la bibliothèque un tableau au cadre abîmé, qui atteignit plus tard un certain prix, une botte vernie, un faucon empaillé cramponné sur sa branche, une bouilloire ornée d'une couronne ducale et la boîte de maquillage d'une ancienne actrice, dont le parfum entêtant nous éveilla ce jour-là. La journée commença dans l'agitation, Viola hurlait, il avait manifestement accompagné Emerence dans sa tournée de ramassage en flairant partout, et en rentrant à la maison elle l'avait enfermé dans la chambre de ma mère pour ne pas être dérangée pendant qu'elle préparait, nettoyait et mettait en place la collection dont elle voulait nous faire la surprise, et qui comprenait en outre un nain de jardin et une statuette de chien marron légèrement ébréchée. En fait, c'est l'agitation de Viola qui nous tira du lit, et la scène éclata parce que mon mari sortit le premier de la chambre. Le chien donnait de la voix, il voulait venir dans notre chambre, Emerence était invisible, elle avait disposé ses présents avec tact comme sait le faire une personne bien élevée. En sortant de la chambre, mon mari eut un accès de furie : dans son bureau aux murs couverts de bibliothèques, juste devant sa collection de classiques anglais, le nain de jardin grimaçait sur le tapis en compagnie de la botte. Emerence avait repoussé *L'Odyssée* au fond de l'étagère pour y disposer la bouilloire couronnée dans laquelle elle avait mis des fleurs artificielles ; sur la cheminée trônait le faucon. Je me précipitai dans la pièce en entendant les vociférations de mon mari, je ne l'avais jamais entendu crier aussi fort, je ne soupçonnais même pas que sous son calme habituel puisse hiberner une telle fureur. Non content d'épiloguer sur ce qui était censé réveiller quelqu'un dans sa propre demeure, il disserta avec une ampleur philosophique sur ce que devenait la finalité de la vie humaine s'il pouvait advenir que le tapis fût souillé par la présence sacrilège d'un nain de jardin et d'une botte de cavalerie ornée d'un éperon en forme d'aile d'aigle, et comme si cela ne suffisait pas, il bondissait dans sa colère d'un objet à l'autre. Ce fut une horrible matinée, ne sachant pas par où commencer, je tentai en vain d'expliquer à mon mari que la vieille femme s'exprimait comme le lui dictaient ses propres penchants, que tout ce qu'il voyait là était des manifestations d'affection, il devait le croire, seulement Emerence manifestait d'une manière étrange les sentiments les plus divers, elle avait procédé à sa sélection selon son propre point de vue. Qu'il cesse de sautiller parmi les objets, qu'il cesse de crier, je vais m'occuper de tout, c'est épouvantable de l'entendre ! Mon mari sortit de la maison en courant, en réalité il me faisait de la peine, je ne l'avais jamais vu dans cet état de fureur et d'impuissance, jamais. Par la suite, il me raconta en riant d'un air embarrassé qu'il avait vu Emerence balayer la rue, et qu'il avait filé quand elle l'avait salué avec le sourire qu'on adresse à un enfant mal élevé qui ne dit pas bonjour alors qu'à son âge il doit bien savoir comment saluer poliment, et s'il ne le fait pas, il faut se faire une raison, il finira bien par s'améliorer avec le temps. D'une manière générale, Emerence considérait notre couple comme une énigme, elle ne comprenait pas pourquoi je me compliquais les choses, mais puisqu'il en était ainsi, elle l'acceptait, tout comme j'admettais qu'elle n'ouvre pas sa porte. Puisque le maître était comme ça, que pouvions-nous faire, un homme n'est jamais tout à fait raisonnable.

D'ailleurs un seul des cadeaux lui était destiné, je ne l'avais pas remarqué tout de suite, c'était une très belle édition de *Torquato Tasso* reliée en cuir, récupérée parmi les objets au rebut, j'avais immédiatement caché le volume derrière les autres livres, mais je ne savais que faire des autres présents, par exemple du nain de jardin qui portait un tablier vert élimé et une lampe, et même un pompon bien en place à la pointe de son bonnet. J'avais décoré la cuisine d'une manière assez personnelle, avec des objets hérités de mon arrière-grand-mère, il y avait vraiment de tout, la boîte à farine, la roulette à pâtes, le hachoir à viande, une balance romaine, des poids anciens, un moulin à café, désormais considéré comme une antiquité datant de l'époque où Peugeot ne fabriquait que des ustensiles de cuisine, le nain de jardin irait très bien dans la niche sous l'évier, j'y mis également la bouilloire ducale, elle serait parfaite pour la poudre à récurer, et rangeai mes produits de maquillage dans le coffret de l'actrice.

Restait à régler le sort du tableau, de la botte de cavalerie et du faucon. Pour ce qui est du faucon, je m'en remis à Viola en le libérant de la chambre de ma mère, ce ne fut pas une mauvaise idée, car au bout de quelques minutes, il n'en resta que des lambeaux, le chien le réduisit en charpie, j'espérais seulement que les produits de naturalisation ne lui feraient pas de mal, mais l'oiseau avait l'air si vieux que les poisons n'avaient probablement plus d'effet, il avait perdu la moitié de ses plumes, un rongeur l'avait déjà grignoté, le socle de bois se disloqua aussitôt. Je détachai le tableau de son cadre, il représentait une jeune femme aux traits révulsés fixant dans une intention funeste l'écume d'un océan aux vagues noires, derrière elle une villa, une allée de cyprès descendant en pente raide. Je clouai la toile derrière la porte de la cuisine sur l'encadrement de la vitre rugueuse et plaçai la botte contre le mur de l'entrée. Nous n'avions pas de porte-parapluie, je pensai qu'elle conviendrait à cet usage, Emerence l'avait nettoyée à la perfection. La folle sur la porte de la cuisine, le moulin à café historique, la multitude d'autres objets, le nain de jardin sous l'évier à côté du pot de saindoux sur lequel on pouvait lire en énormes lettres « si tu aimes ton époux, fais la cuisine au saindoux », et qui avait en son temps orné la cuisine de ma tante, tout cela donnait une impression d'ensemble ne laissant que deux possibilités à nos visiteurs : ou bien être paralysé d'ahurissement, ou bien être saisi d'un fou rire, car les murs de notre cuisine n'étaient vraiment pas ceux de tout le monde, au lieu d'être peints ou tapissés, ils étaient recouverts de toile cirée représentant des écureuils, des oies et des canards. De nombreux artistes venaient chez nous, à leurs yeux cette pièce était le monde familier de doux dingues, j'avais depuis longtemps coupé les ponts avec ma famille civilisée et dépourvue d'imagination, tout au plus aurais-je pu craindre la réticence d'Emerence, il eût été logique qu'elle ne supporte pas de voir la cuisine et l'entrée transformées en maison de fous, mais dès le début, elle trouva plaisir à vaquer parmi les accessoires d'un théâtre si particulier. Elle avait pour les objets étranges un sentiment à la Hoffmann, à la Hauff, elle aimait tout ce qui était inhabituel, un des grands moments de sa vie fut le jour où elle avait demandé et obtenu le mannequin de couture hérité de ma mère, elle l'avait emporté chez elle en triomphant comme si c'était une relique, je m'étais en vain interrogée pour savoir pourquoi elle amassait dans son logis des objets à la destination absurde si son énigmatique porte ne devait jamais s'ouvrir, et pourtant je m'étais sentie honorée jusqu'à l'étourdissement du fait qu'elle réclame quelque chose, comme je l'ai déjà dit, Emerence n'acceptait jamais rien. Plus tard, bien plus tard, à un des moments les plus irréels de mon existence, où j'errais parmi les ruines de sa vie dévastée, le mannequin sans visage moulé sur le superbe corps de ma mère se trouvait déjà dans l'herbe du jardin avant qu'on ne l'arrose d'essence et n'y mette le feu, j'y découvris l'iconostase d'Emerence : épinglés à la toile, sur le tronc du mannequin, nous étions tous là, les Grossmann, mon mari, Viola, le lieutenant-colonel, le neveu, le boulanger, le fils de l'avocat, elle-même, la jeune Emerence aux cheveux blonds lumineux couverts d'une coiffe, en costume de femme de chambre, portant dans ses bras un bébé de quelques mois.

Le goût d'Emerence pour les objets inattendus n'était pas une nouveauté, ce qui me surprit le plus ce matin-là, c'est qu'elle ne les avait pas ramassés pour elle, mais pour moi. Je n'osai pas lui en tenir rigueur, je n'en eus même pas l'intention, mais je n'avais vraiment rien à faire du chien à l'oreille ébréchée, spectacle affligeant, erreur d'un amateur fâché avec le monde. Je le fourrai derrière le mortier de la cuisine, sachant que si mon mari mettait la main dessus, il le jetterait aux ordures, c'en était décidément trop, de ce chien. Lorsque Emerence fit son apparition, j'étais seule à ma machine.

– Vous avez vu tout ce qu'ils ont jeté, ces gaspilleurs ? J'ai tout emporté, il ne reste rien pour les autres. Cela vous a fait plaisir ?

Comment cela ne m'aurait-il pas fait plaisir, j'avais rarement connu une matinée si harmonieuse ! Je ne répondis pas et continuai de taper à la machine, des embryons de phrases incompréhensibles naissaient sous mes doigts énervés. Emerence parcourut toutes les pièces, chercha où j'avais mis quoi, trouva à redire à l'installation du petit nain et du tableau dans la cuisine, pourquoi cacher de tels trésors, elle vengea la destruction du faucon en donnant une calotte à Viola, le pauvre ne pouvait même pas m'accuser de lui avoir mis la séduisante dépouille devant le nez, et d'ailleurs, je faillis y passer moi aussi, car ce qui préoccupait le plus Emerence, c'était de savoir où j'avais mis le joli petit chien. Je lui dis que je l'avais caché, parce qu'il n'était vraiment pas montrable, alors elle se posta de l'autre côté de ma table et me jeta à la figure avec indignation :

– Alors, même ça, vous n'osez pas le faire pour votre propre plaisir, vous êtes donc devenue une esclave ? Le maître n'aime pas les animaux, il ne les supporte même pas en statue, alors vous n'en voulez pas ? Qu'est-ce qu'il a de plus ce fichu coquillage en haut du secrétaire, où il a le culot de mettre les invitations et les cartes de visite ? Le chien, non, mais le coquillage, oui ? Ôtez-le de ma vue, ou je vais le casser en mille morceaux, je ne voudrais même pas y toucher.

Elle saisit le nautile sur son socle de corail, qui se trouvait autrefois sur la console de Maria Rickl et était échu à ma mère lors du partage de la rue Kismester, l'emporta d'un air dégoûté vers la cuisine avec les cartes de visite et les invitations, le posa entre la semoule et le sucre en poudre et mit à sa place le chien à l'oreille ébréchée. C'en était trop. Passe encore qu'Emerence aille et vienne parmi les lieux et les événements de ma vie, mais qu'elle décide de mon environnement, non.

– Emerence, dis-je avec une gravité inaccoutumée, remportez s'il vous plaît cette statuette sur le trottoir, ou si vous ne voulez pas la jeter, remettez-la hors de vue, là où je l'avais mise. C'est un article de bazar, qui plus est en mauvais état et d'un goût douteux, mon mari n'est pas le seul à ne pas pouvoir la supporter, je n'en veux pas non plus. Ce n'est pas une œuvre d'art, c'est du kitsch.

Le regard bleu lumineux se tourna vers moi. Pour la première fois, au lieu d'intérêt, de sympathie, d'attention, j'y lus un mépris ouvert.

– Qu'est-ce que c'est, du kitsch ? demanda-t-elle. Qu'est-ce qu'il veut dire, ce mot ? Expliquez-moi ça !

Je me creusai la tête pour lui expliquer quelle était la faute de l'innocent chien de bazar au corps mal proportionné.

– Le kitsch c'est quelque chose qui n'est pas vrai, que les gens ont inventé pour leur plaisir superficiel, le kitsch, c'est du toc, du faux.

– Et ce chien, il est faux ? fit-elle, outrée. C'est du toc ? Est-ce qu'il n'a pas tout ce qu'il faut, des oreilles, des pattes, une queue ? Alors que vous, vous installez une tête de lion en cuivre sur le secrétaire, et vous l'adorez, et tous vos invités l'adorent aussi, ils la tapotent comme des idiots, et pourtant ce lion n'a même pas de cou, il n'a rien de rien, juste une tête, et en tapant dessus, vos invités tapent sur une espèce de placard où vous rangez vos papiers. Le lion qui n'a pas de corps, il n'est pas faux, mais le chien qui a tout ce qu'il faut, comme à un chien,

86

lui, il est faux ? Qu'est-ce que c'est que ces fariboles, dites-moi tout simplement que vous ne voulez rien accepter de moi, basta. Et qu'est-ce que ça peut faire si son oreille est ébréchée, vous-même vous fourrez bien dans une vitrine des bouts de tessons que votre ami d'Athènes a déterrés dans je ne sais quelle île, est-ce que c'est *sain*, ces petites saloperies noires ? Osez me dire ça ! Au moins, ne vous mentez pas à vous-même, avouez que vous avez peur du patron, ça, je l'ai compris, mais n'essayez pas de masquer votre lâcheté en disant que quelque chose est kitsch.

Le plus effrayant, c'est qu'elle n'était pas loin de la vérité. J'avais horreur de cette statuette de chien, mais ce n'est pas pour cela que je l'avais fourrée derrière le mortier, Emerence avait bien énoncé la véritable raison, je voulais protéger mon mari, et tout le fonds du musée d'Héraklion n'aurait pas valu que je lui cause à nouveau des moments désagréables, alors je pontifiais comme un critique d'art idiot. Emerence gardait un silence ironique, puis elle fit disparaître le chien dans le cabas qu'elle traînait toujours avec elle, et s'en fut. En sortant, elle remarqua la botte dans l'ombre contre le mur de l'entrée, rouvrit brusquement ma porte et vida les parapluies devant moi. Elle était cramoisie de fureur et se mit à hurler :

– Vous êtes devenue folle ? Vous croyez que quelqu'un de bien range son parapluie dans une botte, vous croyez que c'est pour ça que je vous l'ai apportée ? Vous me prenez pour une idiote qui ne sait pas à quoi servent les choses ?

Elle attrapa la caisse à outils dans le placard de l'entrée, saisit un tournevis et se mit au travail sur la botte. Elle me tournait le dos, face à la lumière, pestant sans interruption, c'était inhabituel pour moi qui n'avais jamais été grondée dans mon enfance, mes parents avaient un mode de punition bien plus raffiné, ils n'agissaient pas par des paroles, mais par le silence, c'est beaucoup plus impressionnant de n'être digne d'aucune parole, d'aucune question, d'aucune explication. Emerence prit la botte sous le bras, dans l'intention manifeste de l'emporter, et jeta devant moi l'éperon qu'elle venait de démonter.

– Décidément vous êtes aveugle, idiote et lâche, énuméra-t-elle. Dieu seul sait ce que j'aime en vous, mais quoi que ce soit, vous ne le méritez pas. En prenant de l'âge vous finirez peut-être par avoir du goût, et du courage.

Elle partit, laissant l'éperon devant moi sur la table. Je le pris, mon mari pouvait revenir d'une minute à l'autre, je ne voulais pas d'agitation, pas de dispute. Le centre de l'éperon brilla soudain d'un éclat sanglant, je me levai, surprise, tenant en main cet objet d'art noirci où était serti un grenat. Emerence, qui avait tout récuré avant de l'apporter chez nous, avait certainement vu la valeur de sa trouvaille, et la raison pour laquelle elle nous l'avait donnée, ce n'était assurément pas la botte, mais la pierre qu'elle avait découverte en nettoyant l'éperon d'argent. Ce grenat était magnifique, je pourrais le faire monter en bijou par un joaillier. Son éclat rouge ne m'inspira rien d'autre que de courir, toute honteuse, après la vieille femme, puis je me ravisai, il fallait lui faire perdre cette habitude d'exprimer son attachement sans aucune discipline et par les moyens les plus absurdes. Aujourd'hui, je sais ce que j'ignorais alors, l'affection ne peut s'exprimer de manière apprise, canalisée, articulée, et je n'ai pas le droit d'en déterminer la forme à la place de quelqu'un d'autre.

*
**

Mon mari revint, rapportant un tas de journaux, sa promenade l'avait débarrassé de sa colère, le silence l'accueillit à la maison, il explora toutes les pièces pour voir si tous les objets réprouvés avaient disparu. Il fut certes étonné par le spectacle de la cuisine, mais il était suffisamment calmé, du reste il savait que depuis que nous avions emménagé, rien ne saurait détériorer ou embellir cette pièce, même pas une baleine empaillée au plafond comme dans le magasin de mes arrière-grands-parents, ma nature fantasque y avait rassemblé une collection d'objets hétéroclites, à présent cette cuisine comparable à un musée d'ergothérapie se trouvait enrichie d'une femme aux yeux fous et d'une bouilloire ducale, par bonheur il ne vit pas le nain dans l'ombre sous l'évier. La paix était enfin revenue chez nous, une fois de plus je ne me rendis pas compte que cette paix était aussi fallacieuse que le calme avant la tempête, j'y prenais plaisir, et pourtant l'oreille basse de Viola, son atonie auraient dû me faire comprendre que quelque chose couvait.

Vers midi, il fut évident que c'était à moi de sortir le chien. Emerence voulait manifestement me punir, elle sabotait la promenade. Bon. Je sortis le chien, Viola se démenait comme un beau diable, je faillis me démettre le poignet, des policiers défilaient exceptionnellement sur l'avenue, nous empêchant d'aller sur l'herbe, et le trottoir était encombré d'objets au rebut attendant d'être enlevés. Viola voulait tout renifler, sinon laisser trace de son passage. Soudain, je vis de loin Emerence qui se penchait pour ramasser un coffret peint, je fis demi-tour et traînai Viola furieux jusqu'à la maison.

Le soir, ce ne fut pas elle qui vint, mais le fils de son frère qui lui rendait des visites espacées bien que régulières avec son esthéticienne d'épouse, une petite femme aux petites mains, nous nous connaissions depuis un certain temps, Emerence était venue nous les présenter. « Le fils de mon frère Józsi » était un brave garçon, il avait bon caractère, le fait que lui-même n'eût pas accès au royaume d'Emerence le faisait sourire, il n'en prenait pas ombrage. La vieille femme aimait ces jeunes, bien qu'elle leur reprochât sans cesse de ne pas avoir d'autres enfants, mais ils consacraient leur argent à l'achat d'une maison et à des voyages organisés à l'étranger, si bien qu'un autre bébé n'aurait pas eu de place dans leur vie, cela faisait grogner Emerence, mais elle ne leur en donnait pas moins un peu d'argent pour leurs voyages, elle n'était pas riche, elle recevait chaque mois une sorte de rente de l'étranger, je lui demandai un jour qui l'aidait et elle me répliqua que cela ne me regardait pas. Elle avait raison.

*
**

En ce jour de débarras, le fils de Józsi nous informa d'un ton mi-grave, mi-rieur que sa tante lui faisait dire que nous devions chercher quelqu'un d'autre, elle démissionnait, elle ferait les dix jours qui restaient jusqu'à la fin du mois, cela me laisserait le temps de lui trouver une remplaçante. Mon mari haussa les épaules, la série de surprises matinales n'avait pas renforcé leur amitié, mais moi, je ne pouvais croire que ce message fût sérieux, il était impensable de ne plus voir Emerence chez nous à n'importe quelle heure de la journée. Elle reviendra, dis-je pour me rassurer, pour le moment, elle fait la tête, mon cours sur le kitsch ne lui a pas plu. Si elle ne revient pas pour moi, elle le fera sûrement pour Viola. Le fils de Józsi n'était pas aussi optimiste.

– Je vous en prie, ne le prenez pas à la légère, elle n'a pas l'habitude de plaisanter, quand elle a déclaré quelque chose, on ne peut plus la faire changer d'avis. Aujourd'hui, elle a décidé de ne plus revenir chez vous, elle ne m'a pas dit ce qui l'a vexée, j'ai depuis longtemps renoncé à la comprendre, sans parler de lui faire entendre raison, c'est impossible. Elle ne comprend rien au monde d'aujourd'hui, elle se méprend sur le sens du moindre geste, le jour où j'ai voulu lui expliquer l'importance du partage des terres, elle m'a giflé en criant que ce qui s'était passé en 45 ne l'intéressait pas, qu'elle n'avait rien perdu ni gagné aux changements. N'essayez jamais de la convaincre, elle a failli rendre fous les éducateurs du peuple, et elle est la seule citoyenne à n'avoir pas souscrit un seul fillér à l'emprunt de la paix [1], il ne fait pas bon penser aux scènes que le lieutenant-colonel lui a évitées à cette époque-là. D'ailleurs moi aussi, elle vient de me

1. Emprunt public obligatoire pendant la période communiste en Hongrie.

mettre à la porte, et elle m'a envoyé ici avec mission de vous transmettre son message et d'aller me faire pendre ailleurs, elle ne veut plus me voir pendant un bon bout de temps.

– Nous ne la supplierons pas, dit mon mari. Elle est libre de faire ce qu'elle veut. D'ailleurs c'est moi qui l'ai vexée, parce que je n'ai pas accepté qu'elle transforme notre maison en marché aux puces avec son bric-à-brac de mauvais goût.

Le fils de Józsi réfléchit un instant puis dit enfin :

– Elle a un goût irréprochable, docteur. (Il regarda mon mari.) Je croyais que vous vous en étiez rendu compte. Le seul problème, c'est que quand elle cherche un cadeau pour vous, elle ne pense pas à des adultes, mais fait son choix pour deux enfants.

Je repensai à la table dressée, à la présentation des plats qu'elle avait préparés : Emerence avait assurément du goût, et il se pouvait bien qu'elle choisisse effective-ment en fonction de goûts enfantins lorsqu'il s'agissait de moi ou de mon mari. Peut-être l'éperon n'avait-il pas attiré son attention à cause de la pierre, mais parce qu'elle pensait qu'un petit garçon ne pourrait qu'appré-cier une jolie botte, et puisque j'avais ramené Viola chez nous, je devrais être ravie d'avoir un chien en plâtre. Le neveu dit encore que sa tante avait fait état de son inten-tion de rédiger un testament, et que le lieutenant-colonel en serait probablement chargé, elle ne nous demanderait désormais plus rien, et lui ne pouvait pas l'aider parce qu'il était concerné : c'est à eux que reviendrait son argent, avait dit la vieille femme. Cela devait représenter une jolie somme, puisqu'elle ne payait pas de loyer, de plus quelqu'un l'avait un jour pourvue de vêtements, de linge et même de meubles pour sa vie entière, en fait Emerence ne dépensait que pour se nourrir, elle se chauffait avec ce qu'elle ramassait dans l'avenue et à l'orée du bois. Le chat enfermé avait probablement abîmé les meubles, mais cela ne faisait rien, eux-mêmes avaient déjà un beau mobilier, en revanche ils auraient besoin d'argent, ils voulaient faire construire, mais il espérait du fond du cœur que la vieille femme vivrait encore mille ans, parce que des êtres aussi bons et aussi honnêtes qu'elle, il n'y en avait pas beaucoup sur terre, même si elle était imprévisible et emportée, comme en témoignait la visite qu'il nous faisait. En prenant congé, il nous demanda de ne pas hésiter à lui téléphoner si nous voyions qu'Emerence avait besoin d'aide, si elle tombait malade, encore que depuis qu'elle était au monde cela ne s'était jamais produit, la vieille femme n'avait même jamais eu un malaise, et pourtant elle travaillait plus que cinq jeunes ensemble. Quoi qu'il advienne, nous ne devions pas lui en vouloir, Emerence était une bonne personne.

Il n'était pas question de lui en vouloir, mon mari, bien qu'il ne s'en vantât pas, ressentait une sorte de satisfaction béate, quant à moi, mon humeur s'assombrit. Nous nous étions habitués à ce qu'un ordre parfait règne chez nous, et que chacun, surtout moi, puisse se consacrer à ses propres travaux, le fait qu'il y ait quelqu'un pour se charger de tout était profondément ancré en nous. Ce qui me contrariait le plus, ce n'était pas ce bouleversement de notre vie, ni le fait que pendant des semaines, je n'aurais plus le loisir d'écrire, ou que je ne vienne pas à bout du ménage, mais de savoir qu'Emerence nous aimait vraiment, mon mari aussi, encore qu'avec certaines réserves, quelle loi sévère de son code personnel avions-nous pu violer, puisqu'elle nous infligeait une telle punition pour avoir simplement refusé le chien à l'oreille ébréchée ?

*
**

Viola était comme fou, il comprit par la suite qu'il n'y avait rien à faire, il devait se contenter de nous, alors il resta couché comme si on l'avait empoisonné, comment savait-il ce que signifiaient les quelques phrases du neveu, c'était encore un de ses secrets. Mon mari se mit à analyser la situation, en fin de compte ce qui s'était passé ici était insupportable, Emerence ne pouvait tout de même pas prendre en mauvaise part notre désir de nous entourer d'objets choisis selon nos propres goûts, mais si elle nous en tenait quand même rigueur, nous pourrions nous passer d'elle. Je me sentais fatiguée, si lasse que ce n'était même plus une sensation réelle, et pourtant je n'avais aucune raison ni aucun droit de l'être, puisque je n'avais rien fait de fatigant, le repas était comme d'habitude au réfrigérateur, bien sûr je fus incapable d'écrire une seule ligne, mais l'inspiration ne dépend-elle pas d'un état de grâce, même les jours où l'atmosphère est plus détendue ? J'étais évidemment épuisée par les événements, la sérénité maintient en forme, mais les contrariétés nous affaiblissent. À présent, j'étais malheureuse, non pas de devoir chercher quelqu'un d'autre, ce que j'avais à faire était bien plus simple, il me fallait enfin formuler ceci pour moi-même : non seulement Emerence éprouvait à mon égard un attachement qui dépassait une sympathie normale, mais moi aussi, j'aimais Emerence, moi dont toute personne perspicace aurait dû depuis longtemps se rendre compte que mon amabilité constante et indéfectible dissimulait l'horreur de ne pouvoir être rien de plus qu'aimable, les êtres réellement proches de moi pouvaient se compter sur les doigts d'une main. Depuis la mort de ma mère, Emerence était la seule personne que j'avais laissée m'approcher, c'est maintenant que je m'en rendais compte, alors que je venais de la perdre à cause d'un chien à l'oreille ébréchée.

La soirée fut pénible, bien que mon mari eût tout fait pour me la rendre agréable, il promena Viola, ce qui, je le savais, était une torture pour lui, Viola tirait sur sa laisse, désobéissait, se montrait insolent quand il devait sortir avec lui. Il s'assit même à mes côtés pour regarder la télévision, alors qu'il n'aimait que la radio, il essaya vraiment tout pour m'aider, nous ne dîmes pas un mot au sujet d'Emerence, mais notre silence parlait encore d'elle. Mon mari avait besoin de triomphes, quels qu'ils fussent, cela le rajeunissait, le confortait, sa santé s'en trouvait même améliorée, pour lui, le jour où Emerence nous avait déclaré la guerre était un jour de triomphe, à son attitude, je pouvais presque voir les lauriers couronnant sa tête. Viola alla se coucher sans nous saluer, la queue basse en signe de tristesse, d'une grande tristesse. Nous sortîmes nous asseoir sur le balcon, le chien trottina jusqu'à la chambre de ma mère et s'y effondra à la manière dramatique des blessés.

Puis vint le deuxième soir de débarras. C'est une période où un grand remue-ménage règne dans nos rues après la tombée du jour, depuis le balcon nous observions les ramasseurs, et, signe que quelque chose n'allait pas chez Emerence, l'équipe qui travaillait habituellement sous sa direction œuvrait sans elle. La vieille femme avait de fidèles visiteurs, admirateurs et partisans, mais son entourage comptait aussi d'éminents personnages jouissant de faveurs particulières, notamment Chouchou, dont l'échoppe approvisionnait la rue en fruits et légumes, Adélka, la veuve du préparateur en pharmacie, et Polett la repasseuse, une vieille demoiselle légèrement bossue, qui au dire d'Emerence avait autrefois été gouvernante, puis avait enseigné des langues étrangères, elle avait donc eu des jours meilleurs avant de connaître la déchéance. D'après ce qu'Emerence savait, les soldats lui avaient tout volé, après la guerre personne n'avait plus eu besoin de gouvernante ni de professeur de langues, et la famille chez qui elle travaillait s'était réfugiée à l'Ouest en l'abandonnant sans même lui payer son dernier mois. C'était une vie gâchée que celle de cette vieille fille qui semblait presque toujours avoir faim, les habitants de la rue lui donnaient de temps en temps du linge à repasser, ainsi n'était-elle pas tout à fait sans ressources, et elle savait vraiment le français, comme en témoignait l'évolution du vocabulaire d'Emerence chez qui elle venait régulièrement prendre le café : la vieille femme avait entre autres facultés celle d'employer parfaitement des mots étrangers, car elle n'oubliait jamais ce qu'elle avait entendu une fois. Ce soir-là, seules Chouchou, Adélka et Polett se courbaient dans l'ombre, chacune munie d'un grand cabas, on ne voyait Emerence nulle part, et pourtant cette époque était pour elle celle des grandes chasses, j'aurais pu la reconnaître à ses mouvements dans l'obscurité la plus profonde. Elle se penchait sur les objets, telle une Dorottya Kanizsai [1] de notre époque fouillant le champ de bataille à la recherche d'un blessé encore en vie.

Cette fois, ce ne fut pas Viola qui résolut le problème de notre affrontement matinal avec ses moyens primitifs mais efficaces. C'est peut-être la première fois que je ressentis pleinement la force du rayonnement d'Emerence : la vieille femme ne fit pas un pas vers nous, mais une sorte de signal radar paralysa le chien. La transmission de pensée peut prendre un grand nombre de formes, celle-ci était la plus extrême : Emerence adorait Viola, et elle voulait le reconquérir en lui interdisant de l'approcher. La vie continuait cahin-caha, je courais à droite et à gauche à la recherche d'une femme de ménage, une Anna totalement incapable fit une apparition de quelques jours, sa principale activité consistait à se plonger dans la baignoire au bout d'une demi-heure de travail, à jouer avec le savon en poussant de petits cris dans l'eau, puis à se promener à travers l'appartement nue comme un ver sous prétexte de se rafraîchir. Emerence nous l'avait envoyée comme par magie, j'avais fait exprès de ne dire à personne dans le quartier que j'étais sans aide, mais elle avait dû l'apprendre d'une manière ou d'une autre. Anna s'était présentée un beau jour sans aucune référence, j'étais débordée de travail, je la pris à l'essai, mais elle ne joua pas les invitées plus d'une semaine, non à cause des scènes dans la salle de bains, mais de Viola, qui grognait dès qu'il la voyait, comme il grognait après quiconque osait s'approcher de l'aspirateur ou d'un chiffon. Emerence avait disparu de notre vue, mais elle paralysait le monde autour de nous, elle s'était dissoute dans l'air limpide comme les grandes figures épiques, nous ne la ren-

1. Dame de l'aristocratie réputée pour sa bonté. La tradition associe son nom à l'activité qu'elle a déployée après la terrible bataille de Mohács (1526).

contrions plus, elle connaissait nos habitudes et s'arrangeait pour ne pas être visible quand nous étions ou pouvions être dans la rue. Quand par manque de temps j'eus refusé la troisième commande littéraire, mon mari, après un dîner criminellement raté, dit sans aucun accent dramatique que le chien à l'oreille ébréchée nous coûtait décidément trop cher, bien plus que quelques mots de réconciliation. Pourquoi le nier, nous ne nous en sortions pas sans Emerence, il fallait remettre la petite figurine à la place d'honneur, nous la retirerions quand nous aurions des invités, elle ne devait pas m'empêcher d'écrire mes romans. Nous ne pourrions pas travailler, surtout moi, tant que le ménage serait à ma charge, il fallait donner à Emerence la satisfaction qu'elle réclamait.

J'allai à Canossa sans Viola, il ne voulut d'ailleurs pas venir, encore sous l'effet du charme qui le paralysait, il ne bougea même pas, mais leva sur moi un regard humain comme pour évaluer quel courage j'avais donc pour me mettre en route, et ce que cachait ma détermination, voulais-je à tout prix assurer la paix nécessaire à notre travail, ou croyais-je devoir cette démarche à la dignité humaine d'Emerence ? La vieille femme n'était pas dans son entrée, à présent elle ne s'y tenait plus, je frappai d'abord en vain à sa porte, puis je passai sur le côté et tapai sur le volet de bois.

– Sortez, Emerence, nous devons parler.

Je crus qu'elle voulait me faire attendre, mais déjà elle ouvrait. Elle s'arrêta devant la porte, l'air sérieux, presque triste.

– Vous êtes venue vous excuser ? demanda-t-elle d'un ton parfaitement neutre.

Cela commençait bien ! Il allait falloir choisir mes mots avec précaution afin que nous restions toutes deux dans des limites raisonnables.

– Non. Nous avons des goûts différents, mais cela ne fait rien, nous n'avions pas l'intention de vous blesser. Si vous le souhaitez, le chien en plâtre restera chez nous. Nous n'y arrivons pas sans vous. Vous revenez ?

– Vous acceptez le chien en plâtre ?

Ce ne fut pas dit sur un ton de confidence, mais comme un chef d'État dicte ses conditions.

– Oui, répondis-je.

– Où le mettrez-vous ?

– Où vous voulez.

– Même chez le maître ?

– Je vous l'ai dit : où vous voulez.

Nous nous mîmes en route, Viola ne se manifestait toujours pas, mais quand dans l'escalier Emerence prononça doucement son nom, je crus qu'il allait défoncer la porte. La vieille femme souhaita poliment le bonsoir, tendit la main à mon mari comme si elle s'engageait pour la deuxième fois chez nous, caressa la tête d'un Viola frénétique, puis regarda autour d'elle. Le chien de plâtre se trouvait sur la table de la cuisine, la porte était ouverte, elle l'avait vu au premier coup d'œil. Son regard passa de nous à la statuette, revint sur nous, puis le sourire inoubliable qu'elle réservait aux grandes occasions éclaira son visage. Elle saisit la statuette, l'essuya, la regarda encore, puis la jeta à terre. Personne ne dit un mot, le moindre bruit eût été déplacé en cet instant. Emerence se tenait comme un prince parmi les débris de plâtre.

Nous avons vécu bien des années sereines, mais aussi heureuses, à Odessa.

Polett

Mon mari et Emerence se supportaient, un peu plus
tard à leur propre étonnement, ils éprouvèrent même
une certaine sympathie mutuelle, d'abord parce que l'un
comme l'autre tenaient à Viola et à moi sans espoir de se
libérer de ce sentiment, ensuite parce qu'ils comprenaient
mieux leurs langages respectifs. Mon mari apprit la
sémantique des expressions d'Emerence, celle-ci accepta
peu à peu comme naturelle une existence qu'elle ne
comprenait pas, qu'elle jugeait même oisive, où parfois il
fallait rester une demi-journée sans dire un mot, parce
que l'un de nous, contemplant les peupliers au fond du
jardin, ne faisait apparemment rien, mais prétendait travailler. Je crois que nous jouissions pleinement de la vie,
si un étranger venu chez nous pour la première fois, en
voyant Emerence vaquer à la cuisine, l'avait prise pour
ma tante ou ma marraine, je ne l'aurais pas détrompé, il
était impossible d'expliquer la nature, l'intensité de notre
relation, ou le fait qu'Emerence était pour chacun de
nous une nouvelle mère, bien qu'elle ne ressemblât à
aucune des nôtres. La vieille femme ne nous harcelait pas
de questions, nous ne lui en posions pas non plus, elle
livrait ce qui lui semblait bon, mais en fait, elle parlait
peu, comme une véritable mère dont le passé ne compte
plus quand elle ne s'occupe de rien d'autre que de
l'avenir de ses enfants. Les années passant, Viola devint
plus sérieux, ses tours se firent rares, il savait ouvrir la

porte, apporter le journal ou les pantoufles quand on le lui demandait, souhaitait bonne fête et bon anniversaire à mon mari. Emerence mesurait à pas comptés la marge de manœuvre de chacun d'entre nous, c'est au maître qu'elle concédait la plus grande liberté, puis à Viola, enfin à moi. Elle me convoquait souvent chez elle pour prendre le café quand le besoin s'en faisait sentir parmi ses habituées, c'est surtout Adélka qui aimait débattre de problèmes avec moi. Adélka était ce type de femme qui discute immédiatement avec deux ou trois autres amies un conseil qu'on vient de lui donner, Emerence avait chaque fois le dernier mot. Chouchou et Polett parlaient moins, Polett surtout devint de plus en plus silencieuse, elle maigrit aussi beaucoup, puis elle disparut brusquement de notre vie.

Chouchou accourut chez nous avec la nouvelle de son suicide, chaque matin elle allait de bonne heure chercher ses marchandises aux halles, à part Emerence elle était la première dans la rue. Elle n'aurait pas pu plus mal choisir son moment, je lui ouvris la porte de mauvaise grâce, mais ce qu'elle m'annonça me bouleversa, j'en fus accablée. À cette époque, je connaissais bien Polett, le café chez Emerence m'avait rapprochée d'elle, j'eus le sentiment que chacune d'entre nous était responsable de sa mort, après tout certains signes auraient dû nous avertir de ce qu'elle préparait mais nous n'y avions pas prêté attention.

– Comment l'annoncer à Emerence ? demanda Chouchou. Elles ont encore déjeuné ensemble hier, Emerence était la plus proche de Polett, elle savait à son sujet tant de choses qu'elle ne m'aurait jamais révélées, je ne veux pas m'en charger, il faut que vous alliez le lui dire, je dois retourner attendre la police, puisque pour mon malheur, c'est moi qui ai découvert la désespérée. Et vous savez, même là, elle a été bien attentionnée, Polett, en se donnant la mort, elle n'a pas compliqué les choses en disparaissant et en obligeant le monde à la rechercher, elle s'est pendue au noyer du jardin, elle n'a même pas fait ça chez elle pour qu'on n'ait pas à enfoncer la porte. Le plus drôle, c'est qu'avant, elle a enfilé son bonnet, elle ne voulait pas faire peur, mais quand même, c'était épouvantable de la voir pendue, la tête recouverte jusqu'au cou de ce bonnet des grands jours avec ses boutons de cuivre que j'avais vu mille fois.

Adélka était déjà au courant, elle s'était trouvée mal à cette nouvelle, mais il fallait qu'elle se dépêche, la boutique ne pouvait pas rester éternellement fermée. Je devais vite aller chez Emerence, parce que si la vieille femme n'était pas avertie à temps, qu'allait-il se passer, avec son éternelle susceptibilité, je savais bien, n'est-ce pas, qu'Emerence était insupportable quand elle était en colère.

Apporter une nouvelle à Emerence ? Elle savait tout.

Quand j'arrivai chez elle, elle écossait des petits pois dans l'entrée, son visage impassible, lisse comme la surface d'un étang, penché sur le plat, un peu plus pâle que d'habitude, mais même dans sa jeunesse, elle ne devait pas avoir le teint vermeil. Est-ce que je venais pour Polett, me demanda-t-elle du ton dont elle se serait informée si Viola avait fait sa promenade. Elle l'avait vue à l'aube, le chien avait hurlé, elle était sortie en l'entendant, nous ne nous étions pas réveillés ? Non. Mon mari dormait, j'avais en effet dressé l'oreille, parce que Viola faisait beaucoup de bruit, il avait hurlé un bon moment après minuit, je m'étais même demandé combien de voix différentes avait ce chien. Viola a hurlé à la mort, reprit la vieille femme sur le même ton neutre, elle avait décidé de chercher, de parcourir le quartier, quelque part une fenêtre éclairée signalerait un malheur, elle pensait à la vieille Mme Böör, parce que depuis des semaines, on aurait dit que quelqu'un fabriquait son cercueil, mais nulle part elle n'a vu de fenêtre éclairée, alors elle a regardé dans le jardin, c'est tout à fait par hasard qu'elle a découvert Polett, si celle-ci n'avait pas laissé ouverte la porte de la petite maison où elle vivait, elle ne serait même pas entrée, mais Polett avait peur dans cette espèce de cabane, elle ne dormait jamais la porte ouverte, alors elle a tout de suite pensé qu'il lui était arrivé quelque chose. La maison était vide, elle a allumé la lumière et vu qu'il n'y avait personne, le lit n'était pas défait, elle est repartie à sa recherche, c'est alors qu'elle l'a vue pendue à l'arbre dans le jardin, son bonnet marron semblait noir au clair de lune.

J'étais incapable de dire un mot, je regardais Emerence les yeux écarquillés, non seulement elle ne manifestait pas de peine, mais cet événement la laissait parfaitement indifférente.

– Nous n'avions pas parlé du bonnet, poursuivit la vieille femme en écossant ses petits pois, cela ne veut pas dire qu'elle devait le mettre, nous avions décidé seulement pour les vêtements, et son enterrement, je lui avais donné une combinaison, elle n'en avait pas de noire. Ça faisait assez drôle de la voir, avec ce bonnet descendant jusqu'aux épaules. Ses chaussures étaient tombées, mais je ne les ai pas vues. On les a trouvées.

Elle avait donc su ce que préparait Polett, mais il fallait quand même que je lui pose la question. Comment ne l'aurait-elle pas su, répondit-elle en faisant rouler les petits pois entre ses doigts, évaluant s'il y en aurait assez pour tout le monde. Elles avaient même décidé ensemble que Polett ne prendrait pas de poison. Quand elle était au service de l'officier de la sûreté, son patron, qui s'occupait souvent des suicides, lui avait dit qu'on retrouvait toujours sur le pas de leur porte ceux qui s'empoisonnaient, comme s'ils avaient changé d'avis et voulu sortir au moment où ils étouffaient. La mort par le poison est pénible, à moins qu'on ne soit riche, parce que dans ce cas, on dispose d'autres produits que ceux que prescrit le médecin du dispensaire. Mais il n'y a rien de mieux que la pendaison, cela passe tout seul, elle en avait assez vu ici à Budapest, quand les Blancs étaient au pouvoir, à cette époque c'étaient les Blancs qui pendaient, après c'étaient les Rouges, avant d'être pendus les condamnés subissaient les mêmes insultes et après, ils secouaient les pieds de la même manière, quelle que soit la couleur au nom de laquelle ils étaient exécutés. C'est bien, la corde, mieux qu'une balle, parce que le tir n'est pas toujours sûr, alors il faut voir combien de fois ils le remettent en joue, à la fin ils s'approchent même pour l'assommer ou lui tirer une balle dans la nuque s'il n'a pas crevé tout de suite. Elle connaît aussi ce genre d'exécution, elle en a vu assez souvent.

À Mycènes, devant le tombeau d'Agamemnon, j'ai ressenti la même chose que ce matin de juin où, en écoutant les petits pois s'égrener entre les doigts osseux d'Emerence, j'ai fait un retour en arrière dans le temps, dans l'espace et dans l'Histoire : je ne vis pas seulement la petite Emerence auprès du puits à balancier, entourée de la ronde tragique de son père trop tôt disparu, de sa mère belle comme une fée, de son beau-père tombé en Galicie et des jumeaux carbonisés, je vis aussi la jeune fille au service d'un policier, ou de plusieurs, car le patron qui pendait des Rouges ne pouvait être le même que celui qui emprisonnait des Blancs. Je demandai à Emerence si elle n'avait pas essayé de retenir Polett, puisqu'elle savait ce que celle-ci avait en tête.

– Je n'y ai même pas songé, dit Emerence. Vous ne voulez pas vous asseoir ? Asseyez-vous, aidez-moi à écosser les petits pois, ça ne fait pas beaucoup pour quatre. Celui qui veut partir, qu'il parte, à quoi bon rester ? Nous lui assurions sa nourriture, personne ne l'embêtait dans la maison, on lui avait permis de vivre dans la cabane pour rien, je lui offrais même de la compagnie, il faut croire que nous ne lui suffisions pas, Chouchou, Adélka et moi, mais nous écoutions ses divagations de bon cœur, même ce que nous ne comprenions pas parce qu'elle le disait en français ; la plupart du temps, nous savions quand même ce qu'elle baragouinait en étranger : sa solitude. Qui n'est pas seul, je vous le demande, même celui qui a quelqu'un, mais ne s'en est pas encore rendu compte. Un jour, je lui ai apporté un chat, on les accepte dans sa maison, elle s'est mise en colère et m'a dit que ce n'était pas une compagnie, je ne sais vraiment pas qui lui aurait convenu, si nous-mêmes et cet animal n'étions pas assez bien. Ce chat avait un œil bleu et l'autre vert, et ses yeux dépareillés avaient une telle expression qu'il n'avait même pas besoin de miauler, on comprenait ce qu'il voulait. Mais il n'était pas assez bien pour Polett, parce que ce n'était pas un être humain, comme si nous n'étions pas des bêtes tous autant que nous sommes, juste plus imparfaits que les animaux, ils ne savent ni dénoncer ni calomnier, eux, et ils ne volent jamais sans raison, parce qu'ils ne peuvent pas aller au magasin ou au restaurant. Je lui ai demandé de le prendre même s'il ne suffisait pas à combler sa solitude, il était abandonné, un misérable l'avait jeté dehors, il allait crever tout seul sans abri, il était si petit, mais non, non, non, il lui fallait un être humain. Eh bien, elle n'avait qu'à s'en acheter un au marché, parce que dans le coin, il n'y avait rien d'autre que nous et le chat. Mais pour l'heure, elle n'est plus seule, elle a le manche de pioche pour compère. C'est Chouchou qui vous a envoyée ou bien cette godiche d'Adèle ? Quelles idiotes, ces deux-là, elles n'ont même pas vu que Polett se préparait à partir, c'est vrai qu'elle ne les a pas prévenues, mais à moi, elle n'a pas eu besoin de me le dire, ni à Viola, nous avons bien senti qu'elle était sur le départ. Je ne lui ai pas ôté son bonnet, je n'ai pas vu comment elle était, vous pourriez aller voir pour moi si elle a eu une mort paisible ou pas. Je n'irai pas, je ne lui ai pas encore pardonné, pour moi, elle peut bien s'être pendue, on l'a pourtant dorlotée toutes les trois, Viola l'aimait bien lui aussi, nous écoutions patiemment ses jérémiades, je lui ai apporté un animal, elle l'a refusé, alors si elle voulait partir, pourquoi serait-elle restée ? Elle n'avait plus rien à faire ici-bas, elle avait tout le temps mal au ventre, elle ne pouvait plus travailler, et pourtant, elle repassait plus finement qu'aucune d'entre nous, vous auriez dû voir de quoi Polett était capable devant sa planche à repasser. Bon, les petits pois sont prêts. Vous partez ou vous restez ? Si vous voyez Chouchou, envoyez-la-moi, dites-lui de ma part de venir m'aider dès qu'elle aura fermé parce qu'aujourd'hui je fais mes conserves de cerises pour l'hiver.

Aux portes de Mycènes, les lions s'animèrent, leurs yeux devinrent vivants, un vert, un bleu, les lions de

Mycènes se mirent aussi à miauler. Je sortis, les jambes en coton, en faisant une prière pour ne pas rencontrer Chou-chou, en fait je préparais ce que je lui dirais, parce qu'Emerence ne lui épargnerait certainement pas ce qu'elle venait de me révéler. Je devais essayer de la convaincre de ne rien dire au moins à la police, qu'allaient-ils pen-ser s'ils apprenaient qu'Emerence avait laissé Polett par-tir vers la mort, que par pure bienveillance elle avait même donné des conseils à la malheureuse ? Quand je me mis en route, Emerence s'occupait déjà de ses cerises, elle sortit un chaudron semblable à celui où elle faisait bouillir les draps lors de notre première conversation. Je m'arrêtai.

– Emerence, dis-je prudemment. Ne pensez-vous pas qu'il faudrait convenir de ce qu'elles diront à la police ? Chouchou est capable de laisser échapper ce qu'il ne faut pas.

– Pensez donc ! fit-elle avec un geste de dénégation. Vous ne vous imaginez tout de même pas qu'on va user de la salive pour Polett ? Qui peut bien s'intéresser à une vieille fille qui s'est pendue, en expliquant même pour-quoi dans une lettre ? Vous croyez que je ne lui ai pas fait écrire de lettre d'adieu ? Les choses doivent se passer comme il faut, même la mort. J'ai tout mis au point avec elle, les vêtements, la lettre, malheureusement je ne peux pas empêcher que ces porcs la tripotent à l'autopsie, et pourtant aucun homme n'a jamais touché Polett, le médecin légiste sera le premier, et ce corps vierge ne sera même pas une nouveauté pour lui, il a l'habitude des morts, j'ai aussi servi chez un légiste.

La tombe d'Agamemnon devint plus profonde. Per-sonne ne m'avait jamais parlé de médecin légiste.

**

– Les gens qui ne vous connaissent pas n'imaginent pas à quel point vous manquez de jugeote, poursuivit Emerence, et pourtant je l'ai dit plus d'une fois. Vous croyez que la vie va durer éternellement, que cela vaut la peine qu'elle dure, qu'il y aura toujours quelqu'un pour faire la cuisine et le ménage, et une assiette pleine, et du papier à barbouiller, et un maître qui vous aime, et que vous allez vivre éternellement, comme dans les contes de fées, et que vous n'aurez jamais d'autres soucis que le mal qu'on peut dire de vous dans les journaux, c'est sans aucun doute une ignominie, mais aussi pourquoi avez-vous choisi ce métier minable, n'importe quel moins que rien peut vous couvrir de boue ? Je ne sais pas ce qui vous a rendue célèbre, parce que vous n'avez pas grand-chose dans la tête, vous ne savez rien des autres. De Polett non plus, vous le voyez bien, et pourtant combien de fois avez-vous pris le café avec elle ? Moi, je connais les gens.

Les cerises se déversèrent dans la marmite. À présent, tout était mythologique, les fruits dénoyautés qui se séparaient les uns des autres, le jus qui commençait à se répandre comme le sang coulant d'une blessure, Emerence en tablier noir, dans l'ombre de son foulard en forme de capuche, le calme personnifié auprès de son chaudron.

– Moi j'aimais Polett. Comment faites-vous pour ne pas comprendre ? Cela ne lui suffisait pas. Chouchou l'aimait aussi, c'était encore trop peu, cette gourde d'Adèle la respectait, on l'aimait bien toutes les trois, nous qui vivons à l'aise en comparaison, parce que nous avons un travail, enfin, Adèle touche une pension, et nous lui donnions tout ce qu'il fallait pour qu'elle ne manque de rien quand elle ne gagnait pas d'argent, elle avait à manger, de quoi se chauffer, on s'occupait bien d'elle. Il lui fallait autre chose, il lui en fallait davantage, mais je ne sais pas quoi, elle n'a pas voulu le chat, et pourtant je l'aurais nourri aussi, alors la coupe a été pleine. Et puis qu'est-ce qu'elle avait à se lamenter tout le temps ? Celui qu'on ne peut pas aider, c'est qu'il n'a pas besoin d'aide, si elle en avait assez de la vie, personne n'avait le droit de la retenir. Je lui ai dicté une belle lettre pour la police, elle a écrit : moi, mademoiselle Polett Dobri, je mets fin à mes jours de mon plein gré, pour raisons de maladie, de vieillesse et surtout de solitude. Je laisse mes affaires à mes amies

Etelka Vámos, Adèle, veuve d'András Kúrt, et Emerence Szeredás. C'est clair, non ? J'ai emporté son fer à repasser le soir même, à quoi bon se le disputer ? Après cela, que voulez-vous qu'ils demandent encore ?

*

Le lieutenant-colonel s'occupa de l'affaire de Polett, de même qu'il réglait toutes les complications survenant dans l'entourage d'Emerence. Il m'apprit que selon les données informatiques, Paulette Hortense d'Aubry était née en 1908 à Budapest, d'Émile d'Aubry, interprète assermenté, et de Katalin Kemenes, elle n'avait pas fait d'études, et son dernier métier connu était celui de repasseuse. On n'avait pas trouvé chez elle de documents concernant sa religion, mais Emerence avait juré qu'elle appartenait à l'Église réformée, le pasteur ne fut pas ravi d'être appelé pour l'enterrement, pas plus qu'Emerence Polett ne comptait parmi ses paroissiennes, dit-il, et par ailleurs il déplaisait au Seigneur que l'on décide soi-même de l'heure de sa mort. Par bonheur il n'entendit pas le commentaire d'Emerence, la vieille femme rappela son aventure avec les dames patronnesses, Polett avait elle aussi assisté à la distribution, mais elle n'avait même pas reçu comme Emerence une robe du soir avec des paillettes, ces dames disaient qu'elle prenait de grands airs, pourtant elles ne la voyaient pas assister à l'office plus souvent qu'Emerence, ce qui était la pure vérité, parce que pendant qu'elles faisaient leurs dévotions, Polett repassait leurs affaires, jour de fête ou pas, avec son fer rempli de braises, à cette époque l'électricité ne marchait pas encore bien dans le quartier, seulement à certaines heures, et Polett attrapait mal à la tête à cause des vapeurs de charbon, c'est sans doute ces douleurs qui les faisaient parler de grands airs.

*

À cette époque, je tenais absolument à conserver les traditions de ma jeunesse, il m'arrivait d'aller deux fois au temple aux fêtes carillonnées, comme je le faisais chez nous et au pensionnat. Emerence me suivait d'un regard ironique tandis que je prenais le large pour ne pas entendre son éternel refrain, ceux qui vont au temple sont ceux qui en ont le temps, comme bien d'autres choses ce n'était pas vrai, pour la bonne raison que je n'avais de temps pour rien, je travaillais tard dans la nuit pour rattraper les heures que je ne passais pas à ma machine ; l'écriture n'est pas un maître facile, les phrases laissées en plan ne peuvent jamais être reprises avec la même qualité, la nouvelle formulation s'écarte de la ligne du texte dont plus rien ne garantit alors la tenue. Quoi qu'il en soit, je parvins à convaincre le pasteur que Polett était une vieille dame à la réputation irréprochable, et même si on l'inhumait parmi les pauvres, lui au moins devait lui rendre un riche hommage. Par ailleurs, tous ceux qui accompagnèrent Polett au cimetière de Far-kasrét purent admirer le dernier adieu d'Emerence : bien au milieu, sous l'urne, parmi quelques modestes bou-quets, trônait en guise de couronne un pot de superbes géraniums entouré d'un ruban blanc portant ce mes-sage : *Ici, plus de solitude, repose en paix. Emerence.* L'urne était d'un modèle bon marché, la tombe était mal située, il n'y avait presque personne, la cérémonie fut brève, l'urne une fois emmurée, Emerence resta devant la plaque pendant que nous allions visiter nos morts, et quand nous l'avons retrouvée en déambulant enfin vers la sortie, elle avait manifestement achevé son requiem personnel. Ses yeux étaient noyés de larmes, ses lèvres gonflées, je ne l'avais jamais vue accablée à ce point. Le soir, elle vint chercher Viola, le chien non plus n'était pas gai, il ne sauta pas de joie à la perspective de la prome-nade, et au retour Emerence l'envoya sur sa couverture, il alla se coucher sans protester. J'étais en train de ranger un placard, je me retournai quand Emerence m'adressa la parole.

– Vous avez déjà tué des animaux ? demanda-t-elle.

Je dis que non.

– Ça vous arrivera. Même Viola, vous le tuerez, vous le ferez piquer le moment venu. Apprenez qu'on ne retient pas celui dont l'heure a sonné, parce que vous ne pouvez rien lui donner qui remplace la vie. Vous vous imaginez que je n'aimais pas Polett, que cela m'était égal qu'elle en ait assez de tout et qu'elle veuille partir ? Seulement voilà, en plus d'affection, il faut savoir donner la mort, retenez bien cela, cela ne vous fera pas de mal. Demandez seulement au bon Dieu, puisque vous êtes en bons termes avec lui, ce que lui a dit Polett quand ils se sont rencontrés.

Je hochai la tête. Pourquoi est-elle continuellement après moi ? Le moment est mal choisi pour m'asticoter.

– J'aimais Polett, reprit Emerence. À quoi bon vous avoir dit tout ce que je vous ai dit, une fois de plus vous n'avez rien compris, tant vous êtes bête. Si je ne l'avais pas aimée, je l'aurais retenue, parce que moi, quand j'élève la voix, on m'obéit. Polett me craignait, elle savait que si elle me désobéissait, elle verrait ce qu'elle verrait. Qui, selon vous, m'a parlé de Paris, du cimetière où la tombe d'une femme est toujours fleurie, et du tombeau de l'empereur placé de telle sorte qu'on ne peut le regarder que d'en haut, hein, qui d'autre pouvait me raconter ses histoires jusqu'à trouver un sens à la vie, sinon Polett ? Comment aurais-je pu la remercier de m'avoir appris tant de choses quand j'ai vu que plus rien ne pouvait l'aider, sinon en l'encourageant à dire elle-même son dernier mot, elle-même et personne d'autre, ni la misère, ni le dos qui fait de plus en plus mal, ni les humiliations. Chouchou ne l'aimait pas vraiment, elle la méprisait à cause de ses malheurs, jusqu'à maintenant je n'en ai pas parlé, mais à présent cela ne fait plus rien, la pauvre avait un ancêtre voleur ou je ne sais quoi, toujours est-il qu'il a fini sur l'échafaud, sa famille a aussi été poursuivie, ils se sont enfuis jusqu'en Hongrie. Polett n'en avait pas honte, elle en parlait, seule Adèle trouvait à redire, qu'est-ce que c'est que ces gens-là, je ne sais pas pourquoi elle faisait sa fière, celle-là, son père a fait de la

109

prison pour des bagarres au couteau et des cambriolages, c'est vrai qu'il n'a pas été pendu, lui, mais cela n'est pas tellement mieux que la famille de Polett. Adèle ne faisait que ricaner à propos de la décapitation, mais Adèle est bête comme ses pieds, elle n'aimait pas les histoires de Polett, elle n'y comprenait rien, et pourtant elle a coupé le cou à assez de poulets, la tête tombe vite quand le coup a bien porté, on n'a pas besoin de s'y reprendre à plusieurs fois. Polett a juré que ce n'était pas la faute de son ancêtre, si on l'avait arrêté, c'était une affaire politique, et je la croyais, Chouchou aussi, parce que cela arrive qu'on tue des innocents, chez nous aussi ; quand j'étais jeune, fiancée au boulanger, lui, ils ne lui ont pas coupé la tête, mais ils l'ont déchiqueté. Vous ne me croyez pas ? À votre aise. La foule l'a mis en pièces, et pourtant il n'avait rien fait, il avait seulement ouvert, le général avait interdit de donner du pain à d'autres qu'aux soldats, mais lui a eu pitié des gens, alors il a distribué du pain tant qu'il en restait, et quand il n'est plus rien resté, ils n'ont pas voulu le croire, ils l'ont traîné au-dehors et l'ont tué, déchiqueté en petits bouts comme du pain, quand la foule fait son affaire à quelqu'un, cela dure plus d'une minute, la mort ne vient pas vite. Bon, je m'en vais, je voulais juste vous dire ça. Si j'avais un lit, je m'allongerais pour une fois aujourd'hui, mais après avoir aidé les jeunes à s'enfuir et s'être occupés d'Éva, les grands-parents Grossmann ont pris du cyanure, c'est moi qui les ai trouvés morts dans leur lit, et depuis je ne peux plus dormir que dans un fauteuil ou sur ma causeuse. Allez, bonne nuit. Ne donnez rien à Viola, il s'est assez empiffré.

*
**

J'allai m'asseoir sur le balcon du jardin, je contemplai les fleurs et le ciel, le temps s'était arrêté, le soir, les parfums, le silence étaient immobiles. Polett, le huguenot et le boulanger, le fiancé se mettaient en place dans ma conscience avec les grands-parents Grossmann que je ne connaissais pas, dont les nerfs n'avaient plus supporté

Hitler, des poulets épiaient auprès de la guillotine comment se passe la mort, et il régnait une forte odeur de levain. Emerence ne parla plus jamais du boulanger, quand plus tard je découvris sa photo sur le mannequin, je ne compris pas immédiatement de qui il s'agissait.

Politique

Emerence ne parla plus jamais de Polett, comme si celle-ci n'avait jamais existé, en revanche elle restait plus longtemps chez nous, en fait, dès cette époque, elle aurait aimé être constamment avec nous seuls. Notre attachement réciproque relevait des mêmes facteurs quasi indéfinissables que l'amour, bien que nous dussions faire d'innombrables concessions pour nous accepter mutuellement. Aux yeux d'Emerence, tout travail qu'on n'exécute pas avec les mains ou la force physique n'était que flemmardise, voire charlatanisme, pour ma part, si j'ai toujours estimé les performances du corps, je ne les ai jamais considérées comme supérieures à celles de l'esprit, les années de culte de la personnalité auraient pu me faire changer d'avis, si à quelque moment de ma vie le rayonnement de Giono avait eu trop d'effet sur moi. Les livres constituaient le soubassement de mon existence, mon unité de mesure était la lettre, mais ce n'était pas la seule valable à mes yeux, contrairement à ce que pensait la vieille femme de ses propres critères. Sans se l'être jamais dit, sans connaître ni employer le terme d'anti-intellectualisme, Emerence était anti-intellectuelle, seuls ses sentiments faisaient de rares exceptions dans sa conscience, elle s'était forgé une représentation particulière de ceux qui portent la culotte dans ce qu'il est convenu d'appeler la bonne société, pour elle quiconque ne travaillait pas de ses mains, mais faisait faire le travail par d'autres, était automatiquement un intellectuel, dans l'ancien monde comme dans le nouveau où les mouvements structurels de la société annonçaient l'apparition d'une couche socio-ploutocrate. Son propre père, artisan aisé du début du siècle, avait beau posséder une maison, de la terre, des toises de bois précieux, des outils de valeur, elle le considérait comme un travailleur manuel, parce que son image était fixée parmi des copeaux. Bien que pour rien au monde elle n'eût prononcé le terme hautement compromis de bourgeois, la vieille femme vivait le sens de cette notion, dans les nombreuses places où elle avait travaillé, elle n'avait été dressée qu'aux bonnes manières, mais sa mentalité n'avait jamais été influencée, à ses yeux les hommes qui ne se servent pas d'outils, quelle que soit l'importance de leur situation – à l'exception bien sûr du lieutenant-colonel qui, lui, œuvrait pour l'ordre –, étaient autant de parasites, les femmes qui proclament des mots d'ordre étaient des bouches inutiles, moi y compris au début. Toute feuille de papier lui était suspecte, tout bureau, toute brochure, tout livre, non seulement elle ne connaissait pas Marx, mais elle ne lisait jamais, je crois que si elle a voulu nous mépriser nous aussi comme des tire-au-flanc chroniques, elle a été ébranlée en se rendant compte que quelque chose atténuait son antipathie dès qu'elle passait notre seuil, elle a visiblement acquis la conviction que ce sur quoi nous tapons est malgré tout une machine, qu'il y a quelque chose de respectable dans la manière dont nous gagnons notre pain. Son anti-intellectualisme ne l'avait pas empêchée d'accepter toutes les places qui se présentaient, son activité, que les changements politiques avaient rendue de plus en plus rare, lui garantissait une sécurité totale, elle apprenait quelque chose de tous ses patrons, mais avait son opinion sur chacun d'eux. Elle ne posait les yeux sur nos livres que pour les épousseter, les souvenirs de ses trois années d'école avaient disparu de sa mémoire dans l'avalanche des années, il ne lui restait qu'un seul poème, le compliment pour la fête des Mères, depuis la scène du puits, la vie et ses divers employeurs avaient remodelé la culture littéraire d'Emerence. En revanche, des décennies d'histoire de la Hongrie ne lui avaient fait connaître que la rhétorique qu'elle exécrait et qui avait lessivé à grande eau l'intérêt qu'elle aurait porté à la poésie. Avant d'avoir pu entendre autre chose, elle n'avait plus voulu enrichir son esprit, le boulanger fut mis en pièces lors de la Révolution des chrysanthèmes [1], comme elle me le raconta par la suite, l'objet de son grand amour disparut à son tour, et son indigne successeur la spolia. Emerence ne sut jamais qu'elle avait pris la même décision que le capitaine Butler d'*Autant en emporte le vent*, de même que ce héros sans scrupules, elle ne voulait plus risquer son cœur pour personne, pour rien. Après la Deuxième Guerre mondiale, un horizon infini s'était ouvert devant elle, elle aurait pu s'en tailler une part aussi grande qu'elle le voulait, elle était intelligente, dotée d'un esprit froidement analytique, d'une logique imparable, mais elle ne voulut pas se cultiver, ni s'élever ni œuvrer dans l'intérêt de la collectivité que ce soit sur ordre ou dans le cadre de campagnes, elle décida elle-même ce qu'elle ferait, pour quoi, pour qui et dans quelle mesure, elle se cantonna à un monde de plats de marraine et de chats aux pelages divers. Elle ne lisait pas le journal, n'écoutait pas les informations, avait exclu de son univers le mot de politique, et n'avait ni la larme à l'œil ni le cœur battant s'il lui arrivait par hasard de prononcer le nom de la Hongrie.

Emerence était l'unique habitante de son royaume à une personne, plus souveraine que le pape à Rome, son attitude, sa totale indifférence politique provoquaient parfois de violentes discussions entre nous, nous devions donner à d'éventuels témoins l'impression de jouer un numéro de chansonniers, avec mon arbre généalogique remontant aux Árpádiens, j'essayais en pleurant presque de rage de convaincre Emerence de ce que signifiait pour notre patrie l'évolution entreprise après la guerre, de ce qu'était la redistribution des terres, des possibilités illimi-

1. Révolution hongroise de 1918.

tées qui s'offraient à la classe ouvrière – laquelle n'est pas ma classe, mais la sienne –, elle répondait qu'elle connaissait la mentalité des paysans, sa famille en était, ils se fichent comme de l'an quarante de savoir qui leur achète des œufs ou de la crème, pourvu qu'ils puissent s'enrichir, l'ouvrier ne menace pas leurs droits tant qu'il n'est pas au pouvoir, pour sa part, elle n'avait rien à faire des masses prolétariennes – elle n'employait pas ce terme, mais paraphrasait – mais elle exécrait particulièrement les gens de la haute, oisifs et menteurs. Le pape est un menteur, le médecin un incapable cupide, l'avocat se moque de savoir s'il défend un assassin ou une victime, l'ingénieur calcule d'abord combien il pourra mettre de briques de côté pour sa propre maison, les grandes entreprises, les usines, les instituts scientifiques ne sont que des bandes de malfaiteurs. Nous hurlions en même temps, moi en Robespierre représentant le pouvoir du peuple, alors que précisément ces années-là on avait essayé de me réduire à l'impuissance, de me rejeter dans le ghetto qui m'était assigné, avec mon mari déjà humilié et désarmé, à moins que je ne décide de partir en quittant soit la vie, soit le pays, à ma guise, mais la haine m'avait permis de rester debout, la haine qui savait toujours que les persécuteurs ne s'intéressent qu'à leur misérable carrière, le pays se débattait dans les douleurs de l'enfantement, il n'y pouvait rien si de lamentables fantoches se tenaient à son chevet, s'ils avaient hybridé le monde de Sparafucile, et remis le pouvoir en des mains sales qu'on eût coupées à la hache à l'époque de saint László [1], parce que, pires que des mains de voleurs, elles avaient durant des décennies spolié toute une nation de son crédit.

Emerence, pour qui tout eût été possible malgré son âge, au moins quand les grands changements étaient intervenus, avait salué les mutations de l'histoire de remarques ironiques, et jeté à la face des éducateurs du peuple que personne n'avait à lui dicter quoi que ce soit, les sermons sont pour l'église, encore enfant, on l'avait

1. László Ier, roi de Hongrie de 1077 à 1096.

enlevée de chez elle pour qu'elle fasse la cuisine, sans lui demander si elle le pourrait, elle servait à Budapest depuis l'âge de treize ans, que ses visiteurs retournent là d'où ils venaient, surtout qu'ils s'en aillent de son entrée, parce qu'elle vivait du travail de son corps, pas de sa bouche comme les propagandistes, et qu'elle n'avait pas de temps à perdre à écouter des sornettes. C'est vraiment par miracle qu'elle n'a pas été arrêtée à cette époque troublée, son mépris universel avait quelque chose de monstrueux. Les éducateurs du peuple connurent véritablement les pires heures de leur vie lorsque Emerence leur révéla sa théorie de la politique, pour elle, Horthy, Hitler, Rákosi, Charles IV c'était du pareil au même, ce qui est sûr, c'est que celui qui est au pouvoir donne les ordres, et si quelqu'un peut ordonner n'importe quoi à n'importe qui à tout moment, c'est toujours au nom de quelque chose d'inconcevable. Celui qui était en haut, sous quelque auspice qu'il s'y trouve, même s'il y était dans l'intérêt d'Emerence, n'était rien d'autre qu'un oppresseur, le monde d'Emerence connaissait deux sortes d'hommes, ceux qui balaient et les autres, tout découlait de là, peu importe sous quels mots d'ordre ou quelles bannières on célébrait la fête nationale. Aucune force ne pouvait briser Emerence, le propagandiste profondément horrifié disparut de sa vue, rien ne pouvait arrêter Emerence, rien ne lui résistait, on ne pouvait ni l'approcher ni se lier d'amitié avec elle, pas même bavarder, elle n'avait pas froid aux yeux, était d'une intelligence à la fois fascinante et méchante, d'une insolence éhontée. Personne ne put jamais la convaincre que si l'on admettait son impossible système où la respectabilité de chacun dépendait du fait qu'il balaie ou non, il n'aurait tenu qu'à elle d'être de ceux qui ne balaient pas mais font balayer les autres, parce qu'en 1945, l'État lui en avait donné la possibilité. Quand elle n'eut plus d'autre carte en main, elle joua comme dernier atout la pauvre vieille détachée des choses de ce monde, contemplant le vide d'un air rêveur, et pour qui tout arrivait trop tard. « Comment, trop tard, chère madame, dit le jeune propagandiste plein

117

d'espoir, tous les chemins vous sont ouverts, une descendante de paysans, comment pourriez-vous manquer quelque chose, on vous emmène faire des études, ou on vous envoie quelqu'un qui vous aidera à vous inscrire en évaluant vos capacités, ce ne sont pas celles de tout le monde, vous allez rapidement rattraper, passer le bac, vous pouvez être quelqu'un de cultivé. » Cultivé ? Ce fut la torche qui mit le feu au puits de pétrole de l'anti-intellectualisme d'Emerence, car si on remarquait d'emblée son exceptionnelle intelligence, elle ne manquait pas de proclamer elle-même son dégoût des lettres avec le talent d'un véritable orateur.

Elle savait à peine lire, écrivait à grand-peine d'une écriture cahotante, elle ne savait plus faire que deux opérations, l'addition et la soustraction, mais sa mémoire fonctionnait comme un ordinateur. Quoi qu'elle entende à la radio ou à la télévision par une fenêtre ouverte, si le ton était positif, elle le démentait aussitôt, mais s'il était négatif, elle l'approuvait, elle n'avait pas la moindre idée d'où se trouvait tel ou tel pays étranger, mais elle me répétait avec une prononciation parfaite ce qu'elle avait entendu aux informations au sujet de son gouvernement, énumérait les noms des hommes d'État, qu'ils soient hongrois ou étrangers, et toujours avec un commentaire.

– Ils veulent la paix, vous les croyez ? Moi pas, qui achèterait les fusils, quelle raison donnerait-on pour pendre ou piller, et d'ailleurs si le monde n'a jamais connu la paix universelle, pourquoi devrait-il la connaître aujourd'hui ?

Elle mit de mauvaise humeur plus d'un militant féministe venu l'inviter à une réunion ou la secouer de son indifférence hostile, le délégué de rue, le conseiller de quartier la considéraient comme un fléau de la nature, et de ce point de vue, le pasteur partageait leur opinion : Emerence était un Méphisto-né, elle niait tout. Je lui dis un jour que si elle ne s'était pas continuellement escrimée contre ses chances, elle aurait été la première femme ambassadeur, la première femme chef de gouvernement, que sais-je encore, elle avait plus d'esprit et d'intelligence que toute l'Académie des Sciences.

– Bon, dit Emerence, dommage que je ne sache pas ce que fait un ambassadeur. Je ne veux plus rien d'autre que mon tombeau maintenant, qu'on me fiche la paix, qu'on ne vienne pas me faire étudier, j'en sais assez, j'en saurais moins. Gardez-le bien, ce pays que vous trouvez tellement plein de possibilités, si vous attendez quelque chose de lui. Moi, je n'ai besoin de personne, de rien, comprenez-le à la fin.

*
**

En effet, elle n'avait pas besoin du pays, elle ne souhaitait pas être de ceux qui font balayer, ne réclamait rien, et elle ne voyait pas qu'avec sa continuelle opposition, elle faisait malgré tout de la politique. Si elle était déjà comme cela à l'époque de Horthy, ses employeurs avaient dû s'amuser, le fils de Józsi me révéla qu'elle avait alors fait quelques jours de prison pour avoir proféré des paroles subversives. Emerence pouvait donner une image épouvantable de n'importe quelle période de sa vie, il valait mieux s'esquiver quand elle se lançait dans ses discours, et en entendant ses commentaires sur le vol de Gagarine ou la chienne Laïka, n'importe qui prenait le large. Quand la radio diffusa les battements de cœur de Laïka, elle se mit à vitupérer, c'était de la torture animale, par la suite elle se consola en se disant que c'était le tic-tac d'une horloge qu'on nous avait fait entendre, un chien était bien trop intelligent pour se laisser enfermer dans une espèce de boule et trimballer à travers le ciel, qui voudrait croire ça ? À propos de Gagarine, elle prédit que cela ne lui porterait pas chance, on n'avait pas le droit d'entreprendre une telle chose, parce que si le Seigneur fait la sourde oreille quand nous lui demandons quelque chose, il nous envoie à coup sûr ce que nous redoutons. Si elle a fait son affaire au voisin parce qu'il avait piétiné les fleurs de ses plates-bandes, le bon Dieu réglera leur compte aux envahisseurs, les planètes ne sont pas faites pour qu'on aille tourner autour. Le jour de la mort de Gagarine, alors que le monde entier était frappé d'épouvante, même Adélka à la sottise indécrottable évita Emerence qui gesticulait dans son entrée en expliquant qu'elle avait bien dit que le Seigneur ne tolérerait pas qu'on outrepasse ses pouvoirs. Elle le dit avec d'autres mots, mais c'en était bien le sens. Elle fut la seule au monde à n'avoir pas eu pitié du jeune homme explosé en étoile, pas plus qu'elle n'eut un mot de regret pour Kennedy ou Martin Luther King, considérant les deux hémisphères avec la même absence de compassion et de solidarité, Emerence proclama qu'en Amérique aussi, il y avait ceux qui balaient et ceux qui font balayer les autres, Kennedy était de ceux qui font balayer, quant au nègre, s'il ne se produisait pas dans un cirque, il était continuellement en représentation ou en voyage, et c'était un chef parmi ceux qui font balayer, d'ailleurs tout un chacun doit mourir un jour, et dès qu'elle en aurait le temps, elle songerait à verser une larme pour eux. Un jour j'ai rencontré le fils de Józsi auprès de la tombe d'Emerence, nous avons parlé de sa philosophie intransigeante, et le jeune homme, en écartant les bras d'impuissance, dit que la paix était venue trop tard pour sa tante, son père appréciait plus sainement la situation, n'ayant pas oublié les années difficiles d'autrefois il était satisfait, progressiste, en revanche Emerence avait fait toute sa vie des déclarations négatives. J'avais pu m'en rendre compte, son opposition était de nature particulière, presque irrationnelle, elle se manifestait à l'encontre de François-Joseph comme de tout personnage qui avait pu influer, même de manière bénéfique, sur l'histoire du pays. Je ne parlai pas du fils de l'avocat, pourtant je sentais que la solution devait se trouver là, le lieutenant-colonel eut le mot de la fin en disant que c'était sans doute le pouvoir qu'Emerence haïssait, en quelques mains qu'il se trouve, s'il y avait eu quelqu'un pour résoudre tous les problèmes des cinq continents, Emerence aurait quand même été contre lui, simplement parce qu'il avait triomphé. Dans son esprit, tous avaient un dénominateur commun, le bon Dieu, le notaire, le militant du parti, le roi, le bourreau, le secrétaire général de l'ONU, et s'il lui arrivait de manifester sa solidarité avec quelqu'un en particulier, sa compassion était universelle, elle ne s'adressait pas seulement à qui la méritait, mais à tous, à n'importe qui, même aux criminels.

*
* *

J'aurais été le plus à même de dire cela, la vieille femme avait fait quelques-unes de ses déclarations devant moi, mais je n'étais pas folle, il n'aurait plus manqué que je rende compte de ses exposés. Un jour, elle ramassait des poils de chien sur le tapis avec un chiffon humide, Viola perdait ses poils. Assise à ma machine je l'entendais discourir, à genoux devant moi :

– Doux Jésus, disait Emerence à son chiffon, j'ai caché cet Allemand, il était blessé à la jambe, enfin ce qu'il lui en restait après la fusillade, j'ai pensé que s'ils le trouvaient, ils allaient l'achever, après j'ai caché le Russe avec lui, ils se regardaient en chiens de faïence enfermés au fond de la cave – vous n'avez pas connu cela, vous ne le verrez pas, mais vous verrez ce que je vous ferai si vous ne tenez pas votre langue –, quand j'ai emménagé, il n'y avait personne dans la villa, sauf M. Szloka, le vieux paralytique que j'ai enterré par la suite, les propriétaires étaient déjà partis en Suisse, les autres n'occupaient pas encore les lieux. En parcourant la maison de la cave au grenier, j'ai vu que je pouvais aménager une bonne petite cachette au sous-sol en déplaçant le tas de bois comme il faut, tout au fond, une petite porte donnait sur un local sans fenêtre, et voilà, j'ai commencé par traîner les bûches mine de rien, et puis j'y ai caché tous ceux qui avaient besoin de disparaître. Vous imaginez la tête qu'ils ont faite tous les deux le jour où j'ai amené le Russe, il devait avoir une balle dans le poumon, parce qu'il y avait de la mousse dans le sang qu'il crachait, ils grinçaient des injures, même s'ils ne se comprenaient pas, j'avais caché leurs armes, je les ai toujours, pas pour m'en servir, parce que ça fait beaucoup de bruit, j'en sais quelque chose, mon patron l'officier était un grand chasseur. Ils sont morts tous les deux avant d'avoir fait plus ample connaissance, je les ai sortis la nuit devant la maison, et jusqu'à aujourd'hui personne dans la rue n'a encore compris comment ils pouvaient être couchés là côte à côte, en paix. J'ai aussi caché M. Brodarics, au même endroit, Rákosi le faisait rechercher, ils pouvaient toujours me demander, tu parles que je l'aurais livré, il portait toujours un casque pour aller travailler, et quand il revenait, il avait les mains pleines d'huile. Ils ont dit que c'était un espion, mon œil, l'espion c'est celui qui l'a dit, et je l'aurais laissé emmener, pour que sa femme reste seule, sa femme qui passait son temps à laver et à nettoyer, mais alors après, M. Brodarics me l'a revalu, combien de fois s'est-il accroupi à côté de moi quand il fallait allumer la chaudière, il m'a montré comment économiser le charbon, c'est lui qui m'a appris les secrets du feu, parce que toute chose a ses secrets, la braise comme le reste. Les hommes de Rákosi s'amènent, j'ouvre le portail, ils cherchent, vous voyez bien qu'il n'est pas là, je leur dis, d'autres sont déjà venus l'emmener à l'aube, vous pouvez le chercher, parce qu'il me doit encore les conserves que je lui ai faites. Il s'en est sorti, ensuite la cachette est restée vide un temps, puis j'y ai fourré le type de la Sûreté qui était tombé dans le jardin, c'était un bon gars, je le connaissais, cela m'aurait fait de la peine, il était venu chez moi monter le séchoir à linge quand je me suis cassé le bras, pourquoi je ne l'aurais pas caché ? Celui que j'ai recueilli ensuite, je n'aurais pas mis ma main au feu pour lui, mais je l'ai gardé aussi quelques jours, parce qu'il était si misérable, dans les sueurs de l'agonie, comme un chien, quand on lève la massue pour l'assommer.

J'écoutais sans rien dire. Sainte Emerence de Csabadul, la folle de miséricorde inconditionnelle qui sauvait tout le monde, parce qu'il faut sauver celui qui est pourchassé, les Grossmann aussi bien que leurs persécuteurs, sa bannière porte d'un côté un séchoir à linge, de l'autre le casque de M. Brodarics. Non seulement cette vieille femme n'a pas de conscience patriotique, elle n'a pas de conscience du tout, son esprit lumineux scintille, mais dans le brouillard. Une telle soif de tout, tant de capacités, pour rien.

– Dites-moi, lui demandai-je une fois, vous aimiez simplement sauver les gens, ou avez-vous aussi dénoncé quelqu'un ?

Elle me regarda d'un air dégoûté, pour qui je la prenais ? Même le barbier, elle ne l'avait pas dénoncé, et pourtant il l'avait bernée, il lui avait tout volé, il mentait même en dormant, mais elle n'avait rien dit quand il l'avait laissée là en emportant son butin, qu'il l'emporte s'il en avait besoin, mais depuis ce temps-là, plus un homme ne l'avait approchée, pour elle, ils étaient tous comme le barbier, et plus jamais elle ne donnerait ce qu'elle avait amassé, surtout pas de l'argent. Elle avait changé ses projets d'avenir, il n'y aurait plus ni barbiers, ni Kennedy, ni chiens volants, sa vie ne contiendrait rien d'autre qu'elle et les morts qu'elle y laissait entrer. Elle lâcha soudain ce qu'elle avait en mains, se précipita, elle venait de penser au médicament qu'elle devait aller acheter pour un malade et demanda si j'avais aussi besoin de quelque chose. Je la suivis des yeux, cherchant pourquoi elle tenait à moi alors que j'étais si différente d'elle, je ne comprenais pas ce qu'elle aimait en moi. J'écrivais, j'étais encore jeune, je n'avais pas analysé à fond à quel point l'affection est un sentiment illogique, mortel, imprévisible, et pourtant je connaissais la littérature grecque qui ne représentait rien d'autre que les passions, la mort, dont la hache étincelante est tenue par les mains enlacées de l'amour et de l'affection.

Nádori-Csabadul

Il ne fut pratiquement jamais question du pays où elle était née, pas très loin du mien. Je dénigrais continuellement l'air et l'eau de la ville, et au tout début du printemps, lorsque la terre gorgée d'eau commence à se réchauffer et à fumer entre les tas de neige qui restent encore, le mal du pays s'emparait de moi, je voulais retourner chez nous, jamais elle ne fit chorus avec moi, pourtant elle aussi percevait les senteurs annonciatrices du renouveau, la verdure à peine perceptible sur les jeunes branches, ni voile ni bourgeon, encore moins petite feuille, annonçant que le travail aux champs a commencé, et chez nous, dans nos campagnes, les jeux de la lumière nouvelle font réapparaître l'enfant d'autrefois qui sautait, dansait dans le printemps, insouciant, sans penser à rien, l'enfant que j'avais été, qu'elle avait été. Un de ces jours-là, vers la fin de février, je reçus une invitation de la bibliothèque de Csabadul et courus chez Emerence lui demander si elle viendrait avec moi au cas où j'accepterais. Elle ne serait pas obligée de m'écouter, mais si elle m'accompagnait, elle pourrait aller au cimetière ou rendre visite à sa famille pendant que je ferais ma conférence. Je la quittai sans avoir obtenu de réponse, j'en conclus qu'elle refusait, mais répondis à l'invitation. Huit semaines nous séparaient de la date fixée, au bout d'un bon mois Emerence reparla du voyage. Elle me demanda s'il faudrait passer la nuit là-bas, parce qu'il n'en était pas question, mais s'il était possible de revenir le soir même, elle pourrait venir avec moi. Chouchou se chargerait du trottoir, Adélka des poubelles, si je l'emmenais, elle viendrait. Cette décision inhabituelle avait mis un souffle de couleur sur son visage perpétuellement pâle, elle me demanda de ne pas dire, quand nous serions à Csabadul, ce qu'elle était pour moi. Sa demande me vexa, est-ce que nous la traitions comme une employée, cela lui conviendrait-il si je la présentais comme une parente de mon mari, je ne pouvais pas la faire passer pour une des miennes, sa famille le démentirait, mais on pouvait imaginer qu'elle soit parente par alliance d'un inconnu de Budapest. Jamais elle ne m'avait lancé un tel regard, où se mêlaient pardon et ironie.

– Le maître sera ravi, dit-elle sèchement. Ne vous donnez pas cette peine, je voulais simplement savoir si vous le feriez, et je suis fixée. Vous voulez bien, parce que vous êtes folle à lier, et que vous n'avez de sens pour rien. Qu'est-ce que vous vous imaginez qu'ils croient que je suis devenue ici ? Reine ? Ils m'ont placée quand j'étais encore petite, ce ne sont pas des imbéciles, dans ma famille. Je leur dirai que je suis concierge, ça c'est une situation.

Cela me rendit furieuse, je lui crachai dans ma colère qu'elle pouvait se prétendre ce qu'elle voulait, équarrisseuse ou marchande de peaux de lapin, personne ne manquera de l'estimer puisqu'elle entretient une villa de plusieurs étages, de nombreux autres foyers, et notre ménage ; c'est d'ailleurs cette dernière occupation qui lui vaudra le plus de considération, parce que, bien qu'elle ne le croie pas, c'est précisément en ma qualité d'auteur, dont elle faisait si peu de cas, qu'on m'avait invitée à Csabadul, et il y avait encore des gens, dans son pays justement, qui ne prenaient pas les écrivains pour des fainéants et ne balayaient pas comme elle d'un geste désobligeant les noms d'Arany ou de Petöfi [1]. Elle ne répondit pas, ne parla plus du voyage, j'ignorai jusqu'au

1. János Arany (1817-1882), Sándor Petöfi (1823-1849), grands poètes hongrois.

126

dernier jour si elle viendrait, mais je ne dis rien, craignant qu'elle ne reste chez elle si je la poussais dans ses retranchements.

La vie suivit son cours avant la conférence, Emerence époussetait nos livres, apportait le courrier, m'écoutait quand je parlais à la radio, mais sans faire de commentaires ; cela ne l'intéressait pas. Elle prenait acte de ce que de temps en temps nous courions à une réunion d'information, assistions à une soirée littéraire, donnions un cours exceptionnel, elle voyait nos noms sur des livres, les rangeait après les avoir époussetés comme elle aurait remis en place un bougeoir ou une boîte d'allumettes, cela lui était égal, c'était à ses yeux un vice pardonnable comme la gourmandise ou la boisson. Par une ambition quelque peu puérile j'aurais aimé la gagner au charme selon moi irrésistible de la littérature hongroise, je lui récitai une fois *La poule de ma mère* [1], pensant que ce poème pouvait la toucher, puisqu'elle aimait les bêtes. Elle s'arrêta, le chiffon à poussière en main, me regarda et se mit à ricaner. Eh bien, j'en connaissais des textes incroyables ! Ah, là là ! « Que diantre » ! Qu'est-ce que ça veut dire, « que diantre » ? Qu'est-ce que c'est ce « Vous autres » ? Personne ne parle comme ça. Je quittai la pièce en m'étranglant de fureur.

Elle ne vint pas avec moi à Csabadul. Ce ne fut la faute de personne, Chouchou fut convoquée ce jour-là à la mairie pour la licence de son échoppe, et la veille du voyage elle vint annoncer à Emerence qu'elle n'y pouvait rien, qu'elle était désolée mais ne pourrait pas la remplacer, elle ne pouvait pas prévoir quand son tour viendrait ni pour combien de temps elle en aurait. La scène qui suivit fut incroyable de brutalité, les insultes d'Emerence furent d'autant plus violentes qu'elle reconnaissait l'innocence de Chouchou, elle en avait fait l'expérience à maintes reprises, et était bien placée pour savoir que si on a prévu quelque chose pour tel ou tel moment de la journée, tout peut être chamboulé parce que quelqu'un

1. Poème de Petöfi.

a pris d'autres dispositions. Elle savait que Chouchou n'était pas plus libre qu'aucun d'entre nous, puisqu'elle était convoquée elle ne pouvait pas dire qu'elle avait autre chose à faire, il ne servait à rien de discuter ni de maltraiter Chouchou, mais c'est pourtant ce qu'elle fit. Chouchou s'en alla comme Coriolan, leurs bonnes relations mirent un certain temps à se rétablir. Le jour de mon départ, Emerence promena plus tôt que d'habitude un Viola endormi, dès le matin elle resta à mes côtés tandis que je me préparais, critiqua tout, mes cheveux, mes vêtements, j'étais sur le point d'exploser, exaspérée par ses remarques et les conseils qu'elle me donnait comme si je devais aller au bal de la Cour. Elle n'était pas retournée dans son pays depuis 45, dit-elle en martyrisant mes cheveux, et encore à cette époque, elle n'avait fait qu'un aller-retour à cause du train, elle avait troqué quelques bricoles contre des provisions, par contre en 44 elle y avait passé une semaine, elle ne s'était guère amusée, mais il faut dire que sa famille n'était pas précisément joviale, le grand-père était toujours aussi tyrannique, et ceux du côté de sa mère étaient fort inquiets à cause du cirque qui se passait à ce moment-là. Dans le vocabulaire d'Emerence, le cirque désignait toujours une catastrophe nationale, en l'occurrence la Deuxième Guerre mondiale, ou toute circonstance où les femmes deviennent nerveuses, rapaces et idiotes, où les hommes se comportent comme des bandits et se battent au couteau, toutefois sur un arrière-plan historique. Si cela avait dépendu d'elle, elle aurait enfermé les jeunes révolutionnaires de 1848 dans une cave et leur aurait appris à choisir un métier utile, au lieu de se livrer à la littérature et aux braillements, et d'écouter les discours révolutionnaires, elle se serait arrangée pour les sortir de leurs cafés tous autant qu'ils étaient et les aurait envoyés travailler aux champs et à l'usine.

C'est seulement lorsqu'elle vit s'engager dans notre rue la voiture officielle portant en lettres peintes le nom du village, Nádori-Csabadul, qu'elle me confia une mission. Elle me demanda d'aller voir dans quel état étaient les tombes de sa famille, et si possible la vieille maison où elle était née, à l'entrée de Nádori, elle aimerait aussi que j'aille si j'en avais le temps à la gare de Csabadul et que je parcoure le quai de marchandises. Oui, le quai de marchandises, c'est important. Si je trouve des membres de sa famille – il doit bien y en avoir de vivants puisqu'ils écrivent au fils de mon frère Józsi, pas des Szeredás, ceux-là, il n'y en a plus, mais des Divék, du côté de ma mère – elle n'a rien à leur faire dire, et s'ils me posent des questions, pas de longs discours, juste la vérité, elle est en vie, en bonne santé. Je ne promis rien, je ne savais pas ce que j'aurais le temps de faire, non seulement les conditions de la route mais les circonstances locales peuvent modifier ce genre de rencontres, elles ne commencent jamais à l'heure parce qu'il faut attendre le public, et si la bibliothécaire a pensé que nous déjeunerions ensemble, il serait mal venu de lui demander où se trouve le cimetière, mais je dis à Emerence que si c'était possible, je ferais ce qu'elle me demandait. La voiture était venue me chercher plus tôt que prévu, si je me débrouillais bien, je pourrais peut-être remplir la totalité de ma mission.

Au dernier moment, Chouchou apparut dans la rue, elle ouvrit le feu sur Emerence, se moqua d'elle, ben voyons, elle reste à la maison, alors qu'elle avait fait changer sa serrure, on se doutait bien pourquoi, elle n'avait pas confiance en Chouchou, elle croyait qu'on allait venir cambrioler juste ce jour-là où, comme chacun le savait, elle m'accompagnait, et qui était le plus à même de le faire, sinon elle, Chouchou, qui devait aussi s'occuper de Viola.

– Va crever ! dit Emerence d'un air impassible.

Chouchou devint muette, mais resta sur place, l'insulte était inattendue et aussi injuste que ses soupçons, assise dans la voiture, je les vis encore ainsi, côte à côte, Chouchou, le cou tordu, comme paralysée par le coup qu'elle venait de recevoir, fixant Emerence de ses yeux écarquillés, comme si elles se livraient un combat de karaté. Je me retournai pour dire à Emerence que je me dépêcherais de revenir, je voulais rentrer avant minuit, mais je serais peut-être trop fatiguée pour aller chez elle lui raconter.

– Fatiguée, et de quoi ? Les fatigués, c'est tous les malheureux qu'on aura obligés à venir à la maison de la Culture pour vous écouter, ils auront déjà donné aux bêtes, trait les vaches, changé les litières, fait cinq millions de choses dont vous n'aurez pas la moindre idée, bien assise que vous serez à raconter n'importe quoi.

Je me gardai bien d'essayer de lui expliquer combien d'énergie il m'en coûterait de me concentrer en pleine canicule dans une pièce mal aérée dont les fenêtres resteraient fermées à cause du bruit extérieur, et je donnai le signal du départ. J'étais quelque peu déçue, je pensais qu'Emerence, s'abstenant pour une fois de se moquer de moi, me demanderait par exemple une branche de la haie de sa maison, ou autre chose que je rapporte toujours de chez nous, un pain d'une livre, mais elle ne demanda rien. Quand nous partîmes, Viola poussa quelques jappements indolents comme pour me rassurer, cette séparation ne serait pas éternelle, nous tiendrions bien tous deux jusqu'au soir.

Le voyage se passa sans histoires, nous ne nous arrêtâmes pas en route, j'avais l'habitude de ne pas manger avant d'arriver, la plupart du temps ils offraient quelque chose à la bibliothèque, et si je ne prenais rien, ils seraient vexés. Nádori était un joli village, je n'eus pas à demander où était le cimetière, il se trouvait à l'entrée de la localité, juste après le panneau je fus accueillie par le parfum des fleurs sauvages et de la sauge venu des vieilles tombes en ruine. Je fis arrêter la voiture pour y entrer, une femme arrosait des fleurs près de la clôture. Elle était assez âgée pour avoir entendu les noms de Szeredás ou de Divék, mais elle n'était pas née ici, elle n'y était que depuis son mariage et ne savait rien de la famille du charpentier. Le cimetière lui-même n'était visiblement plus utilisé, la plupart de ceux qui y reposaient se trouvaient sous une butte de terre sans inscription, un grand nombre de pierres tombales et de stèles en bois avaient été arrachées, volées, et si un défunt comptait encore pour quelqu'un, la famille l'avait fait exhumer. Il y avait tout au plus une vingtaine de tombes aussi bien entretenues que celle sur laquelle se penchait la vieille femme, je fis quelques pas parmi les terriers de lapins et les taupinières, j'y pris même plaisir, l'été, les cimetières abandonnés ont un charme dépourvu de toute tristesse, je me promenai parmi les anciennes tombes recouvertes d'herbes folles, mais il n'y avait rien d'intéressant à voir. Je découvris quelques inscriptions à demi effacées, mais ne vis pas le nom que je cherchais, en revanche j'eus plus de chance à Csabadul, en descendant de voiture sur la grand-place j'aperçus une enseigne portant en lettres rouges le nom de la mère d'Emerence : *Csaba Divék, montres anciennes et à quartz. Ildikó Divék née Kapros, bijoux fantaisie.* Un jeune couple travaillait dans la boutique, si je m'étais imaginé faire sensation en annonçant que j'apportais des nouvelles d'une parente vivant à Budapest, Emerence Szeredás, si toutefois j'avais frappé à la bonne porte et si Rozália Divék, épouse de József Szeredás, était de leur famille, je m'étais trompée. Ils n'avaient pas de contacts avec Emerence mais avaient entendu parler d'elle, l'horloger me dit que je devais sans faute aller voir sa marraine, une demoiselle Divék, cousine de cette parente de Budapest, elles avaient grandi ensemble et elle serait heureuse de me voir, surtout de savoir après tout ce temps ce qu'était devenue la fille d'Emerence qu'elle n'avait pas revue depuis qu'on l'avait emmenée à la capitale.

À partir de là, je dus faire très attention à ne pas révéler que j'ignorais un certain nombre de choses, voilà que j'entendais dire pour la première fois qu'Emerence avait un enfant. Comme je cherchais à en savoir plus, ils me racontèrent ce qu'ils tenaient de leurs parents plus âgés, la dernière année de la guerre, Emerence était venue au village avec une toute petite fille qui passa ensuite près d'une année chez son arrière-grand-père. Ces jeunes ne savaient rien des tombes de la famille, mais la marraine de l'horloger se souviendrait certainement de tout. Quittant la boutique, je gagnai la bibliothèque, il restait énormément de temps jusqu'à la conférence, même jusqu'au repas, et la bibliothécaire fut contente de ce que j'aie quelque chose à faire, elle offrit de m'accompagner. La cousine possédait une maison, elle ressemblait à Emerence, grande et maigre, sa démarche avait la même dignité, la même tenue, en revanche elle appréciait visiblement la vie malgré son âge. La lumière entrait à flots par de larges fenêtres dans sa maison aménagée avec goût et témoignant fièrement de son indépendance matérielle, elle nous offrit des gâteaux sur un plateau qu'elle prit sur une magnifique crédence ancienne, en expliquant que ce meuble avait été fabriqué par le père d'Emerence, il n'était pas seulement charpentier, comme je le savais, mais aussi ébéniste, le grand-père avait fait apporter ce buffet chez elle quand la coopérative créée à Nádori avait transformé l'atelier à ses propres fins. Elle aussi avait entrepris de rechercher ce qu'il était advenu d'Emerence et de la petite fille après qu'elles eurent disparu, elle ne savait pas ce qu'était devenue la petite, parce que le fils de Józsi par exemple ne l'avait jamais vue. Leur grand-père était un homme très difficile, raconta la femme, tandis que nous mangions l'épais gâteau jaune en buvant le fameux vin de sable de la Grande Plaine, il n'a jamais voulu admettre qu'il n'était pas sans risques pour une jeune fille de travailler à Budapest, et quand Emerence était venue avec l'enfant, on avait cru qu'il allait la tuer, c'est peut-être ce qu'il aurait fait s'il n'avait pas eu son attaque, mais à ce moment-là, il n'était déjà plus le même. De nos jours, une affaire comme celle-là ne compte plus, et même si la famille n'est pas contente, elle ne le montre pas, les autorités et la société protègent les jeunes, j'ai sans doute pu m'en rendre compte. À l'époque, il était légitime qu'on eût cherché à savoir qui était le père de l'enfant, mais Emerence n'avait rien dit, elle n'avait pas apporté les papiers de la petite, et si le grand-père n'avait pas joui d'une telle notoriété et n'avait pas couvert de cadeaux le secrétaire de mairie, cela aurait mal tourné, mais ce fonctionnaire avait arrangé l'affaire, la petite fille eut des papiers en remplacement de ceux qui étaient restés à Budapest, et puisque son père était inconnu, elle devint elle aussi une Divék. À la fin, le vieux s'accoutuma à son arrière-petite-fille, fût-elle d'adoption, la petite était loin de sa mère, et comme elle ne connaissait personne d'autre, elle le prit en affection, lui grimpait sur les genoux, l'embrassait, le vieux Divék se mit à pleurer quand Emerence vint la leur reprendre, et il se lamenta jusqu'au jour de sa mort de l'avoir laissée partir alors qu'elle était si mignonne. Par ailleurs, ils seraient heureux de revoir Emerence quand elle voudrait, seule ou avec la petite fille qui était sûre-ment une jeune femme à présent, malheureusement, le grand-père, tout comme son cher mari, étaient morts, ils étaient les seuls Divék restant au pays, la famille s'était dispersée.

La marraine se montra obligeante, elle nous proposa malgré la chaleur accablante de nous emmener voir les tombes, le vieux et ses parents à elle étaient ici, la famille d'Emerence était restée à Nádori, dans le cimetière aban-donné. Une fois au cimetière, elle parla un peu plus bas, cette histoire familiale la mettait dans l'embarras, comme le grand-père n'avait jamais accepté que sa fille devienne Mme Szeredás − sans que personne sache pourquoi, vu que jusqu'à ce que la mort l'emporte, le charpentier gagnait bien sa vie, et qu'en fin de compte il n'était pour rien dans l'épouvantable tragédie −, il n'avait pas fait ramener près de lui ni le charpentier, ni les jumeaux, ni sa fille, et cela ne faisait honneur à personne. Les obsèques avaient eu lieu à Nádori, c'est là qu'ils reposent tous auprès de Szeredás, comme s'ils étaient ses victimes, bien sûr elle avait peut-être mal compris, à l'époque elle était encore une enfant, il arrive aussi qu'on se tienne à l'écart des tombes des disparus, parce que même si on les aimait beaucoup, cela fait mal de les voir. Le second mari n'a pas de tombe, Emerence m'avait raconté, n'est-ce pas, qu'il était dans un ossuaire en Galicie. En tout cas, si sa cousine de Budapest voulait entreprendre des démarches, qu'elle ne perde pas de temps, depuis l'an passé les com-munes de Nádori et Csabadul étaient rattachées administrativement, et on n'allait pas tarder à retourner le vieux cimetière, d'ailleurs elle n'aurait pas su dire où se trouvaient les Szeredás, vu qu'elle n'y était pas retournée depuis son enfance, mais ici, nous pouvions voir les tombes des Divék et des Kopró, elle était une demoiselle Divék, mais avait épousé un Kopró. Comme il me restait du temps, j'allai voir le bel obélisque, au-dessus des noms gravés dans le granit étaient représentés comme il se doit les eaux de Babylone, les saules et les harpes pendues à leurs branches. La marraine m'offrit aussi deux photos, elle chercha longtemps avant de les trouver dans un tiroir : la mère d'Emerence était vraiment une jolie mariée, toutefois ce n'est pas cette photo qui m'étonna le plus, mais un vieux cliché d'amateur aux bords dentelés représentant Emerence avec un enfant dans les bras, l'exposition était mauvaise, seule la petite fille était nette, à cette époque Emerence se couvrait déjà la tête d'un foulard, mais sa tenue était moins austère, ses vêtements ne lui allaient d'ailleurs pas très bien, elle les avait visiblement hérités d'une de ses patronnes. Son visage n'avait pas notablement changé, seuls ses yeux exprimaient une sereine gentillesse au lieu de malignité. Les Divék et les Kopró vinrent tous assister à ma conférence, ils n'en avaient sans doute pas eu l'intention, mais les convenances le voulaient ainsi puisque je leur avais rendu visite. Il y avait très peu de monde, l'assistance écouta sans aucune marque d'intérêt, tout le monde avait chaud, et en ressassant le même discours pour la énième fois, je me demandais où avait pu aller la petite en quittant les bras d'Emerence.

En partant, je n'oubliai pas de demander à la bibliothécaire si nous pouvions faire un détour par la gare. Si elle s'en étonna, elle ne le montra pas, je parcourus le quai de marchandises d'un bout à l'autre, selon le désir d'Emerence, c'était un quai comme les autres, haut, avec une bordure en béton, mal entretenu. Sur le chemin du retour, le chauffeur s'arrêta à Nádori devant l'ancienne maison d'Emerence, j'appris qu'on l'appelait encore la maison Szeredás. Elle était belle dans le jour déclinant, c'était un de ces incroyables soirs d'été où le soleil disparaît brusquement au lieu de retirer peu à peu ses rayons, et toutes sortes de rubans incandescents, orange, bleus, violets transparaissent dans la pénombre. Nous découvrîmes les lieux d'autrefois, tout était bien comme Emerence l'avait décrit, la façade peinte, les murs, le périmètre, la hauteur, Emerence n'avait rien exagéré ni rapetissé, et ce qui était le plus surprenant, elle avait gardé en mémoire les proportions exactes, elle n'avait pas rêvé la belle maison de son enfance comme un château de légende, celle-ci était d'ailleurs assez belle telle que l'avait construite József Szeredás. La maison n'avait pas été conçue avec amour, elle faisait l'effet d'un aveu destiné à l'éternité. À la place de l'ancien atelier, il y avait toujours un atelier, mais équipé d'une grande scie électrique, des chiens enchaînés me sautèrent après. Le petit jardin était toujours là, en vieillissant les rosiers étaient devenus des arbres, à côté des platanes quelqu'un avait planté quelques érables, le noyer aussi avait poussé, des enfants jouaient sous une balançoire pendue à l'une de ses branches. Je ne retrouvai pas l'aire de battage, un champ de maïs s'étendait à sa place, prometteur d'une belle récolte, je restai là à contempler l'alignement militaire des pieds de maïs et à me demander quelle pouvait être la mémoire de la terre, quand elle recouvre tant de sang, de morts, d'échecs et de rêves. Comment peut-elle encore donner, avec de tels souvenirs ? Peut-être justement à cause d'eux ? Le gérant était un homme jeune, en me voyant descendre de la voiture il crut que je venais chercher un chiot, il en avait à vendre, mais je lui dis que j'avais déjà un chien, que j'étais juste venue regarder la maison, parce qu'une de mes voisines y avait vécu. Il cessa de s'intéresser à moi dès qu'il entendit que je ne voulais pas de chiot. J'hésitai à lui demander une rose du vieux rosier pour Emerence, mais je ne le fis pas. Comment aurais-je pu savoir à quelle aune Emerence mesurait le puits de sa mémoire, alors qu'elle ne m'avait même pas dit qu'elle avait un enfant, tout au moins qu'elle en avait eu un ? À cet endroit où s'était déroulée

135

l'époque de sa vie la plus indéniable et la plus aisée à vérifier, je tentai de retracer en esprit les coordonnées réelles de l'existence d'Emerence, mais là non plus je n'y parvins pas. Elle n'était plus chez elle ici, pas plus que là où elle vivait actuellement, puisqu'elle fermait sa maison au reste du monde. Dans le soir bleuissant parmi les rubans colorés du crépuscule, une seule chose était claire : le village n'existait plus pour elle, Emerence était partie à la ville, celle-ci l'avait acceptée, mais elle n'avait pas accepté la ville, puisque son seul milieu réel n'existait que derrière une porte close, et si jamais elle l'avait montré, ce n'était pas de son propre chef. Je remontai en voiture sans même cueillir une feuille en souvenir, et nous reprîmes le chemin du retour.

Je savais qu'elle ne m'attendrait pas chez nous, elle était trop fière pour cela, plutôt que de reconnaître qu'elle s'intéressait à ce qui restait de sa vie d'autrefois, elle préférerait ne jamais en entendre parler. J'entrai dire bonsoir à mon mari, il me dit que Viola et lui avaient eu droit à un véritable festin, puis j'allai chez la vieille femme, le chien se précipita à ma rencontre à la porte du jardin, Emerence ne se leva même pas, elle prenait l'air près du lavoir. Attends un peu, pensai-je, la bombe atomique ne va pas tarder à exploser, tu peux te douter qu'un ou deux détails de ta vie que tu as omis vont remonter à la surface entre les mots. Je parlai d'abord de la boutique de l'horloger, ensuite j'enfonçai la sonde un peu plus loin, décrivant dans quelles bonnes conditions vivait sa cousine, puis je dis que le grand-père n'avait pas dû être commode, pourquoi avait-il puni les morts, ils avaient été assez malheureux, on ne pouvait pas comprendre ce qui lui était passé par la tête pour laisser les tombes se dégrader, ce n'était vraiment pas convenable. Emerence regardait au loin, comme si elle voyait dans la pénombre quelque chose qui ne me concernait pas, brusquement j'eus honte, qu'avais-je à m'immiscer dans sa vie privée, qu'attendais-je d'elle, des aveux ? Pendant de nombreuses années, elle ne m'avait pas laissée m'approcher d'un centimètre, je ne pouvais pas exiger qu'elle me parle de cet enfant naturel qui ne lui avait valu que problèmes, humiliations et soucis. Je ne suis ni perverse ni sadique. Est-ce que j'espérais qu'elle se vanterait d'une chose que sa mentalité d'autrefois lui faisait désavouer ? Emerence tourna le dos au jardin, et ne me quitta plus des yeux, la tête de Viola sur ses genoux. Cela semble ridicule, mais j'eus l'impression que le chien avait toujours connu l'existence de la fille d'Emerence, parce que la vieille femme lui avait dit tout ce que je voulais savoir.

– Je vous l'ai déjà dit, commença-t-elle sur le ton de la conversation. Cela fait longtemps que j'ai économisé ce qu'il faut, mais j'ai décidé d'attendre ma mort pour faire construire le tombeau, c'est le fils de mon frère Józsi qui s'en chargera. Je ne déteste pas mon grand-père, il était ce qu'il était, jaloux, inflexible, il n'a jamais pardonné à mon père de lui avoir enlevé sa fille, il ne m'aimait pas non plus, je ne le lui reproche pas, mais puisque son heure a sonné, c'est aussi bien ainsi. J'ai pu mettre assez de côté, vous verrez, nous aurons un tombeau comme on n'en a jamais construit à Budapest, il y aura bien un de vos amis peintre ou sculpteur pour en faire le plan selon mes indications. Cela n'aurait pas été possible avant parce que mon grand-père aurait craint qu'on dise du mal d'eux à Csabadul, mais je leur ai collé la petite sur le dos, et le vieux qui était malin comme le diable savait que honte pour honte, c'est lui qui me porterait le plus grand coup en se fichant des tombes, alors il a laissé pourrir les stèles, moi je vivais à Budapest, je ne pouvais pas aller au cimetière.

Dieu merci, c'est elle qui en avait parlé, alors je lui donnai les photos. Elle les regarda longtemps, le visage dénué d'expression, je m'étais imaginé qu'elle serait émue ou rougirait, mais je ne sais pas pourquoi je croyais cela, elle devait avoir chez elle un album plein de photos de l'enfant, est-ce que je savais ce que recelait la Cité interdite d'Emerence ? Ce n'était pas une mère qui regardait la photo, encore moins une mère bouleversée qui voit brusquement ressurgir son passé, on aurait dit un soldat habitué à remporter toutes les batailles.

– C'est Eva, expliqua-t-elle, c'est elle que j'attendais l'autre fois, elle vit en Amérique, c'est elle qui m'envoie l'argent, les colis aussi, dont je donne quelque chose aux uns et aux autres, vous-même avez eu droit aux choses superflues, les produits de maquillage, les crèmes. Elle était comme ça quand je l'ai ramenée de Csabadul, mais maintenant, je ne veux plus voir aucun de ses visages, elle n'est pas venue quand je le lui ai demandé. Si je l'invite, et la dernière fois je l'avais invitée, elle doit venir, même si c'est la fin du monde, parce que si je n'avais pas été là, ils lui auraient écrasé la tête contre le mur ou l'auraient emmenée dans la chambre à gaz.

Elle poussa la photo devant moi, comme pour manifester qu'elle n'en voulait pas.

– Vous croyez que ça a été facile ? (Elle avait visiblement du mal à en parler.) Jusque-là, tout le monde me respectait, j'étais un modèle, moi Emerence Szeredás, propre, honnête, menant une vie raisonnable, j'ai appris à mes dépens ce que sont les hommes, et quand ce type est parti, ou plus tard quand le barbier s'est enfui avec l'argent et toutes les choses d'un peu de valeur que j'avais amassées au fil des années, je n'ai pas avalé de soude caustique, je me suis secouée comme si rien n'était arrivé, et j'ai dit que je ne me fiancerais plus jamais, que je ne laisserais aucun homme m'approcher, qu'ils en prennent une autre pour la rendre folle ou pour la dépouiller. Personne ne m'a tendu la main, croyez-vous que cela a été facile de me présenter à mon grand-père un enfant sur les bras, de lui dire, tiens, c'est la mienne, il faut la nourrir jusqu'à la fin de la guerre, moi je ne peux pas l'élever à Budapest, je n'ai pas le temps de la dorloter, elle traînera dans la rue, je n'y peux rien si un voyou m'a tripotée et s'il y a maintenant cette petite fille. Je ne pouvais pas la garder à Budapest, c'était trop dangereux, elle ne pouvait pas rester enfermée, un enfant a besoin de bon air et d'espace.

Les buissons murmuraient. Viola s'était endormi, la tête sur les souliers d'Emerence.

138

– Vous vous rappelez bien les lois, non ? Les vieux s'étaient empoisonnés au cyanure, les jeunes avaient pris la fuite, ils ne pouvaient pas se traîner à pied sur les chemins de montagne avec un bébé, alors ils me l'ont confiée. Mme Grossmann savait ce qu'Eva représentait pour moi, ce que j'étais pour elle, la petite pleurait dès que n'importe qui s'approchait d'elle, et elle voulait quitter les bras de sa mère pour venir dans les miens. Les Allemands n'étaient pas tous des salauds, cette villa appartenait à un industriel allemand, il a fourni un passeur aux Grossmann, m'a engagée comme gardienne et m'a chargée de tout jusqu'à son retour. Nous nous sommes mis d'accord : je m'installais dans la villa, les jeunes Grossmann partaient vers la frontière, et moi j'emmenais la petite au village, il valait mieux qu'on la croie disparue avec ses parents. Ne me demandez pas ce que j'ai pris en arrivant chez nous, je n'avais jamais reçu une telle raclée, j'ai cru que je ne pourrais plus marcher. J'ai dit à mon grand-père, eh bien battez-moi, donnez-moi des coups de pied, racontez-le à tout le monde, mais laissez la petite tranquille, je lui ai donné l'argent et les bijoux que m'avaient remis les Grossmann pour l'entretien de la petite, il a cru que je l'avais volé dans la pagaille de la guerre, parce que ce n'était pas une petite somme, mais il a tout pris, ne vous faites pas de souci. Cela leur a permis de bien élever la petite pendant une bonne année, puis les Grossmann sont revenus et je suis allée la rechercher. Les pauvres auraient dû recommencer à vivre, mais ils sont repartis à l'étranger, et ce qui leur restait, les meubles que j'avais préservés en les emportant dans la villa, ils m'ont tout donné pour me remercier, puis ils ont disparu à nouveau, ils avaient peur de rester, parce que le même cirque recommençait avec Rákosi. Vous êtes allée sur le quai ?

Je dis que oui.

– Je voulais que vous le voyiez, parce que moi, je le vois souvent en rêve, tel que je l'ai vu la dernière fois, quand la pauvre bête s'est jetée du wagon pour me rejoindre. Nous avions une génisse aux yeux de velours, je l'avais élevée, et avec les deux petits, c'était comme un troisième enfant pour moi, son poil était aussi soyeux que les cheveux des jumeaux, elle avait un nez rose et tendre, elle sentait le lait, comme mes petits. On se moquait de moi, parce qu'elle me suivait partout, puis un jour il a fallu la vendre, on m'a enfermée au grenier et on a enlevé l'échelle pour m'empêcher de la rejoindre, à cette époque au village, la mode n'était pas à l'hystérie, on secouait les gamins un bon coup, on leur disait ce qu'ils avaient à faire, et s'ils s'obstinaient à ne pas comprendre, on le leur enfonçait dans la tête. C'est probablement différent de nos jours, là-bas aussi on doit tout leur passer, je ne sais pas. En tout cas, j'ai reçu une bonne calotte avant d'être enfermée, mais j'ai quand même pu descendre, je savais que s'ils vendaient la génisse, on l'emmènerait par le train, alors j'ai couru vers le quai de marchandises, mais quand je suis arrivée, ils l'avaient déjà poussée dans le wagon avec le bétail des autres éleveurs. Elle meuglait là-haut, j'ai crié son nom, et avant qu'ils puissent refermer la porte, elle avait sauté en m'entendant. C'est bête, un enfant, je ne savais pas ce que je faisais en l'appelant. Elle est tombée et s'est cassé les deux pattes avant, on a appelé le Tsigane pour qu'il l'achève, mon grand-père m'a maudite, il aurait mieux valu que ce soit moi qui meure, bonne à rien que j'étais, plutôt que cette bête de valeur. Ils l'ont abattue et dépecée, et m'ont obligée à tout regarder jusqu'au bout quand ils l'ont tuée et découpée en morceaux, ne me demandez pas ce que j'ai ressenti, apprenez seulement ceci : n'aimez jamais éperdument, cela ne peut que vous mener à votre perte. Si ce n'est pas tout de suite, c'est plus tard. Le mieux, c'est de ne jamais aimer personne, comme ça personne ne sera dépecé, personne ne se jettera d'un wagon. Bon, rentrez chez vous, nous avons assez parlé pour aujourd'hui, le chien n'en peut plus, emmenez Viola à la maison. Viola. C'est le nom que ma mère avait donné à notre génisse. Allez, partez, le chien a sommeil.

Le chien, pas moi qui avais été sur le pied de guerre toute la journée, ni elle qui avait couru à droite et à gauche, nettoyé, balayé, mais l'impérissable imago, Viola sur le quai ou bien dans notre rue, sous la forme d'un chien. Je rentrai, comme elle le voulait, je sentais qu'elle désirait rester seule avec ce que j'avais fait ressurgir. À présent, tout était là autour d'elle, les Grossmann et l'industriel qui n'était pas un méchant homme, la villa désertée où elle avait vécu toute seule avant que divers occupants ne s'y succèdent en un flot sans cesse renouvelé, d'abord des Allemands, puis des soldats hongrois, et quand ils eurent disparu, les Croix-Fléchées, les Croix-Fléchées s'en vont, les Russes s'installent, Emerence leur fait la cuisine, la lessive, la maison devient propriété d'État, puis immeuble en copropriété, et au milieu de tout cela, la blessure la plus profonde, la cause de tout, le boulanger déchiqueté, le barbier criminel, la honte suscitée à Csabadul par la petite Eva Grossmann, la génisse, le chat pendu à la poignée de la porte et le grand amour.

Avait-elle appelé son chat Viola, lui aussi ?

Tournage

Quand j'étais étudiante, je détestais Schopenhauer, plus tard j'ai compris que je devais retenir de sa théorie, que toute relation sentimentale est une possibilité d'agression, plus je laisse de gens m'approcher, plus il y a de voies par lesquelles le danger peut m'atteindre. Il ne me fut pas facile d'admettre que je devais en plus compter avec Emerence, son existence était devenue une des composantes de ma vie, et au début, je fus épouvantée à l'idée de la perdre si je lui survivais, ce qui augmenterait la cohorte des ombres dont la présence immanente et insaisissable me bouleverse et me plonge dans le désespoir.

Cette prise de conscience ne fut en rien modifiée par le comportement d'Emerence qui variait selon un nombre incalculable de clés, elle me rabrouait parfois avec une telle rudesse qu'un étranger, témoin de ces scènes, se serait demandé comment je le tolérais. Cela ne me faisait rien, depuis longtemps je ne faisais plus attention aux séismes qui l'agitaient en surface, elle avait dû faire la même découverte, et elle avait beau ne plus vouloir risquer son cœur à l'instar du capitaine Butler, elle ne pouvait davantage échapper à son attachement pour moi. Quand j'étais malade, elle me soignait tant que mon mari n'était pas rentré du travail, je n'ai jamais pu lui rendre le même service, parce que Emerence n'a jamais été malade, elle ne prêtait pas la moindre attention aux accidents survenus dans la cuisine ou au cours de son travail, le jour où elle

143

s'était renversé de l'huile bouillante sur la jambe, ou entaillé la main avec le couteau à viande, elle n'avait pas dit un mot et s'était soignée avec ses remèdes de bonne femme. Emerence n'avait aucune considération pour ceux qui se plaignent. Par la suite, elle n'eut plus besoin de raison ou de prétexte pour venir chez nous, sans avoir besoin de le dire nous savions toutes deux que nous aimions être ensemble. Quand nous étions seules, si nous avions le temps, nous bavardions. Comme par le passé, je ne parvins à lui faire lire aucun de mes écrits, mais à présent elle n'était plus indifférente si un de mes romans était mal accueilli, elle ressentait la houle des attaques que la politique littéraire dirigeait contre moi, s'emportait contre la critique qui la mettait d'une humeur massacrante, elle me demanda même un jour si elle ne devait pas dénoncer l'auteur d'un article au lieutenant-colonel. C'est en vain que je tentais de la calmer, elle était furieuse, emplie de haine. À présent, elle ne refusait plus de considérer mes travaux comme une sorte de performance, et si elle ne les a jamais jugés totalement valables, elle s'était forgé une idéologie qui lui permettait de ne pas les rejeter : l'écriture était une occupation comparable au jeu que les enfants prennent au sérieux, et bien que rien d'essentiel ne dépende de ce qui les absorbe tant, même si ce n'est qu'un jeu, cela n'en est pas moins une occupation fatigante. Elle ne cessait de me poser la question à laquelle aucun écrivain ne peut vraiment répondre, lorsqu'un journaliste ou un lecteur lui demande comment un roman peut naître de rien, de mots, je ne pouvais pas lui expliquer la magie quotidienne de la création, on ne peut pas décrire avec des mots comment et d'où viennent les lettres sur la page blanche. En revanche, il me sembla qu'il serait plus facile de lui faire comprendre la préparation d'un film, et quand elle commença à s'intéresser à ce qui se passait au studio ou en extérieur, à demander ce que signifiait le mot « tourner », j'espérai enfin l'amener au moins à la lisière de ma sphère personnelle. Un tournage auquel je collaborais m'en offrit la possibilité. Chaque matin, la voiture de l'équipe venait me chercher, nous

nous dépêchions d'aller aux studios, et à mon retour, elle m'assaillait d'un feu roulant de questions, que s'était-il passé, qui était là, qu'avait-il dit, comment s'était passée la journée, et qu'est-ce que nous faisions là-bas, en fait. Un jour, je lui annonçai que je l'emmènerais le lendemain au studio. En réalité, j'avais peu d'espoir qu'elle vienne, puisqu'elle ne s'éloignait jamais de sa maison sinon pour aller au cimetière, mais le lendemain matin, elle attendait la voiture sous le porche, en grande tenue, les doigts croisés sur un mouchoir immaculé et un brin de marjolaine. J'eus alors honte de toutes les remarques cyniques que nous échangions lors de nos disputes, ou, ce qui est pire, des moments où nous enfermions notre colère dans un carcan de glace, laissant hiberner notre rancœur jusqu'à ce que nous trouvions de nouveau le temps de nous poignarder, parce que les heures filent, et que lors d'un tournage, chaque seconde représente de l'argent. Et elle, sur son trente et un, attendait de voir quelque chose qu'elle prenait terriblement au sérieux.

Personne n'ennuya Emerence en lui demandant ce qu'elle venait faire là, à l'entrée on la prit pour une figurante, elle parcourut la cour des studios du même pas naturel et dégagé que si elle était scénariste ou actrice. Elle s'assit où on lui indiqua sa place, elle resta silencieuse, attentive, ne posa pas de questions, ne bougea pas, ne dérangea personne. Nous en étions à une scène difficile qui devait être spontanée, sans effet particulier, c'était la cavalcade coutumière, les préparatifs routiniers s'enchaînaient, maquillage, répétitions, éclairage, profondeur de champ, mise en place, prêts, clap, puis il fallut repartir, le tournage continuait sur l'île Marguerite, dans la voiture Emerence regardait défiler le paysage en ouvrant de grands yeux, je crois bien qu'elle n'était pas venue au Grand Hôtel depuis des décennies, si toutefois elle l'avait jamais vu. Nous tournions en extérieur, Emerence regardait alternativement l'assistant opérateur dans un hélicoptère et le cameraman sur la grue, là au moins la machine, la technique étaient aussi importantes que les acteurs dans la grande scène d'amour. La forêt, la terre, le monde planaient, les arbres se penchaient comme pour recouvrir l'homme et la femme pris de vertige dans les vagues de la passion, quand nous visionnâmes la séquence, tous les plans se révélèrent superbes, une rare réussite.

Nous allâmes manger quelque chose, Emerence n'avait pas envie d'entrer au Grand Hôtel, elle était à présent réticente, désobligeante, ne regardait plus autour d'elle. Connaissant bien ses différents visages, je savais qu'elle en avait assez vu, qu'elle ne voulait pas rester, rentrons à la maison, suggéra-t-elle. Je sentais que quelque chose n'allait pas, sans pouvoir en exprimer la raison comme bien souvent, je pensais qu'elle me le dirait à la maison, par chance j'avais terminé, je pris congé et nous partîmes. Dans la voiture, elle défit aussitôt deux boutons en haut de sa robe comme si elle étouffait. Enfin, elle révéla ce qui la contrariait, j'ai rarement entendu une telle amertume dans sa voix : nous étions des menteurs, des hypocrites, déclara Emerence. Il n'y a rien de vrai, nous faisons bouger les arbres avec des trucages, on ne voit que le feuillage, quelqu'un fait des photos dans un hélicoptère qui vole en rond, ce ne sont pas les peupliers qui bougent, et pendant ce temps, elle, les spectateurs croient que toute la forêt saute, danse, valse. Ce n'est que de la tromperie, une abomination. Je me défendis, elle avait tort, les arbres mis en mouvement dansent quand même puisque le spectateur le perçoit, ce qui importe c'est l'effet produit, non le fait que les arbres bougent réellement ou qu'un technicien crée une impression de mouvement, et en fin de compte, comment imaginait-elle que la forêt puisse se déplacer alors que les racines retiennent les arbres. Croyait-elle que donner l'illusion de la réalité n'était pas de l'art ?

– L'art, répéta-t-elle avec amertume, si vous étiez effectivement des artistes, tout serait vrai, même la danse, parce que vous seriez capables de faire danser le feuillage en le lui demandant, sans avoir besoin d'une machine à vent ou de je ne sais quoi, mais tous autant que vous êtes, vous ne savez rien faire, pas plus que les autres, vous n'êtes que des pitres, encore plus misérables, plus malfaisants qu'un larron.

Stupéfaite, je la voyais s'éloigner vers les profondeurs d'une inconcevable géhenne, comme quelqu'un qui se précipite au fond d'un puits et dont on n'entend déjà plus que le halètement et les invectives. À la fin, sa voix ne fut plus qu'un murmure :

– C'est vrai qu'il existe un moment où ce bonhomme d'opérateur n'aurait pas eu à lever la main, pas besoin non plus d'hélicoptère, parce que les plantes bougent d'elles-mêmes.

Seigneur, qu'avait pu être cet épisode faustien de sa vie où elle a crié à l'instant de s'arrêter parce que les arbres bougeaient autour d'elle ? Je ne le trouverai pas, mais il est quelque part dans le temps. Le jour où elle découvrit chez nous le fonctionnement du magnétophone, et où elle apprit qu'on pouvait réentendre des paroles ou de la musique disparues, elle parla de ce qui se passerait si on enregistrait une vie sur une bande pour la rejouer et l'arrêter ou la répéter à volonté. Elle enregistrerait la sienne, dit-elle, telle qu'elle était, et telle qu'elle serait jusqu'à sa mort, mais à condition de pouvoir rejouer ce qu'elle voulait. Je n'osai pas lui demander où elle arrêterait l'appareil, encore moins pourquoi. Je pensai que de toute façon, elle ne le dirait pas.

L'instant

Elle le dit pourtant. Non quand cela eût été logique ou justifié, mais quand elle sentit que le moment était venu. Si Emerence croyait à quelque chose, c'était au temps, dans sa mythologie personnelle, le Temps était le meunier d'un moulin éternel, dont la trémie déversait les événements de la vie dans le sac que chacun apportait à son tour. Personne n'y échappait selon la foi d'Emerence, elle était persuadée, sans toutefois le comprendre, qu'il moulait aussi le blé des morts et remplissait leur sac, seulement c'était quelqu'un d'autre qui emportait la farine sur son dos pour en faire du pain. Mon sac y passa trois bonnes années plus tard, alors que ses sentiments ne se manifestaient plus seulement sous forme d'affection, mais aussi d'une confiance absolue. Tout le monde avait confiance en Emerence, Emerence n'avait confiance en personne, ou plus exactement, elle accordait des miettes de sa confiance aux privilégiés, le lieutenant-colonel, moi, Polett autrefois, le fils de Józsi et quelques autres, l'un recevait ceci, l'autre cela. Elle confiait à Adélka des choses qui étaient de son ressort et qu'elle comprendrait, pensait-elle, elle disait d'autres choses au lieutenant-colonel, à Chouchou ou au bricoleur, elle m'avait raconté dès le début la mort des jumeaux, mais je me rendis compte bien plus tard qu'elle n'en avait pas dit un mot à son neveu, il croyait qu'Emerence n'avait qu'un frère, son père. Comme pour nous narguer par-delà la mort, elle ne s'était livrée à personne en totalité, elle devait bien s'amuser à nos dépens en compagnie de ses voisins de cimetière, tandis que nous nous efforcions de reconstituer son histoire, chacun ajustant ses petits bouts d'information à ceux des autres. Elle a emporté avec elle au moins trois données essentielles, si elle nous voyait elle pouvait être satisfaite, car nous ne disposions toujours pas de tous les éléments d'explication, et ne les aurions probablement jamais.

Je me rappelle bien le jour où elle porta mon sac au moulin mythologique, parce que c'était le dimanche des Rameaux, j'allais au temple et elle m'arrêta en route, cela me contraria, j'avais peur d'arriver en retard. Je fais un long chemin pour aller parler au Seigneur, jusqu'à la chère église de ma jeunesse, qui conserve le souvenir de mes désespoirs et de mes joies à l'époque où je suis arrivée à Budapest. Emerence était en train de balayer devant notre porche, je savais ce que cela signifiait, elle s'était une fois de plus arrangée pour que je la trouve là à l'heure de l'office, c'était pour me rappeler son éternel refrain, ça ne coûte pas grand-chose d'être pieux quand on peut se mettre les pieds sous la table en rentrant de l'église. Elle me demanda de passer la voir après le déjeuner quand je serais délivrée de mes péchés, elle avait quelque chose à me dire. Cela ne me souriait guère, non seulement j'aime particulièrement la fête des Rameaux, mais depuis que ma mère reposait au cimetière de Farkasrét, mes après-midi dominicaux étaient occupés. Elle me demanda de venir à quatre heures. Je répondis trois heures. Elle secoua la tête : à trois heures, ce n'est pas possible, elle a invité un ami et le fils de Józsi. Alors à deux heures. Impossible. À deux heures, elle a Chouchou et Adélka à déjeuner, je ne dois pas les déranger, il faut venir à quatre heures, un point c'est tout. Je ne communiai pas ce dimanche-là, j'avais perdu la paix intérieure nécessaire à la confession comme à l'absolution : Emerence m'avait excédée, je rentrai tendue au lieu d'être apaisée, puis il s'avéra que Viola n'était pas à la maison, la vieille femme était venue le chercher, disant qu'il était aussi invité à déjeuner.

Emerence était capable de m'inspirer les plus nobles sentiments comme les pires grossièretés, l'idée que je l'aimais me mettait parfois dans un état de fureur qui me prenait au dépourvu. Habituée à ne disposer du chien que dans certaines limites, je ne serais peut-être pas sortie de mes gonds si je n'avais pas entendu cette absurdité : elle avait invité le chien à déjeuner ! Cela me mit dans une telle colère que je courus chez elle, telle que j'étais en revenant du temple. Une fois, une assemblée de l'Union des écrivains était tombée en même temps que le dîner d'une ambassade occidentale où nous arrivâmes avec presque une heure de retard, on ne nous a plus jamais invités, on faisait même un détour pour nous éviter le jour de la fête nationale. L'attitude de la femme de l'ambassadeur après ce repas était toutefois une chaleureuse accolade comparée à l'accueil hautain qu'Emerence me réserva lorsque je me présentai chez elle sans y avoir été invitée, elle était assise dans l'entrée à sa table abondamment garnie, en grande conversation avec Chouchou et Adélka. En entendant claquer la grille du jardin, Viola se précipita vers moi, me fit fête, Emerence ne se leva pas, elle se contenta de me jeter un coup d'œil et se mit à servir le bouillon de poule. Chouchou se poussa pour me faire de la place, la vieille femme lui signifia du regard de ne pas bouger, je ne restais pas. Elle me demanda pourquoi je venais. J'étais si furieuse que je fus incapable de trouver les mots. Tout ce que je pus dire, c'est que je venais chercher le chien.

– À votre aise. Mais donnez-lui à manger, parce qu'il n'a pas encore déjeuné.

Viola bondissait autour de la table en agitant la queue, une bonne odeur de potage flottait, chassant le chlore et le désodorisant.

– Allez, viens ! dis-je au chien.

Emerence servait. Je crus que tout était rentré dans l'ordre, puisque Viola se mit docilement en route sans même se retourner, mais il ne me suivit que jusqu'à la grille, il s'arrêta en remuant la queue, comme pour me dire : ne m'embête pas pour rien, je veux manger. Je ne m'abaissai pas à lui donner un ordre, Emerence était capable de le programmer comme un magnétoscope. Il n'hésita pas un instant, me tourna le dos et repartit comme une flèche en direction de la table d'Emerence. Cela m'énerva au point qu'une fois rentrée, je fus incapable d'avaler même du potage, j'allai m'allonger sur le balcon avec un ouvrage, mais je n'en compris pas une seule phrase. De notre balcon, on pouvait voir l'entrée d'Emerence, j'avais beau ne pas vouloir regarder en feuilletant mon livre, je voyais tout ce qui s'y passait. Elles mangeaient, se penchaient l'une vers l'autre, bavardaient, puis Chouchou et Adélka s'en allèrent quand le fils de Józsi arriva, suivi du lieutenant-colonel, Emerence ne leur offrit rien à manger, mais elle apporta du vin et un plat, probablement de gâteaux. Le fils de Józsi se penchait sur des papiers que le lieutenant-colonel étudiait avec lui, je ne sais pas ce qui se passa ensuite, parce que je quittai définitivement le balcon en décidant qu'elle avait beau m'avoir demandé de passer à quatre heures, je n'irais pas, elle ne me mènerait pas par le bout du nez. Quatre heures, quatre heures et quart, quatre heures et demie, je ne risquai pas un œil au-dehors pour voir ce qu'elle faisait, puis à cinq heures moins le quart, on sonna, mon mari alla ouvrir et revint dire que c'était le voisin du rez-de-chaussée. Viola était couché devant la porte cochère, immobile, il avait en vain essayé de l'appeler, le chien n'avait ni collier ni muselière, un dimanche il n'y avait pas grand-chose à craindre de la police, mais il valait mieux aller le chercher.

Emerence Metternich de Csabadul, qui tirait si bien nos ficelles ! À présent, elle doit bien rire chez elle, elle sait que je vais quand même descendre, cette fois à cause de Viola qui ne se lèvera pas tant qu'il ne m'aura pas vue, ou qu'elle ne lui aura pas donné d'autre ordre. Elle lui a manifestement demandé de venir me chercher et de m'amener chez elle. En chemin, il me vint à l'esprit que son étonnante capacité à combiner, cette pure logique ne lui servait à rien, ne l'amenait à rien d'autre qu'à combattre ses propres possibilités. Je vis Emerence aux côtés de Golda Meir et de madame le Premier ministre de

Grande-Bretagne, cette image ne me parut pas étrange, en revanche je ne comprenais pas pourquoi elle se camouflait. Si elle faisait trois tours sur elle-même, enlevait son foulard, son tablier, puis son visage en déclarant que c'était un déguisement et un masque dont une malédiction divine l'avait affublée lors de sa naissance, mais qu'elle n'était désormais plus obligée de porter, je la croirais, pourquoi pas. Viola dansait autour d'elle, il savait mieux que personne que tout était rentré dans l'ordre, Emerence avait encore gagné et je n'étais même plus en colère.

Sur la table, un strudel sans clous de girofle m'attendait sous une mousseline, Emerence sait ce que j'aime. Elle me dominait d'une bonne tête et demie et me toisa de sa hauteur sans dire un seul mot, hochant seulement la tête, Viola et moi comprîmes que je m'étais mal conduite, que je n'avais pas assez réfléchi, et pourtant j'étais assez grande pour savoir que rien n'arrive sans raison. Emerence fit rentrer le chien dans sa loge, l'odeur de désinfectant, plus forte que celle de l'extérieur, passa par l'ouverture de la porte et se mêla à l'arôme sucré du strudel, elle me désigna une place sur le banc. Devant elle, le gros galet rond qui servait de jouet à Viola était posé en guise de presse-papiers sur une feuille pliée qu'elle fit glisser vers moi. On n'entendait aucun bruit à l'intérieur. Viola s'était couché, j'aurais aimé voir où il dormait, sur quoi, mais lui seul avait ses entrées parmi les secrets, pas moi. Je me fis sermonner.

– Vous avez un caractère épouvantable, dit Emerence. Une vraie grenouille, vous vous gonflez et puis vous explosez brusquement. Vous n'êtes bonne qu'à pousser votre copain en hélicoptère à faire danser les arbres à force de ruses. Vous ne comprenez jamais ce qui est simple, vous voulez toujours aller à reculons, alors que la porte est devant.

Il n'y avait rien à répondre. Je n'étais pas sûre qu'elle n'eût pas raison.

– J'ai gâché votre fête, hein ? Mais ces affaires-là, la coutume veut qu'on les règle les jours de fête. C'est ces jours-là qu'il convient de dire ce qui doit se passer après notre mort.

Je savais désormais ce que contenait le papier plié.

– J'aurais pu vous dire de venir avec le maître, mais lui et moi ne sommes pas toujours d'accord, vous le savez bien. Ce n'est pas qu'il ne soit pas quelqu'un de bien, mais lui comme moi restons sur notre quant-à-soi. Nous ne nous aimons pas vraiment, tous les deux, chacun voudrait faire sortir l'autre de sa vie. Ne m'interrompez pas, c'est moi qui parle maintenant.

Son visage changea de nouveau, elle semblait être en plein soleil au sommet d'une montagne, à contempler en frissonnant le chemin parcouru et ce qui restait à parcourir, regardant la vallée d'où elle venait, ressentant dans chacun de ses os la fatigue, les périls du voyage, le passage des rivières, la traversée du glacier. Ce visage exprimait aussi de la compassion, comme si elle avait pitié : pauvres, pauvres de vous, vous ne savez pas ce qu'est ce chemin, vous savez seulement que les sommets sont roses au soleil couchant.

– Je ne pouvais pas vous inviter à déjeuner, puisque cette affaire vous concerne, je ne pouvais pas non plus inviter mon neveu avant d'avoir tout mis au point avec Adélka et Chouchou, et qu'elles aient signé le document. J'ai servi chez un avocat, je sais comment il faut rédiger un testament. Ce n'est pas bien compliqué, il sera valable, ne vous en faites pas.

Un avocat. Elle n'en avait jamais parlé.

– Eh bien, pourquoi vous faites cette tête-là ? Je vous ai dit que mon grand-père m'avait placée à treize ans, c'est cet avocat qui m'a emmenée. C'est plus tard que je suis allée chez les Grossmann, quand l'avocat n'a plus voulu ni pu me garder, parce que nous avions grandi, son garçon et moi. Ce n'est pas parce que je regrette la nourriture que je ne vous ai pas invités, mon neveu et vous, je sais bien qu'il convient d'être réunis en de tels moments, moi aussi j'ai appris au catéchisme que le Christ avait pris son dernier déjeuner avec ses amis. Ne sautez pas en l'air, je sais bien que c'était le dîner, et cela ne se passait pas le dimanche des Rameaux, mais le Vendredi saint, seulement Jésus avait le temps, lui, pas moi. Je ne pouvais pas vous inviter à déjeuner, ni mon neveu, parce que vous êtes mes héritiers.

Le Christ avait pris son dernier repas quelque part à Béthanie, peut-être dans la maison de Lazare, Béthanie faisait encore partie de Jérusalem. Je ne voulais pas le voir, tenant le testament de sa main sacrée, Chouchou et Adélka à sa droite, le neveu et le lieutenant-colonel à sa gauche, Viola et moi en face de lui. Je ne voulais pas le voir, mais je le vis.

– Bon, écoutez-moi. Nous nous sommes mis d'accord avec mon neveu, l'argent que je laisse, c'est pour lui. Je ne lègue rien à la famille, puisque comme vous l'avez dit vous-même, ils ne s'occupent pas des tombes des miens, alors qu'elles existent encore toutes. Jusqu'à présent, le fils de mon frère Józsi s'est révélé digne de confiance, c'est lui qui réunira mes morts quand le caveau sera prêt, et il m'y mettra aussi, on trouvera de quoi payer la construction et le transfert sur mon livret d'épargne de la poste, le reste de mon argent est convenablement placé, le livret se trouve chez moi. Vous héritez de tout ce qui se trouve à l'intérieur de mon logement, mon neveu a signé en présence du lieutenant-colonel qu'il acceptait toutes mes dispositions et ne contestait aucune de mes phrases. Bien sûr, vous n'avez pas besoin de ce que je vous donne, vous ne saurez pas quoi en faire puisque vous avez des goûts différents, mais même si vous le saviez, il faudra vous contenter de ce que je vous donne. Ce n'est pas rien, ce dont vous héritez. Ne me remerciez pas, sinon je me fâche.

Les yeux rivés sur mes genoux, j'essayais de calculer ce que pouvaient coûter la construction d'un tombeau et les exhumations, je ne connaissais que le prix d'une pierre tombale, j'avais enterré ma famille dans une sépulture normale. Je n'essayai même pas de me creuser la tête pour savoir quel était mon héritage, cet instant était aussi irréel que dans un rêve. Emerence se leva, alluma le réchaud sous la boule de verre de la cafetière, son café était toujours meilleur que le mien. Où avait-elle appris à le faire, chez quels patrons dont elle ne m'avait pas encore parlé ?

– Pourquoi pensez-vous maintenant à la mort ? demandai-je enfin. Vous n'êtes pas malade, au moins ?

– Non. Mais j'ai entendu à la radio que le fils de l'avocat était mort, et ça m'a fait repenser à tout cela.

Quand j'étais petite, j'ai suivi un jour le vol d'un papillon avec la ferme volonté de l'influencer, descends, allez, descends. Je ne voulais pas l'attraper, seulement le voir de près.

– Cela fait des jours qu'on le pleure à la radio, vous pourrez suivre ses funérailles aux nouvelles, moi, je ne veux pas voir cela, je n'irai pas non plus au cimetière, ça non. C'est dommage qu'ils ne m'aient pas interrogée avec tous les autres témoins, moi aussi, j'aurais pu en raconter. En entendant les noms de tous ceux qui portent son deuil, j'ai pensé, c'est bien qu'il y en ait tant, parce que moi, je ne le ferai pas, il n'a pas voulu de moi, j'en suis restée assez longtemps comme morte, je ne pouvais plus revenir à la vie, j'ai payé assez cher. Voilà pourquoi j'ai rédigé ce testament, pour que vous vous partagiez mes biens comme je le souhaite, et que personne ne vole rien de ce que j'ai amassé. J'ai déjà été spoliée, je ne me laisserai pas faire une deuxième fois, ils peuvent me tuer un autre chat, mais ni ma fortune ni ma raison, personne ne me les prendra.

Ses yeux étaient si froids et si lumineux qu'on eût dit des diamants. Seigneur, pensai-je, Emerence l'avait aussi caché, non seulement M. Brodarics et le type de la Sûreté, celui-là aussi, mais quand et dans quelles circonstances ? La presse ne parle que de lui, c'est un immense deuil. Quand cela avait-il pu se passer ? Dans les années 30, probablement.

– Vous verrez au cinéma à quoi ressemble sa femme. Quand ils étaient à ses trousses, il est venu frapper à ma porte, il n'avait pas encore de fiancée, il a dû la rencontrer après, alors que plus rien ne le menaçait. « Je vais me cacher chez toi, entrer dans la clandestinité chez toi, j'y

156

serai en sécurité, dit-il, tu es aussi fidèle et pure que l'eau, Emerence. » Je ne lui ai pas demandé qui le poursuivait, je l'ai caché dans ma chambre de bonne, les vieux m'avaient déjà cédée aux jeunes, les Grossmann ne se sont doutés de rien, si vous croyez que la mère d'Eva se souciait de ce qui se passait dans la chambre de sa domestique, Eva n'était pas encore née, ils étaient tout le temps en voyage, ils sortaient beaucoup, il y avait un pavillon réservé aux domestiques près de la villa, c'est là que nous avons vécu tous les deux. Buvez votre café, ne faites pas ces yeux-là, d'autres aussi ont été amoureux. Quand il est parti se réfugier à l'étranger, j'ai cru perdre la raison, mais cela aurait été dommage, parce que je l'ai revu au plus mauvais moment. Il est revenu une nuit, c'était la pleine lune, la nuit était claire, je l'ai reconnu aussitôt malgré ses vêtements bizarres, peut-être que dans ces moments-là, on voit avec le cœur. Eh bien, vous voyez, ici les arbres et les buissons se sont mis à bouger, j'ai vu son visage au clair de lune, et ce sapin là-bas qui sautait et dansait derrière lui, j'ai cru qu'il revenait pour autre chose, il avait pu se raviser pendant tout ce temps passé à l'étranger, et il me revenait définitivement, ou peut-être venait-il me chercher puisqu'il avait pris la peine de découvrir où j'étais allée en quittant la maison des Grossmann, il n'avait dû me rechercher que dans ce but, même s'il ne m'avait rien promis. Il ne m'avait jamais fait aucune promesse, ce n'était pas un menteur. Mais il m'a expliqué tout de suite pourquoi il venait : je devais encore lui offrir asile. Il avait des faux papiers, carte d'identité, carte de rationnement, tout ce qu'il lui fallait, il avait seulement besoin que je l'héberge un bout de temps, personne ne veillerait mieux que moi à ce qu'on ne le trouve pas. Et puis dès que cela a été possible, il est reparti, il m'a laissée là. Maintenant il est mort.

Le café me resta en travers de la gorge, je la regardais fixement.

– Alors pour me venger, je me suis mise avec le barbier. Elles ne vous l'ont pas raconté ? J'aurais aussi bien pu me mettre avec le diable s'il m'avait persuadée qu'un homme puisse m'aimer, mais il doit y avoir quelque chose qui cloche avec moi, parce que celui-là, non seulement il m'a plantée là, mais il m'a aussi détroussée, et pourtant, je n'étais pas vilaine. Tant pis. Je n'en suis pas morte.

Elle garda le silence un instant en respirant une feuille de menthe qu'elle écrasait entre ses doigts.

– On ne meurt pas facilement, apprenez cela, on manque juste de mourir, et puis ce à quoi on a résisté vous rend si malin qu'on souhaite quand même redevenir encore une fois bête, vraiment bête. Moi, cela m'a rendue plus intelligente, que cela ne vous étonne pas, nuit et jour on a fait mon instruction. Il a vécu deux ans avec moi dans la chambre de bonne des Grossmann, et encore quelque temps ici, quand j'avais le temps il ne faisait que parler, parler, parler, il me disait tout ce qu'il savait. Vous m'imaginez écoutant jusqu'au bout un éducateur du peuple ?

Cela aussi se mettait en place, l'anti-intellectualisme, le mépris de la culture.

– Il est reparti, et à la fin de la guerre, il est revenu, non pas pour habiter ici, vivre avec moi, mais encore une fois pour donner des explications, seulement ce n'est pas ce que je voulais. Je voulais autre chose. Quelque chose qui aurait trouvé sa place dans le monde nouveau, dans la liberté. Je lui dis qu'il m'en avait assez appris, qu'il laisse tomber, il m'aurait aussi inscrite à l'école, mais il pouvait toujours attendre que j'y aille, il m'avait proposée pour une décoration, je lui dis qu'on n'avait jamais vu de scandale comme celui que je ferais au Parlement si j'y mettais les pieds, croyait-il que cela m'intéresse ce qu'il avait manigancé là-bas avec ses copains, moi je l'aimais, alors que lui ne m'aimait pas. Je l'aimais, vous m'entendez ? Pas son esprit, son savoir, parce que c'est cela qui me l'a enlevé, sa grosse tête pleine de science, mais son corps qui sera mis en terre après-demain. Maintenant, ça m'est égal. Vous ne le croirez pas, mais il m'a dit qu'il avait beaucoup parlé de moi à sa femme, il voulait me la présenter, mais je lui ai dit, pas de ça, qu'il reste bien tranquillement avec elle, qu'il reconstruise Buda-pest, moi je m'occupe de construire ma propre vie. Je me suis mise avec le barbier, il l'a appris, cela l'a rendu furieux, et moi j'en ai été bien contente.

Elle n'avait pas l'air d'être contente. Son visage était un masque aux lèvres étirées.

– Si vous saviez ce que j'ai été heureuse quand il a été arrêté en 50, et qu'ils l'ont à moitié tué en l'accusant d'espionner pour les Anglais ! J'ai pensé : allez-y, battez-le, qu'il souffre aussi misérablement qu'un chien, comme moi j'ai souffert. Il ne savait même pas l'anglais, les frères piaristes qui ont fait son éducation n'enseignaient que le français, l'allemand et le latin, j'ai servi dans sa famille pendant qu'il faisait ses études, je sais bien ce qu'il a appris au lycée. Quelle accusation idiote ! Mais j'étais contente, parce que je suis mauvaise, et stupide, et jalouse. Maintenant, c'est fini, tout ça. Il aura ses funé-railles nationales, son coussin de velours, il a reçu toutes les décorations possibles, hongroises et étrangères. Je crois qu'il n'a pas parlé de moi en racontant sa vie, et pourtant j'y étais.

– Il a parlé de vous, Emerence, dis-je. (J'éprouvais une épouvantable fatigue, comme si on m'avait rouée de coups. À cet instant, je comprenais mieux que jamais l'histoire du passé récent.) Il n'a pas cité votre nom, il a seulement dit que de nombreuses personnes l'avaient aidé à se cacher longtemps, surtout une vaillante cama-rade. Je l'ai entendu hier au troisième bulletin d'infor-mations.

– Il a toujours été correct, répondit-elle sèchement. Bon, assez bavardé. (Elle reprit le testament.) Il était cou-rageux, gai, il aimait la vie comme s'il ne devait jamais mourir. Et tous ces livres, et ce savoir qui n'en finissait pas ! Qui aurait voulu apprendre tout cela, dites-moi ? Sûrement pas moi. Pourtant ne croyez pas qu'il m'ait trompée, je le répète : il ne m'a jamais rien promis, notez bien cela. Il a bien fait de se cacher chez moi. Je suis tel-lement bête que s'il avait osé me toucher, je l'aurais fichu dehors. Bon allez-vous-en, je vous ai assez vue.

Elle prit une assiette qu'elle remplit de strudel :

– Le maître aime les gâteaux.

Je me levai, mais elle me retint, parce que la porte s'entrouvrait, le chien sortit. L'odeur particulière de l'intérieur s'insinua de nouveau dans mes narines. Sentant le regard d'Emerence, je me tournai vers elle.

– Encore une chose, ce ne sera pas long, dit-elle. Il y a autre chose dans votre héritage, il vaut mieux que vous le sachiez. Mon logement est plein de chats, je vous les confie. Vous ne pourrez rien en faire, ils ne connaissent que moi, et Viola, et si par hasard ils se retrouvaient à la rue, ce serait leur perte, parce qu'ils prennent les chiens pour des amis. Vous êtes bien avec le vétérinaire qui vaccine Viola, faites piquer les pauvres bêtes quand je serai morte. Le plus beau cadeau que vous puissiez faire à quelqu'un, c'est de l'empêcher de souffrir. C'est pour cela que je n'ouvre pas ma porte, qu'est-ce qui se passerait dans la maison si on apprenait qu'il y a neuf chats là-dedans, mais je n'en donnerai aucun, et il n'y aura pas d'autre pendaison ici. Ils sont prisonniers, mais ils vivent. C'est ma famille, je n'en ai pas d'autre. Allez-vous-en, j'ai à faire. L'après-midi a été long.

Jeûne

Pendant des jours je fus incapable de penser véritablement à autre chose qu'à ce qui venait de se passer.
L'après-midi de ce dimanche des Rameaux, Emerence avait
réuni son parlement personnel, et sans nous demander
notre avis ou nos commentaires, sans information préalable, elle avait publié son bref apostolique, comme l'eût
fait le pape. La même vague avait déferlé sur le fils de
Józsi, il m'appela au téléphone, il voulait me voir, il viendrait chez moi, nous nous mîmes d'accord pour le mardi
suivant, moi aussi, j'avais besoin de le rencontrer. Le
jeune homme était inquiet, puisque Emerence se trouvait
en possession d'une coquette somme, il n'était pas raisonnable qu'elle conserve les deux livrets chez elle, ne
valait-il pas mieux envisager un autre placement, si
quelqu'un volait les livrets, la banque aussi bien que la
poste remettrait l'argent au porteur. Ces livrets d'épargne
me préoccupaient également, mais pour d'autres raisons.
S'il arrivait qu'Emerence les perde, je me retrouverais
dans une situation impossible, étant la seule que Viola
laisserait pénétrer dans sa maison, et je n'avais vraiment
pas besoin des soupçons sinon logiques, du moins inévi-
tables que le fils de Józsi ne manquerait pas de nourrir à
mon égard. Nous discutâmes de ce qu'il convenait de
faire, le jeune homme inquiet pour l'argent, moi rebutée
par la responsabilité inattendue qui pesait sur mes épaules,
et il y avait quelque chose de tragique dans le fait que

Viola soit soudain investi d'un rôle capital, dans la république d'Emerence il était le commandant de la garde, le gardien de la sécurité, le trésorier. Je tentai de bannir la pensée des chats, épouvantée non seulement par leur nombre, mais aussi par la mission qu'Emerence m'avait chargée d'accomplir après sa mort. Qui peut faire une telle chose ? Je ne suis pas Hérode. Le fils de Józsi suggéra qu'Emerence ouvre un compte de dépôt à la banque, nous devions en reparler avec elle, toutefois il préférait que je m'en charge avec le lieutenant-colonel, il n'aurait pas aimé passer pour quelqu'un qui ne vit que pour l'argent, en tout cas il préférait le savoir en sécurité, on ne sait jamais ce qui peut arriver. Qu'adviendrait-il si un jour Emerence oubliait de fermer le gaz, ou si Viola mourait, ou si le vieux poêle marchait mal et qu'un incendie se déclare en l'absence de la vieille femme ? Je promis d'y réfléchir, il faudrait en parler au lieutenant-colonel. Puis je laissai tomber − on a parfois de ces sottes pudeurs.

J'aurais d'abord voulu avertir Emerence d'une manière adroite et discrète, mais elle m'évita ostensiblement après le dimanche des Rameaux. Elle était capable de se dérober à notre vue dans son petit monde, un de ses nombreux talents consistait à disparaître, comme l'homme invisible, elle aurait été la complice idéale d'une conspiration. Le Vendredi saint, m'étant mise en route plus tôt que de coutume pour passer au cimetière avant d'aller au temple, je la trouvai enfin, elle travaillait devant notre porche avec son grand balai de saule. Elle me recommanda de beaucoup donner à la quête, cela comptait sûrement double ce jour-là, et comme ça les dames patronnesses seraient contentes, alors comme je ne voulais pas m'énerver au point de ne pas pouvoir participer à l'office comme la dernière fois, je pris la tangente, non sans lui avoir dit que je lui serais reconnaissante de bien vouloir m'épargner son cynisme au moins un Vendredi saint, la passion du Christ était une telle tragédie que si elle y assistait au théâtre, elle ne pourrait s'empêcher de verser des larmes, cependant, si elle me demandait un service, je le lui rendrais sans rien attendre en retour, mais qu'elle me laisse en paix, et quand elle aurait fini, aurait-elle la bonté de préparer la soupe de prunes, les fruits étaient sur le buffet de la cuisine. Emerence me regarda sans rien dire, puis elle me tendit son balai en disant que le manche était bien dur, est-ce que je ne voulais pas l'aider à balayer, juste pour essayer ? Puisque j'allais au temple pour pleurer et me souvenir, cela ne me ferait pas de mal de travailler aussi un peu, de m'échiner à balayer, parce que c'est lourd, un balai, le manche de bois ne fait pas de bien aux doigts, et à son avis seul celui qui connaît le vrai travail a le droit de pleurer Jésus. Sans même lui jeter un regard, je pris le large en direction de l'autobus, la sereine tristesse de ce matin s'était évanouie, qu'avait donc cette femme à me harceler continuellement ? Comment pouvait-elle rejeter une religion respectable, tout son passé, tous ses efforts tendant vers le bien, à cause d'un colis mal distribué ?

Ses remarques sournoises lui permettent de compenser, songeai-je, mais cette idée fut stoppée net, je savais que ce n'était pas vrai. Emerence ne compense pas, c'est plus compliqué, plus fascinant, Emerence est bonne, généreuse, magnanime, elle honore Dieu par ses actes, même si elle en nie l'existence, Emerence est serviable, toutes les choses auxquelles je dois m'efforcer de penser sont naturelles pour elle, et peu importe qu'elle l'ignore, sa bonté est innée, la mienne m'a été inculquée, je me suis bornée par la suite à respecter certaines normes éthiques. Emerence saura un jour me prouver sans même en dire un mot que ce que je tiens pour de la foi n'est qu'une forme de bouddhisme, de respect des traditions, ma morale n'est qu'une discipline résultant de l'entraînement auquel m'ont soumise mon pensionnat, mes écoles, ma famille et moi-même. Mes pensées de Vendredi saint étaient bouleversées.

*
**

À midi, il ne fut pas question de prunes. Un poulet au paprika nous attendait, avec du potage aux asperges et de la crème caramel, les prunes non lavées, non préparées, exhibaient leurs reflets bleus sur le buffet, là où je les avais laissées. Le Vendredi saint était le seul jour où mon père tenait à jeûner comme il l'avait appris dans la maison de mon grand-père, ce jour-là, nous ne mangions que de la soupe de prunes à midi, le soir nous ne mettions même pas le couvert, personne ne dînait, au petit déjeuner du lendemain il y avait de la soupe au cumin, sans pain, le jeûne était rompu le samedi midi lors d'un banal repas maigre, pas un repas de fête, dans notre microcosme familial nous ne prenions de nourriture vraiment consistante que le soir, toutefois les convenances nous interdisaient de manger beaucoup, et le couvercle du piano avait été fermé à clé le Jeudi saint afin que dans cette famille de fous de musique personne ne s'oublie et ne se mette à jouer. Emerence savait depuis des années que je respectais ces traditions familiales, elle ne faisait aucune remarque mais apportait au maître une de ses spécialités, à ces moments ils se liguaient contre moi, et une complicité ironique se manifestait à mes dépens dans chacune de leurs attitudes. Je ne déjeunai pas, et le soir, anticipant le petit déjeuner du lendemain, je préparai rageusement une soupe au cumin au goût impossible, j'avais tellement faim que j'y voyais à peine. Je l'avalai à grandes cuillerées puis j'allai chez Emerence. Cette année-là le printemps était précoce, elle était assise dehors près du lavoir, regardant la rue, elle semblait m'attendre.

Elle écouta sans m'interrompre ce que je pensais d'elle, de sa capacité à entraîner autrui à faire les choses les plus saugrenues, pour ensuite frapper là où elle savait que ça fait mal. Elle n'avait pas à triompher, parce que son poulet au paprika, je n'y avais même pas touché, et je ne le lui paierais pas, si elle l'avait préparé, c'était un travail bénévole, je ne lui avais rien demandé. Je la vis sourire dans la pénombre. Je crus que j'allais renverser la table.

– Écoutez-moi bien, dit-elle d'un ton très calme et dépourvu de toute émotion, comme si elle faisait patiemment la leçon à un enfant borné. Je vais vous en mettre une que vous allez sentir passer, et pourtant si je vous ai autrefois prise en amitié, c'est parce que vous résistiez bien aux coups, j'ai bien vu tout ce qui vous arrivait. Je me fiche de vos idées fixes, et vous pouvez me croire, j'aurais eu moins de travail à préparer vos prunes qu'à vider mon poulet, mais je l'ai quand même fait cuire, mangez ce que bon vous semble si vous croyez que cela comptera au ciel. C'est un drôle de dieu que vous avez là, qui compte avec des prunes, le mien, s'il existe, est partout, au fond du puits comme dans l'âme de Viola, ou au chevet de Mme Samuel Böör, parce qu'elle a eu une si belle mort, Mme Samuel Böör, c'est vrai elle ne la méritait pas, seuls ceux qui sont très bons méritent de bien mourir, mais elle aussi elle est partie comme ça, sans souffrir, dans la dignité. Pourquoi vous faites cette tête ? Ce matin, pendant que je balayais, vous avez bien vu le petit-fils de Mme Böör courir de l'autre côté de la rue, ou bien est-ce que vous ne pensiez encore qu'à vous-même ? Le petit venait me chercher, j'y suis allée, et vous pouvez me croire, quelqu'un dont je tiens la main à l'heure de sa mort n'a aucun mal à partir. Je lui ai fait sa toilette, je l'ai préparée pour son dernier voyage, et je peux vous dire que cela a été du grand art de trouver le temps de vous faire ce déjeuner pour lequel vous venez me remercier si gentiment. Attention, ça va faire mal. Vous ne l'aurez pas volé. Le maître n'en a plus pour long-temps, vous le savez aussi bien que moi. Vous croyez que ce sont les prunes qui vont lui redonner des forces ? Qu'est-ce qu'il va emporter en souvenir dans l'autre monde, parce que quand on s'en va, on emporte toujours quelque chose ? Mme Böör emporte l'honneur d'avoir été soignée par moi, Emerence Szeredás, et elle sait que je m'occuperai de sa fille, et vous aurez à vous en occuper aussi, je vous le garantis, parce que je ne vous l'épargnerai pas, il ne faut pas qu'elle tombe aux mains des dames patronnesses, celles-là elles ne doivent même pas savoir que Mme Böör laisse un petit-fils sans ressources, mais vous ne pourrez pas dire que vous ne le savez pas, parce que je vous le rappellerai tous les jours. Alors ne laissez pas partir le maître avec du jus de prunes ou avec ce régime insipide que vous lui faites suivre, ni avec le fait que vous courez à droite et à gauche ou que, si vous êtes à la maison, vous tapez à la machine toute la sainte journée, aujourd'hui vous n'étiez même pas avec lui, vous êtes allée faire vos prières. Faites-le rire une bonne fois, cela vaudra un Notre Père. Qu'est-ce que vous pouvez croire du Christ, de Dieu, dont vous déclarez qu'ils vous accordent le salut à bon compte, comme s'ils étaient vos relations personnelles ? Je ne donnerais pas un fifrelin pour une semaine de vos dévotions, vous êtes désordonnée dans votre ménage mais dans la vie, vous aimez l'ordre, c'est d'ailleurs ce que je ne supporte pas chez vous. Lundi après-midi trois heures, la terre peut s'écrouler, dentiste, on grince des dents, retour en taxi, parce qu'on n'a pas de temps à perdre dans les transports. Coiffeur le mardi, lessive le mercredi, jamais un autre jour, repassage le jeudi, que le linge soit sec ou non. Temple les dimanche et jours de fête, le mardi on ne parle qu'anglais et allemand le vendredi, pour ne pas oublier. Le reste du temps, on tape sans arrêt sur sa machine. Même dans l'autre monde, le maître entendra encore le bruit de la machine.

J'éclatai en sanglots. Aujourd'hui, je ne sais plus si je pleurais pour ce qui était vrai ou pour ce qui ne l'était pas. Emerence était très pointilleuse sur le lavage et l'empesage de ses tabliers. De la poche de son tablier repassé à la perfection, elle tira un mouchoir immaculé et me le tendit. Si quelqu'un avait assisté à la scène, il aurait cru qu'un enfant de la maternelle venait de recevoir une raclée, et qu'il ne pouvait plus se contenir tant on lui avait fait honte.

– Ne me dites pas que vous êtes vraiment venue à cause du poulet, fit Emerence. Tant que le maître sera en vie, on ne jeûnera pas dans cette maison, en tout cas, moi, je ne préparerai pas de repas maigre. Qu'est-ce que vous fabriquez ici un soir de fête, aujourd'hui c'est vendredi, rentrez chez vous pratiquer votre allemand, puisque c'est ce que vous baragouinez ce jour-là. Même le chien, ça le fait rire. À quoi ça vous sert, le Seigneur sait toutes les langues possibles et imaginables, et vous ne risquez pas d'oublier ce que vous avez appris ne serait-ce qu'une fois, parce que votre cerveau est comme la résine, une fois que quelque chose est collé dedans, ça n'en ressort plus. Vous faites payer tous ceux avec qui vous avez eu des problèmes, moi comme les autres. Et si au moins vous vitupériez, mais non, vous souriez. Vous êtes l'être le plus vindicatif que j'aie jamais rencontré, le couteau en main, vous attendez le moment de frapper. Et vous ne vous contentez pas d'une égratignure, quand c'est sérieux, vous assassinez.

La faire payer, elle ! Comment ? Avec quoi ? La seule chose par laquelle je pourrais lui faire du mal lui appartenait depuis le début, Viola était à elle, pas à nous. Ceux qu'elle avait aimés reposaient sous terre. Je me refis une figure humaine, le mouchoir d'Emerence était frais et sentait bon. Je lui dis ce que souhaitait le fils de Józsi, et vis à sa grimace qu'elle se mettait en colère. Ce jour-là, je l'avais vue dans des états bien différents, mais elle ne s'assombrit qu'en entendant le mot « argent ».

– Alors écoutez-moi bien. Dites à ce misérable qu'il n'a pas à me faire donner de conseils et qu'il ne vous en charge pas. Les livrets d'épargne resteront comme ils sont, il n'y aura ni modification ni compte en banque, ou le diable sait quoi. Celui qui trouvera les livrets chez moi aura mérité de les emporter. Tout le monde sait bien que je ne suis pas idiote, pourquoi y aurait-il le feu chez moi, moi aussi je fais attention à ma maison. Décidément, ce gamin m'a déjà enterrée. Dites-lui ça : encore un conseil et je le raye de mon testament, c'est vous qui héritez de tout, et qu'il vous attaque s'il l'ose. Vous mériteriez, sainte femme que vous êtes, de réunir mes défunts et de faire construire le tombeau, là vous pourriez vraiment prier pour de bon. Mais si je ne vous le demande pas, c'est seulement parce que cet ingrat vous ferait un procès, pour avoir l'argent il ferait la paix avec ceux de Csabadul, et quoi que je puisse penser de vous, je ne veux pas vous exposer à cela. Pourtant, vous ne l'auriez pas volé ! Sa majesté des prunes. Allez, rentrez chez vous, c'est vendredi, allez lire la Bible en allemand.

J'étais congédiée. Viola leva les yeux sur elle, attendant un ordre, Emerence posa la main sur le front du chien qui ferma les yeux en guise de réponse, seul moyen à sa disposition pour montrer qu'il avait compris : les doigts déformés par le travail lui apportaient le salut. Je me détournai et me mis en route, marchant lentement, avec peine, comme une pauvre vieille, les événements de cette journée et ce qui avait précédé me pesaient sur les épaules comme une chape de plomb. Le chien me suivit, Emerence aussi, mais je ne m'en rendis compte qu'une fois arrivée à la grille, près de la haie de jasmin, je n'avais pas entendu ses pas, dès qu'elle le pouvait, elle chaussait ses pieds aux veines saillantes de pantoufles à semelle de feutre. Pourquoi me suit-elle, pensai-je amèrement, elle a achevé mon portrait, elle me tient pour hypocrite, formaliste, snob, elle n'a même pas compris que si je fais bonne figure, c'est pour conjurer l'obsession de la mort, et que si l'état de mon mari était vraiment grave, je ne passerais pas mon temps à travailler tranquillement. Elle blâme ce qu'il y a de plus pur en moi, le combattant en lutte contre le Grand Seigneur.

– Allez, revenez. Le maître est en train d'écouter de la musique à la radio, il est trop content que Viola ne soit pas là. Revenez, je ne vous ennuierai pas, en fait je n'ai jamais l'intention de vous ennuyer. Vous n'êtes pas fine, vous avez du mal à comprendre. Pourquoi faites-vous attention à ce que je marmonne ? Vous ne voyez donc pas que je n'ai plus que vous ? Vous et mes bêtes ?

Par les fenêtres fermées de la maison filtrait un faible bruit, les gens habitant au-dessus du logement d'Emerence étaient discrets, ils avaient baissé le son pour écouter le programme du soir, mais je reconnus les visions noir et or du *Requiem* de Mozart. Je n'avais rien à répondre, ce qu'elle venait de dire n'était pas une nouveauté, elle ne concevait pas que notre affection réciproque lui faisait porter des coups qui me jetaient à terre. Justement parce qu'elle m'aimait et que moi aussi je l'aimais. Seuls ceux qui me sont proches peuvent me faire du mal, elle aurait dû le comprendre depuis longtemps, mais elle ne comprend que ce qu'elle veut bien.

– Revenez, ne faites pas votre obstinée, nous autres de la Grande Plaine, nous avons un fichu caractère. Venez, ne faites pas cette tête-là. Ce n'est pas pour rien que je vous invite.

Alors pour quoi ? Qu'est-ce qu'elle veut encore ? Elle avait achevé le tableau, avait tenu un miroir devant moi, mais toute sage qu'elle était, elle ne voyait pas de l'autre côté, elle n'avait fait que m'assener un bon coup avec ce miroir.

– Venez, j'ai un cadeau pour vous. Un œuf de Pâques, un lapin en chocolat.

Elle me parlait comme à un enfant, quand elle s'adressait à quelqu'un sur ce ton dans la rue, je me retournais ou m'arrêtais immanquablement, Viola faisait de même, ou une grappe d'enfants s'attachait à ses pas. Un œuf de Pâques le Vendredi saint ! Elle n'avait pas préparé les prunes, s'était moquée de mon affliction, mais elle avait acheté ce cadeau, bien sûr, elle avait le droit de donner, à moi, cela m'était interdit.

– Non, Emerence, je ne reviens pas. Nous nous sommes tout dit. Je téléphonerai à votre neveu pour lui dire ce que vous m'avez demandé. Si vous voulez, gardez Viola pour la nuit.

Je ne voyais plus son visage, il s'était dérobé brusquement. J'avais attendu la pluie tout le jour, en vain, et pourtant le Vendredi saint, il y a presque toujours du vent et une pluie battante, la pleureuse du Christ arrivait enfin, trop tard. Je ne pouvais pas sortir, la pluie tombait en lourdes gouttes, le vent se leva brusquement, ce vent fabuleux qui précède habituellement un orage, comme si l'univers haletait ou se mettait à respirer d'une manière que nos oreilles peuvent aussi percevoir. Je savais qu'Emerence avait peur de l'orage, je savais aussi qu'il ne servait à rien de résister, si je ne la suivais pas, elle me ramènerait chez elle d'une bourrade. Viola était déjà revenu dans l'entrée, gémissant, la queue basse, il grattait la porte perpétuellement close, il voulait échapper à l'orage. Un éclair déchira le ciel, le coup de tonnerre éclata en même temps que le hurlement du chien. Le monde ne fut plus qu'électricité, flammes bleues, eau, obscurité.

– Doucement, Viola. Tout de suite, mon chien. Tout de suite.

Le ciel s'illumina de bleu, d'argent, le tonnerre gronda longuement. L'éclair dura si longtemps que je pus voir Emerence pêcher sa clé dans la poche amidonnée. Le chien poussait des jappements aigus.

– Tais-toi, Viola, chut !

La clé tourna. Nous nous regardâmes à la lueur de l'éclair. Emerence ne me quittait pas des yeux. Je pensai que je me trompais, que je *devais* me tromper. Cette porte ne s'ouvre jamais. Même maintenant, elle ne peut pas s'ouvrir. C'est impossible.

– Bon, écoutez-moi. Si vous me trahissez, je vous maudirai, et tous ceux que j'ai maudits s'en sont très mal trouvés. Vous allez voir à présent quelque chose que personne n'a jamais vu et ne verra jamais tant que je ne serai pas sous terre. Mais je n'ai rien d'autre qui ait de la valeur à vos yeux, et aujourd'hui, je vous ai frappée plus fort que vous ne le méritiez, alors je vous donne tout ce que j'ai. De toute façon vous l'auriez vu un jour, mais puisqu'en fait c'est à vous, vous pouvez le voir dès aujourd'hui, pendant que je suis encore en vie. Entrez, n'ayez pas peur, entrez donc.

*
* *

Elle passa devant, je la suivis, Viola se glissa aussitôt par l'ouverture de la porte. Les premiers instants, alors que j'avançais à pas incertains dans un noir d'encre, elle n'alluma pas. Viola reniflait, gémissait, à côté de sa voix familière d'autres petits bruits se faisaient entendre, si

170

ténus qu'on aurait dit une souris trottinant sur la pointe des pattes en pleine nuit. Je m'arrêtai, n'osant plus avancer, je n'avais jamais marché dans une telle obscurité. Enfin, je pensai aux volets que personne n'avait vus ouverts depuis que nous habitons ici.

La lumière qui se répandit alors était crue, non pas jaunâtre, mais d'un blanc éclatant. Emerence ne lésinait pas, ce devait être une ampoule d'au moins cent watts. Nous nous trouvions dans une grande pièce resplendissante de propreté, blanchie de frais, il y avait une cuisinière à gaz, un évier, une table, deux chaises, deux grandes armoires, un imposant fauteuil au tissu en lambeaux, un petit canapé recouvert de velours violet effrangé qui avait connu des jours meilleurs, la causeuse, jadis en vogue. Ce logis était aussi propre que les verres alignés derrière le rideau transparent du vieux buffet, il y avait également une glacière, d'un modèle ancien il est vrai, je m'étonnai, me demandant où elle trouvait de la glace, il n'y avait plus de marchand ambulant depuis des années. Viola s'était blotti sous la causeuse, l'orage avait atteint son point culminant. Une odeur suffocante régnait dans la pièce, l'habituel mélange de chlore et de désodorisant, à part cela on avait l'impression d'une cuisine à vivre aménagée avec amour et soin, cachée à tous les regards curieux, bien qu'elle ne contienne rien de particulièrement bizarre ou qu'il faille garder secret, hormis un meuble inhabituel qui l'isolait complètement de la pièce d'habitation proprement dite : un énorme coffre-fort était tiré devant la porte de communication, et à moins que des cambrioleurs ne fassent une descente en brigade, personne ne pourrait le déplacer. Voilà l'ancien coffre-fort des Grossmann, pensai-je, et là-derrière, le mobilier qu'ils lui ont laissé, mais qui peut pénétrer dans cette pièce ? pas même elle sans aide. Dehors, le tonnerre grondait, la pluie tombait à verse, Emerence était blanche comme un linge, mais elle se maîtrisait. Par la suite, on découvrit que le coffre-fort était empli de petits pots vides.

*
**

171

Je regardai autour de moi, pas très à l'aise. Il y avait encore des fleurs dans un vase, des morceaux de tapis sur le carrelage luisant, comme si on avait soigneusement découpé un tapis persan élimé pour garder ce qui était encore utilisable. C'est alors que je remarquai ce qu'Emerence dérobait à la vue du monde, la rangée de gamelles et les plats à sable, indispensables accessoires de l'hygiène féline. Sous l'évier, à côté du buffet et dans un angle de la pièce, s'alignaient neuf petits récipients en émail où subsistaient quelques traces de nourriture, puis neuf petits plats, et entre les deux armoires, telle une statue, le mannequin de ma mère. On eût dit une maréchale vêtue de ses seules décorations : il était couvert d'images épinglées, parmi lesquelles une vieille photo de journal représentant un jeune visage enthousiaste à l'ancienne mode.

– Oui, c'est lui, répondit Emerence à la question que je n'avais pas posée. Quand il est parti, j'ai trouvé le chat bigarré qu'ils m'ont pendu. Ne vous apitoyez pas, je ne le mérite pas. On n'a pas le droit d'aimer à ce point, ni un homme, ni un animal.

Viola jappa, il répondait à chaque coup de tonnerre.

– J'ai trouvé un autre chat, il y en a toujours de trop dans le quartier, on les jette dehors, on les chasse, au début, on les prend comme jouets pour les enfants, et puis quand ils commencent à grandir, on les emmène loin et on les abandonne dans un jardin. J'ai pris un autre chat pour remplacer celui qui avait été pendu, et lui, il a été empoisonné, probablement par celui qui avait pendu le précédent. Là, je n'ai plus rien dit, j'ai compris que mes chats ne devaient plus sortir, alors ils restent à l'intérieur comme des chiens de luxe, je ne peux les garder en vie qu'entre quatre murs. Au début, je n'en avais pas autant, je ne suis pas folle, en fait je ne voulais que le premier, le vieux, je l'ai fait couper tout de suite pour qu'il ait la paix, le deuxième est entré chez moi en titubant, malade, et quand je l'ai eu guéri, je n'ai pas eu le cœur de le jeter dehors, ils étaient gentils, bien apprivoisés, contents quand je rentrais, si on n'a personne qui se réjouit de vous voir rentrer, il vaut mieux ne pas vivre. Même sous

172

la torture, je ne saurais pas dire comment ils en sont venus à être neuf. J'en ai trouvé un dans le fossé au Diable, il gémissait au fond, il se cramponnait pour sortir mais retombait toujours, l'éboueur m'en a apporté deux, les pauvres petits avaient été mis dans un sac en plastique, au milieu des ordures, j'ai pensé qu'ils ne survivraient pas, mais ce sont à présent les plus beaux, le gris est resté tout seul après le départ du chauffagiste, les trois noir et blanc sont les enfants de celui du fossé au Diable, on dirait des clowns. Je tue toutes les nouvelles portées, qu'est-ce que je pourrais faire d'autre, mais ces trois-là, je n'ai pas pu. Ils ont une étoile sur le poitrail, on ne peut tout de même pas enterrer ça.

*
**

J'étais là, debout, sans rien faire. L'orage s'éloigna, le tonnerre s'apaisa, il n'y avait presque plus d'éclairs, seule brillait la forte ampoule d'Emerence.

– Ils savent qu'ils doivent se terrer, ils se souviennent tous du moment crucial, ils sentent la mort aussi, ne croyez pas qu'ils ne sauront pas à l'avance ce qui se prépare, le jour où vous viendrez avec la piqûre, mais ne leur faites pas grâce, à aucun d'entre eux, il est plus clément de les tuer que de les exposer au vagabondage, aux périls, à l'abandon. Donnez-leur bien à manger avant de les tuer, de la viande, ils n'y sont pas habitués, si vous mettez un peu de somnifère dans leur plat, vous n'aurez pas besoin de leur courir après. Et tenez votre langue, personne à part vous ne connaît leur existence, je les ai tous sortis des griffes de la mort, et ils me sont plus proches même que le fils de mon frère Józsi. Si on savait dans la maison que j'en ai autant, ils m'obligeraient à en retirer sept, parce que d'après la loi on n'a droit qu'à deux, ou bien ils me mettraient les services d'hygiène aux trousses. Je ne peux rien vous donner de plus, sinon vous faire confiance et vous laisser entrer. Regardez-les, mais ne bougez pas, ils sont craintifs, à part moi, ils ne connaissent que Viola. Viola, où es-tu ? Arrête cette comédie, l'orage est fini. À ta place !

Viola sortit en rampant et sauta sur le canapé. Je vis au milieu du matelas le trou qu'il s'était ménagé à force de s'y coucher.

– Dîner ! cria Emerence.

D'abord il ne se passa rien, elle appela une seconde fois, tout doucement, alors la pièce se mit en mouvement, j'entendis de nouveau les étranges petits bruits et vis la famille d'Emerence, les neuf chats sortir de leurs cachettes, derrière les fauteuils, sous l'armoire. Ils ne m'accordèrent pas un regard, on n'entendit plus qu'un bruit, la queue de Viola qui battait joyeusement. Les chats s'arrêtèrent devant les soucoupes vides et leurs yeux de pierre précieuse se tournèrent vers Emerence qui, près de la cuisinière, commençait à distribuer une sorte de ratatouille qu'elle puisait dans un grand plat. Comme elle se penchait pour donner sa ration à chacun, le visage toujours souriant, cet incroyable spectacle commença à perdre de son invraisemblance, on aurait plutôt dit un numéro de cirque, mais alors, quel dressage ! Viola, le glouton, ne bougeait pas d'un pouce, et pourtant il devait avoir faim, seule sa queue manifestait qu'il était là lui aussi, les chats n'avaient pas peur de lui, cela faisait longtemps qu'ils ne le considéraient plus comme un chien. Il fut servi en dernier, il avait une grande gamelle sur l'appui de la fenêtre, et, chose qu'il ne fait jamais à la maison, il engloutit le ragoût de légumes, lécha son plat, puis me regarda d'un air de défi, comme pour dire : tu as vu comme je suis brave ?

– À ta place, enjoignit Emerence.

Il retourna d'un bond sur le canapé, les chats le suivirent et se couchèrent en rond autour de lui, ceux qui ne trouvèrent pas de place à ses côtés ou sur lui s'installèrent en haut du dossier avec la grâce classique du chat grimpant sur une branche, ou se perchèrent sur les épaules du mannequin, au-dessus des photos, de ma propre photo. Emerence dit alors qu'elle n'avait plus une minute, elle devait aller écoper dans la cave, probablement inondée,

174

elle ne laissa pas encore partir Viola, il fallait le laisser bavarder avec les autres, et me renvoya à la maison. En sortant nous fîmes quelques pas ensemble, dehors on sentait l'odeur de la pluie, et de nouveau tout fut comme dans le sixième chant de *L'Énéide*, nous marchions, enveloppées d'obscurité, à travers les ombres, seule la lune cachée par les nuages diffusait ses rayons fallacieux. Je me mis à pleurer en ouvrant notre porte. Pour la première fois de ma vie, je ne pus, ni d'ailleurs ne voulus expliquer à mon mari pourquoi je pleurais. Ce fut la seule fois au cours de notre vie commune où je ne lui répondis pas.

Surprise de Noël

Viola est mort depuis longtemps, je conserve de nombreuses images de lui, souvent le soir, trompée par le jeu d'ombre et de lumière dans la rue, je perçois un léger battement rythmé, bien que le silence soit total, j'imagine, mais ce n'est qu'une impression, que c'est lui qui trotte à mes côtés, que ce bruit est celui de ses griffes sur le sol, ou bien je crois entendre son halètement rapide et chaud. Son image revient aussi certains dimanches après-midi d'été, quand par la fenêtre ouverte une odeur de gâteau ou de bouillon de viande monte derrière les bocaux de cornichons alignés sur le rebord, personne ne savait comme lui s'intéresser avec tant de ferveur à la cuisine, guetter les transformations de la matière première, on ne pouvait pas l'éloigner de la cuisinière, d'ailleurs personne ne l'aurait voulu, parce que au moment de la préparation des repas, Viola était recueilli, obéissant, il attendait toujours une friandise exceptionnelle. Il exprimait son désir par un son particulier, une sorte de soupir, quiconque se tenait devant la cuisinière lui jetait quelque chose en entendant ce signal plaintif. Ce soupir revient fréquemment dans mes souvenirs.

*
**

Parmi les souvenirs d'Emerence, c'est un de ses visages particuliers qui me regarde le plus souvent depuis le

Temps, l'expression qu'elle a eue le jour où elle m'a demandé d'un ton parfaitement neutre si je n'en avais pas assez de l'entourer d'attentions, et de la contempler d'un air béat comme si elle venait de demander ma main. Et puis qu'est-ce que je voulais, être son amie ou la chouchouter comme une parente ?

— Vous avez sur tout d'autres idées que moi, on vous a appris des tas de choses, mais vous ne voyez pas ce qui est important. Vous ne comprenez pas qu'il ne sert à rien de me faire les yeux doux, je n'ai besoin de personne s'il n'est pas entièrement à moi. Si vous pouviez, vous mettriez tout dans une boîte, et vous sortiriez ce qu'il vous faut au moment où vous en avez besoin, voici mon amie, mon cousin, ma vieille marraine, mon amour, mon médecin, une fleur séchée de l'île de Rhodes, bon sang, fichez-moi la paix ! Quand je ne serai plus là, venez me voir de temps en temps au cimetière, je n'ai déjà pas voulu de ce type pour ami parce que je le voulais pour mari, alors arrêtez de jouer à l'enfant que je n'ai pas eu. Je vous ai offert quelque chose, vous l'avez accepté, vous avez droit aux quelques affaires qui vous reviendront, parce que nous nous sommes bien entendues, même si nous n'avons pas manqué de nous disputer. Quand je ne serai plus, vous aurez ce qui vous revient, ce n'est pas n'importe quoi, et n'oubliez pas que je vous ai laissée entrer là où personne n'est jamais entré. Je ne peux rien vous offrir de plus, parce que je n'ai rien d'autre. Qu'est-ce que vous voulez encore ? Je fais la cuisine, la lessive, le ménage, j'ai élevé Viola pour vous, je ne suis ni votre défunte mère, ni votre nourrice, ni votre petite camarade. Laissez-moi tranquille.

*
**

En fait, elle avait raison, mais cela ne me faisait pas de bien pour autant. Le service qu'elle m'avait demandé, d'exterminer son zoo après sa mort, je l'aurais rendu à n'importe qui, j'espérais du fond du cœur que la ménagerie diminue ou disparaisse tout à fait avant que le

178

moment ne soit venu, qu'elle ne commettrait pas la folie de recueillir d'autres animaux, j'étais assez épouvantée par ces neuf-là. Ce n'était vraiment pas facile, mais je ne pouvais rien y changer : c'est elle qui réglementait notre relation, et elle en réglait le thermostat avec économie et rationalité. C'est avec des couples de diplomates que nous entretenions ce genre de relations, un échange de sympathie courtoise, et avant chaque rencontre nous nous rappelions la règle tacite des services diplomatiques, mettre un frein aux sentiments, les diplomates sont mutés tous les trois ans, ils ne peuvent se permettre de nouer des relations durables avec les autochtones, nous aussi devons doser notre sympathie, mais tant qu'ils sont là, nous profitons de leur présence, il est si agréable d'être en leur compagnie.

Nous avions tous accepté cette loi diplomatique, sauf le quatrième membre de la famille, Viola. Une fois, de colère, il a mordu la vieille femme et a reçu pour cela une telle volée à coups de pelle qu'il eut une côte cassée. Il se laissa soigner par le vétérinaire en hurlant, tandis que la vieille femme le maintenait en lui adressant ce discours : « C'est bien fait pour toi, ne viens pas me dire que c'est l'époque des chaleurs, espèce de coureur, arrête de pleurer, misérable, tu n'as eu que ce que tu méritais. Allez, ouvre ta sale gueule ! » La récompense disparut aussitôt entre les fortes dents luisantes. Emerence avait établi une clause stipulant qu'elle tiendrait le premier rôle dans la vie de ceux qui l'aimaient, et parmi ceux qu'elle considérait comme importants, seul le chien trouvait cela normal, il respectait cette clause, même lorsqu'il avait mordu la vieille femme. Au reste, nous ne vivions jamais en meilleure harmonie que quand l'un de nous était malade, ce qui ne nous fut pas épargné au cours de ces années malsaines à tous points de vue, l'un ou l'autre tombait malade, ou notre organisme ne pouvait résister à une attaque, ou bien notre système nerveux faisait savoir qu'on employait à son égard des armes déloyales. Dans les périodes critiques, Emerence nous aidait d'une manière très sensible, ses doigts déformés apportaient l'apaisement, la guérison, il n'y avait rien de plus salutaire que les moments où, après une maladie grave, elle nous lavait ou nous massait et nous talquait d'une des poudres parfumées envoyées par Eva Grossmann. Mon mari dit un jour qu'il nous faudrait sans cesse être à l'agonie ou sombrer dans des eaux sans fond pour qu'elle trouve apaisement et satisfaction en nous sortant de là, mais si en revanche nous devions connaître un succès durable ou une relative sécurité, nous cesserions de l'intéresser ; dès qu'elle ne peut plus apporter son aide, elle ne voit plus de justification à son existence. Bien que ne lisant jamais, elle était paradoxalement au fait de toutes les nouvelles funestes du monde littéraire qui bouleversaient notre vie, elle nous disait chaque fois qu'elle était au courant, et nous rassurait, elle avait pris sur elle d'expliquer à tout ce qui comptait dans notre rue, au cas où personne ne s'en serait aperçu, que les conspirateurs avaient repris leurs agissements, et elle exigeait que son entourage manifeste sa solidarité en condamnant nos ennemis.

C'est ainsi que notre relation s'était cimentée au fil des années. Emerence était des nôtres dans les limites qu'elle fixait, elle me recevait toujours devant sa porte comme n'importe quelle personne étrangère et ne me laissa plus jamais entrer chez elle. Elle ne changea pas ses habitudes, s'acquitta de toutes ses tâches comme par le passé, et bien qu'elle ne le fasse plus avec le même entrain, elle ne cessa pas non plus de balayer la neige. Je tentai plusieurs fois de deviner à combien se montait sa fortune, et je soupçonnai qu'en plus du caveau, le fils de Józsi pourrait faire construire tout un immeuble pour la famille à rassembler. Emerence réservait à chacun des récompenses différentes : elle tenait le lieutenant-colonel en haute estime, elle avait donné son cœur à Viola, son travail irréprochable était voué à mon mari – lui-même appréciait que la réserve d'Emerence restreigne dans des limites convenables ma tendance provinciale à sympathiser –, elle m'avait investie d'une mission à accomplir à un moment crucial à venir, et m'avait légué l'exigence que ce ne soit pas une machine ou la technique qui fasse osciller les branches, mais la véritable passion – c'était beaucoup, c'était même le plus important de ses dons, mais ce n'était pas encore assez, j'en voulais davantage, j'aurais aimé parfois la prendre dans mes bras comme ma mère autrefois, lui dire ce que je ne dirais à personne d'autre, quelque chose que ma mère n'aurait pas compris par son esprit et sa culture, mais perçu grâce aux antennes de son amour. Cependant ce n'est pas ainsi qu'elle avait besoin de moi, du moins c'est ce que je croyais. Emerence avait disparu depuis longtemps, de même que son ancien logis, quand un jour la femme du bricoleur m'interpella, en me voyant partir avec un bouquet de fleurs du jardin, elle avait compris que j'allais au cimetière.

– Vous étiez la lumière de ses yeux, sa fille, dit-elle. Demandez à n'importe qui dans le quartier, elle parlait de vous en disant : la petite. De qui croyez-vous donc qu'elle parlait à tout bout de champ quand elle s'asseyait pour se reposer, la pauvre ? De vous. Mais vous, vous ne voyiez qu'une chose : elle vous enlevait le chien, vous ne vous êtes même pas aperçue qu'elle était devenue Viola pour vous.

*
**

Elle a accompagné notre vie une bonne vingtaine d'années, bien souvent nous passions des semaines, des mois à l'étranger, elle s'occupait de la maison, du courrier, du téléphone, recevait l'argent qui arrivait, Viola avait beau pleurer, elle ne l'emmena jamais chez elle, même pour une heure, afin que l'appartement ne reste pas vide en notre absence. Une fois, en revenant de la Foire du livre de Francfort, nous lui avons rapporté un petit téléviseur. Nous étions depuis longtemps habitués à ne pas avoir le droit de lui offrir quoi que ce soit, mais nous avons pensé que si cet objet introuvable chez nous et encore tellement rare dans le pays apportait le reste du monde dans la Cité interdite, son désir d'exclusivité se réaliserait cette fois autrement : elle serait la seule dans la rue à posséder un petit écran. Nous étions de retour pour les fêtes, c'était Noël, comme lorsque nous avions trouvé Viola, à cette époque la télévision ne diffusait pas encore de véritables émissions religieuses, elle montrait plutôt des crèches vivantes et autres représentations populaires de la Nativité, où bien sûr des enfants emmitouflés de fourrures interprétaient des chants de Noël, mais après le dîner, il y avait un de ces films d'amour dramatiques tournés pendant la guerre de 40. Emerence servait déjà notre repas, nous nous imaginions qu'elle manifesterait sa joie, mais elle ne montra pas qu'elle était contente, elle m'adressa seulement un regard grave et sibyllin, comme si elle avait quelque chose à dire, mais préférait le garder pour elle. Je nageais en pleine euphorie : elle accepte notre cadeau. Elle prit congé, nous souhaita un joyeux Noël et s'en alla. Ce fut un un beau Noël cette année-là, avec les cartes glacées de mon enfance, et dehors, la valse des flocons cotonneux. L'hiver a toujours été ma saison préférée, j'allai à la fenêtre, fascinée, pénétrée de l'atmosphère des Noëls d'autrefois, je regardai au-dehors, imaginant Emerence, fière de son téléviseur, assise à présent chez elle le cœur en fête.

Je crois que tout ce qui arriva par la suite fut la conséquence de ce soir-là, comme si le ciel avait voulu nous jeter notre cadeau à la figure, ou comme si le dieu d'Emerence, qui veillait sur chacun de ses pas bien qu'elle l'offensât et le reniât constamment, avait voulu me donner une dernière occasion de ne pas le regarder si d'aventure je le voyais. Nous nous tenions à la fenêtre au-dessus des réverbères, regardant les violents tourbillons de neige dans la lumière, admirant l'hiver dans la danse des flocons, lorsque Emerence apparut soudain dans le paysage, elle balayait, son foulard, ses épaules, son dos disparaissaient sous un épais manteau blanc, elle balayait en cette sainte veille de Noël, parce que le trottoir devait être nettoyé.

Le sang me monta au visage, vue d'en haut Emerence semblait être l'épouvantail du *Magicien d'Oz*. Doux Jésus, toi qui viens de naître, quel cadeau avais-je fait à cette vieille femme, à quel moment pouvait-elle rester chez elle, quand elle s'échinait vingt-quatre heures sur vingt-quatre ? Voilà pourquoi Emerence nous avait regardés avec cette expression particulière, blessée, si le monde de ses sentiments n'avait pas été tissé de fils plus fins et plus sensibles que le mien, elle n'aurait pas emporté l'appareil, ou elle aurait demandé si nous irions balayer la neige à sa place, au moins de temps en temps, ou bien si nous nous chargerions de la lessive, parce que quand elle pourrait enfin s'asseoir sur son canapé, les émissions auraient cessé. Nous n'osâmes pas dire un mot, mon mari avait compris aussi, nous eûmes même honte de regarder par la fenêtre et tournâmes le dos au balai d'Emerence, Viola grattait à la porte-fenêtre, mais je ne le laissai pas sortir sur le balcon. Aucun de nous ne fit de remarque, à quoi bon, il n'aurait pas fallu dire, mais faire quelque chose, nous sommes revenus devant notre téléviseur, et aujourd'hui encore je ne puis me pardonner d'avoir su ce que j'aurais dû faire, mais de ne pas être allée plus loin que l'idée. J'ai toujours été capable de philosopher, je n'ai jamais eu honte de reconnaître mes erreurs, mais bien que plus jeune qu'elle, plus forte, il ne m'est pas venu à l'esprit de descendre balayer la neige, de l'envoyer chez elle regarder la télévision, et pourtant j'aurais été capable de manier le balai, j'avais assez dansé avec lui à la campagne quand j'étais petite, c'est moi qui nettoyais le devant de la maison. Mais non, je ne suis pas descendue. C'était Noël, moi aussi à cette époque, j'aime le sucré pour changer du salé que préfère mon palais, et les beaux films d'amour, après tant d'œuvres grotesques ou existentialistes.

L'intervention

Oui, je crois que c'est à ce moment que tout a commencé à se désagréger. Aux derniers jours de février, Emerence attrapa la grippe dont le virus sévissait depuis la fin de l'automne, elle resta naturellement debout, n'y prêta pas attention, l'hiver était particulièrement neigeux cette année-là, elle usa toute son énergie à déblayer les rues, mais elle s'étouffait à tousser, chacun pouvait l'entendre. Chouchou et Adélka se relayaient auprès d'elle pour lui apporter du vin chaud aux aromates en guise de tisane, Emerence avalait l'alcool sucré, s'arrêtait parfois, courbée sur son balai, en proie à de longues quintes de toux. Adélka la soigna jusqu'à tomber elle-même si malade qu'on dut l'hospitaliser, Emerence fut visiblement soulagée de ne plus la voir apparaître à tout bout de champ, Chouchou avait la solidarité plus discrète, Adèle en revanche ne laissait pas sa langue en repos, et il ne plaisait guère à Emerence d'entendre la rue retentir de ses déclarations : cette pauvre vieille ne se couchait pas pendant plusieurs jours à cause de la fichue neige qui n'arrêtait pas de tomber, quand elle avait fini de patiner devant toutes ses maisons, il fallait qu'elle recommence devant la première, malade comme elle était. La camarade de classe qui m'avait recommandé Emerence me demanda un jour de convaincre la vieille femme d'aller voir un médecin, ou au moins de laisser tomber le balayage et de s'aliter, elle semblait filer un mauvais

185

coton, mon amie l'avait entendue tousser, à son avis ce n'était plus la grippe qui la mettait au supplice, mais une pneumonie. Emerence luttait pour respirer, quand je lui pris le bras pour qu'elle s'arrête enfin et qu'elle m'écoute, elle se mit à crier, que je ne vienne pas l'embêter, si je tenais tant que ça à me rendre utile, je n'avais qu'à m'occuper de mon ménage et faire la cuisine, elle ne quitterait pas la rue tant que durerait cette maudite neige, elle ne voulait pas prendre de repos, quelle idiotie de lui dire de se mettre au lit, je savais bien qu'elle n'en avait pas, et d'ailleurs pourquoi se coucher quand on pouvait demander la porte à n'importe quel moment, les locataires, eux, avaient leur clé, mais les autorités pouvaient se présenter, ou bien un inconnu qu'on n'attend pas, alors la nuit, il valait mieux rester assise, c'est comme ça qu'elle avait le moins mal au dos, serais-je assez aimable pour ne pas m'occuper d'elle, parce que cela l'ennuyait, personne n'avait à se mêler de ce qu'elle se couche ou non, ni de ce qu'elle faisait en général, elle ne m'avait jamais demandé à quoi bon avoir tant de produits de beauté dans la salle de bains, quand on est aussi vieille que moi. Que ma camarade de classe et le médecin aillent se mettre au lit, eux, et que pas un de ces misérables ne se lève pour lui dire ce qu'elle avait à faire.

La fièvre et la colère couvraient le visage d'Emerence de roses brûlantes, elle se remit à balayer avec une violence redoublée, comme si elle avait un compte personnel à régler avec la neige. Chouchou et la femme du bricoleur lui apportaient à manger, me cria-t-elle encore, il y en avait assez pour tout le monde, que je ne me fasse pas de souci, elle détestait qu'on l'espionne. Quand elle y repensait, elle n'avait jamais eu une seule crise de nerfs de toute sa vie, mais si on l'enquiquinait vraiment, elle allait essayer pour voir ce que ça faisait. Elle suffoqua, saisie d'une longue quinte de toux, puis se détourna. Elle ne voulait plus garder Viola avec elle, elle dit qu'elle n'avait pas le temps de le faire courir et il n'était pas bon pour le chien de rester là à ne rien faire, je n'avais qu'à l'em-

mener au chaud à la maison, qu'il ne prenne pas froid à
son tour.

*
**

Pour nous aussi, ce fut une année particulière, ma vie
s'épanouit à partir de ce Noël où nous lui avions offert le
téléviseur. Tout de suite après le Nouvel An, on eût dit
qu'une main invisible avait déréglé le mystérieux robinet
d'où le bien et le mal s'écoulent goutte à goutte dans la
vie humaine. Cette fois, le robinet coulait à flots. Ce
n'était pas spectaculaire, mais bien sensible, jamais de ma
vie je n'avais eu tant à faire, et je n'en saisis la raison
qu'au tout dernier moment. Pendant de nombreuses
années, j'avais été exclue d'un cercle invisible, mais tout
à fait perceptible, si bien que j'avais du mal à concevoir
qu'une nouvelle décision ait été prise quelque part, que
la barrière toujours fermée soit en train de se lever, la
porte à laquelle nous ne frappions même plus ces derniers temps s'ouvrait d'elle-même, je pouvais entrer si je
le souhaitais. Au début, je n'essayai même pas d'inter-
préter ces signes, Emerence balayait, toussait, moi, je faisais les courses et la cuisine, je rangeais l'appartement,
donnais à manger au chien et le promenais, et je me
demandais ce qui arrivait à telle ou telle institution pour
qu'elle me réclame soudain avec tant d'insistance. L'état
d'Emerence exigeait qu'elle voie un médecin, mais dès
que j'abordais le sujet, elle se mettait à crier, fichez-moi
la paix, tout le monde a bien le droit de tousser. Tant qu'il
y avait de la neige, elle aurait à faire dans la rue, c'était
bien assez que je m'occupe de ma maison tant qu'elle ne
pouvait pas le faire, alors que je ne vienne pas l'embêter
avec des médicaments ou des médecins, cela ne servait à
rien. Je courais d'une tâche à l'autre comme un hanneton
qu'on martyrise, je n'avais plus auprès de moi la main
d'Emerence qui mettait tout en ordre, en revanche toutes
les rédactions se manifestaient en même temps, des photographes venaient, je compris alors qu'un événement
bénéfique se préparait, si on avait voulu me faire du tort,

l'orchestration aurait été différente, jamais on n'avait écrit sur moi de critiques aussi dithyrambiques, jamais je n'avais suscité un tel intérêt. Je devais sans cesse me déplacer, des journalistes appelaient continuellement au téléphone, j'étais sollicitée par la radio, la télévision, c'était le monde à l'envers. Quand mes confrères se mirent à faire des allusions, je ne compris toujours pas, mais un matin, après une importante communication téléphonique, mon mari en parla à son tour. Jamais je n'avais vu cette lumière sur son visage, sinon lors de notre mariage. Le prix. Bien sûr, le prix. Nous étions déjà à la mi-mars, les signes, surtout le dernier, ce coup de téléphone amical qui d'ailleurs avait un tout autre objet, n'avaient rien annoncé d'autre, le décret serait bientôt publié. Je devais m'en réjouir, puisque c'était la fin de décennies de lutte et de résistance. Allons, je devais m'en réjouir !

*
**

Tout ce que je ressentais, c'est une extrême lassitude, j'étais épuisée par ma nouvelle vie devenue officielle sans aucune transition, qui se déroulait presque constamment en public, au moment où l'ordre de notre foyer était bouleversé : Emerence n'était pas là. Cette existence de plus en plus placée sous les projecteurs et dont j'étais au demeurant heureuse, était difficile à synchroniser avec l'entretien de Viola, le chauffage, la cuisine, les achats, le ménage, les courses à la blanchisserie. Adélka sortit enfin de l'hôpital, nous espérions qu'elle reprendrait avec Chouchou le déblayage des rues qu'effectuait Emerence, mais celle-ci les repoussa de la manière la plus brutale, toute malade qu'elle était, elle leur cria de s'ôter de son chemin, puis soudain on ne l'entendit plus, elle disparut même de la rue. Chouchou ferma son étalage où elle vendait des frites et des marrons chauds, accrocha une pancarte : fermé pour cause de maladie, et reprit avec Adélka le balai de bouleau. En un après-midi, on put se rendre compte qu'à deux, elles ne faisaient même pas la moitié de ce qu'Emerence accomplissait quand elle était en bonne santé. Par ailleurs, la vieille femme se cachait, quand M. Brodarics vint lui demander si elle n'avait besoin de rien, elle lui cria à travers la porte de la laisser tranquille, que personne ne vienne la voir, d'ailleurs elle ne laisserait entrer personne, qu'on ne lui apporte pas de remèdes, elle ne les prendrait pas, elle ne voulait pas voir de médecin, elle n'avait besoin que de repos, une fois qu'elle aurait bien récupéré, elle serait de nouveau sur pied. Elle ne voulait pas non plus Viola, il la dérangerait en sautant, et qu'il ne me prenne pas la fantaisie de venir chez elle, elle ne voulait ni me voir ni m'entendre. Personne, qu'on se le dise. Même pas moi.

Emerence avait disparu. La rue sans elle était inconcevable, vide comme un désert. En apprenant que la vieille femme n'était là pour personne, qu'elle s'était retirée et me fermait aussi sa porte, je ne ressentis bien entendu ni pitié ni effroi, mais une colère primaire et stérile. Elle ne veut pas me voir, elle ne veut pas que je la dérange ? Mon dieu, quelle sollicitude ! À présent ma vie est sens dessus dessous, je n'ai plus une minute à moi, la situation se détériore au lieu de s'améliorer, tout repose sur moi, mon mari n'a pas le droit de sortir dans le froid, le chien hurle toute la journée, je dois tenir l'appartement dans un ordre et une propreté impeccables puisque les visiteurs se succèdent sans interruption, mais quand pourrais-je le faire, mystère, le téléphone n'arrête pas de sonner, je suis cernée par la presse. En sortant, je voyais les tas de neige s'amonceler dans la rue, Chouchou et Adélka balayaient en papotant, les locataires à qui la vieille femme avait inculqué ce qu'il convient de faire à l'égard d'un malade piétinaient dans la neige vers l'entrée d'Emerence avec des bols, des gamelles. Je ne lui apportai rien, pour nos repas j'ouvrais deux boîtes de conserve, nous en vivions à trois avec le chien, je ne pouvais décemment pas offrir cela à une malade, certains se distinguaient par leurs dons, personne n'échoua à l'examen, sauf moi, qui allais pourtant plusieurs fois par jour lui demander à travers la porte ce que je pouvais

189

faire pour elle, mais à cela se limitaient les soins que j'apportais à la vieille femme, qui d'ailleurs ne les réclamait pas. En lui proposant mes services, je tremblais qu'elle n'accepte, j'étais déjà incapable d'accomplir ce que j'avais à faire, à plus forte raison de me charger d'une tâche supplémentaire, la neige gênait les livraisons, chaque jour je courais quatre à cinq fois au magasin en traînant Viola, parce que les marchandises n'étaient pas arrivées à temps, je ne trouvais pas les choses les plus élémentaires, il n'y avait presque plus rien à la cuisine, il fallait refaire des courses, reconstituer les réserves, je traînais des cabas pleins, j'étais constamment débordée. Entretemps, les photographes défilaient chez nous, je n'eus jamais l'air si abattu ni éreinté sur des photos qu'à cette période qui a précédé la remise du prix.

*
**

Emerence n'ouvrait pas sa porte, ne se manifestait pas, irritée d'entendre frapper, elle exigeait qu'on ne la dérange pas. Sa voix était affaiblie, changée, elle n'était pas voilée, mais étrangère, râpeuse. Elle persistait à ne pas laisser entrer de médecin, j'en connaissais la raison mieux que personne. La nourriture qu'on lui apportait attendait sur le carré, elle avait dû la prendre au début, parce que les récipients réapparaissaient vides et lavés, mais je commençai à me faire vraiment du souci quand elle ne sortit plus chercher les offrandes de la rue qui restaient alignées, intactes, par terre. Comme j'insistais, elle répondit par la porte entrebâillée qu'elle n'avait pas d'appétit, d'ailleurs sa glacière était pleine. Son débit était pâteux et saccadé, je crus qu'elle se soignait en buvant. Je savais qu'elle ne disait pas la vérité, j'avais vu sa glacière, elle n'était pas électrique, et on ne vendait plus de glace dans la rue depuis bien longtemps. De même qu'en la voyant balayer à Noël, je ne saisis qu'une partie de ce que j'enregistrais : elle ment, mais je ne cherchai pas à savoir de quoi ils vivaient, elle et les chats. Elle avait peut-être mis de côté les premières offrandes, pensai-je avec espoir, au début, on lui a tellement donné de tout, elle a dû remplir tout ce qu'elle avait de récipients, il fait froid entre les doubles fenêtres, les restes s'y conservent bien. Je ne m'en souciai pas plus, quand je n'étais pas en déplacement j'avais continuellement des visiteurs, chaque jour j'allais jusqu'à sa porte lui proposer de faire venir un de nos voisins professeur de médecine, je savais d'avance qu'elle refuserait, et j'étais soulagée quand elle le faisait, parce qu'il n'y aurait simplement pas eu de place dans ma vie pour une tâche supplémentaire. Heureusement, mon esprit fonctionnait encore assez pour que j'essaie de joindre le lieutenant-colonel, qu'il sache au moins qu'Emerence était malade, il n'était pas au poste de police, il était en congé, on n'avait pas le droit de dire où il passait ses vacances, j'alertai le fils de Józsi, il se déplaça mais bien sûr ne parvint pas non plus à entrer, il laissa sur le seuil des citrons, des oranges et un plat de chou farci. Finalement, M. Brodarics passa chez nous un soir et me demanda si je savais depuis combien de temps la vieille femme n'avait pas paru à sa porte, parce qu'on arrivait à la fin du mois de mars, et s'il comptait bien, cela faisait quinze jours qu'elle n'avait pas ouvert. Les locataires s'inquiétaient, il pourrait arriver malheur s'ils n'appelaient pas le médecin, ou s'ils n'aidaient pas la vieille femme, même contre son gré. M. Brodarics me fit remarquer que, comme je le savais, le cabinet de toilette donnait sur le carré devant le logement d'Emerence, le petit coin était fermé par un cadenas, et à présent elle ne l'utilisait même plus, la neige s'entassait devant la porte, et depuis des jours, les seules traces de pas qu'on voyait étaient celles, venant de l'extérieur, des gens qui apportaient de la nourriture. Que faisait Emerence quand elle avait à satisfaire un besoin naturel ? Une forte odeur se dégageait par la porte de la cuisine, M. Brodarics avait un mauvais pressentiment, nous ne pouvions plus tolérer sa réclusion maniaque, il fallait faire quelque chose. Si elle ne voulait laisser entrer ni ses voisins, ni le médecin, on enfoncerait la porte. L'îlotier avait déjà essayé de la voir, Adélka l'avait amené tôt ce matin, mais Emerence l'avait renvoyé, selon Adélka Emerence n'avait plus qu'un filet de voix, et c'est en bredouillant qu'elle avait protesté contre ce harcèlement. M. Brodarics me demandait de bien vouloir me joindre à leur action humanitaire, il fallait faire vite, la malheureuse allait mourir.

*
**

Je sombrai dans le désespoir. Personne à part moi ne pourrait aller chez Emerence sans son autorisation, elle m'avait permis d'entrer une seule fois, mais elle ne voulait plus me voir à présent, et si elle s'apercevait qu'on essayait de pénétrer chez elle, cela aurait des conséquences imprévisibles. J'en fus si effrayée que je finis par trouver une solution plausible, je dis à M. Brodarics d'attendre jusqu'au lendemain, je devais parler seule à seule avec Emerence, je leur dirais ensuite si mon plan était réalisable, sinon, nous nous concerterions à nouveau. L'après-midi je courus chez elle, je lui promis en criant à travers la porte que je n'abandonnerais pas ce pour quoi elle n'ouvrait pas sa porte, personne n'entrerait, c'est moi qui viendrais m'occuper de tout, mais il fallait qu'elle sorte, on ne l'obligerait pas à aller à l'hôpital si elle ne le voulait pas, elle serait bien chez nous, avec Viola, dans la chambre de ma mère. Le médecin était prévenu, il viendrait l'examiner, et elle serait vite guérie. Cette idée l'indigna au point que sa voix reprit de la force, elle ne bredouillait plus, elle hurla que si nous ne lui fichions pas la paix, elle irait nous dénoncer pour troubles de voisinage dès qu'elle serait rétablie ; non mais quel culot, nous étions tous des moins que rien, de vrais casse-pieds, elle avait le droit d'être en congé de maladie jusqu'à sa guérison, de rester assise, debout ou couchée où elle voulait, et je n'avais pas intérêt à mettre les pieds chez elle, ni moi ni aucune autre fripouille, et celui qui entrerait quand même, il devait savoir qu'elle avait sa hache, elle le tuerait. Elle me renvoyait, je rentrai chez moi en proie à la panique, M. Brodarics passa le soir avec le bricoleur, le fils de Józsi vint également, ils

192

décidèrent de forcer la porte, le médecin attendrait dehors, le fils de Józsi n'emmènerait pas Emerence chez lui, il craignait qu'elle ne contamine sa fillette, mais il aiderait à la transporter chez nous. Je n'avais qu'à obtenir qu'elle entrouvre sa porte, qu'elle tourne sa clé, le reste irait tout seul. Mon mari n'éleva aucune objection, bien que nous eussions tout préparé sans le consulter, mais il ne comprenait pas pourquoi j'étais si bouleversée à l'idée d'enfoncer la porte, on pourrait la réparer par la suite, ce n'était tout de même pas nouveau que la vieille femme ne veuille pas ouvrir ! Emerence n'avait jamais eu toute sa tête, qu'y avait-il donc de désespérant si elle s'obstinait à se retirer comme Achille ? Nous devions la sauver contre son gré. Que je l'amène chez nous si elle était disposée à venir, lui n'appréciait pas la présence d'étrangers dans notre maison, mais cela ne comptait pas à présent, il s'agissait de la soigner, de la garder au chaud, celui qui l'abandonnerait à son sort serait torturé à jamais par sa conscience, c'était à *cela* qu'on n'échapperait pas. En revanche, ma panique n'était pas plus inéluctable que justifiée, et puisque j'aimais la vieille, n'est-ce pas, en quoi l'idée de l'amener ici quelque temps m'épouvantait-elle au point de fondre en larmes ? Je ne répondis pas, je ne pouvais pas répondre. Moi seule connaissais la Cité interdite d'Emerence.

*
**

Nous nous mîmes d'accord avec M. Brodarics et le médecin pour qu'Emerence passe encore cette nuit chez elle, nous agirions le lendemain, quand le médecin aurait terminé ses consultations. La nuit fut difficile, les heures s'écoulaient lentement, j'hésitai encore un moment avant de prendre ma décision : il n'y a rien d'autre à faire, si elle ne reçoit pas d'aide médicale, c'en est fini d'elle, je ne peux la sauver qu'en la trahissant. Emerence a une santé de fer, il n'est peut-être pas trop tard, si je me débrouille bien, je peux encore préserver son secret, mais au prix d'un surcroît de travail inhumain, d'une série de mensonges et de beaucoup d'énergie. J'allai chez elle à l'aube, frappai à la porte, lui demandai de bien vouloir venir un moment sur le seuil l'après-midi pour rassurer le quartier, elle avait tort de ne pas se montrer, les gens s'imaginaient des choses pires que ce qui était réellement, personne ne pouvait admettre qu'elle se laisse aller, elle savait bien à quel point tout le monde l'aimait. (Mon idée était, si je pouvais l'amener à entrouvrir sa porte, que le médecin, qui se tiendrait juste derrière moi, la saisisse par le bras et l'attire au-dehors, le bricoleur, M. Brodarics et le fils de Józsi l'amèneraient ensuite chez nous avec mon aide.) Elle répondit qu'elle voulait justement me demander quelque chose, elle ne sortirait pas, mais que je veuille bien me trouver à proximité de sa porte avec un grand carton assez long, son vieux chat était mort, celui qui était coupé, il fallait que je l'enterre. Elle n'avait pas besoin du médecin, personne ne devait approcher de sa loge, si les gens ne voulaient pas croire qu'elle était en vie, ils pouvaient tous aller se faire pendre, ils verraient bien alors, et quand elle me donnerait le paquet je n'aurais qu'à dire que j'emportais le linge sale, et après, tous ces guette-au-trou auraient de ses nouvelles. Elle articulait si mal que je compris à peine son murmure, mais une fois de plus, je ne ressentis qu'une chose : je deviens folle. Jamais je n'avais conservé une boîte de ma vie, où trouver un cercueil pour le chat, et surtout, surchargée de travail comme je l'étais, qu'allais-je faire d'un cadavre d'animal ? Bien sûr, je lui promis de m'en occuper, j'allai repêcher à la cave une mallette qui ne servait plus, je finis même par me sentir mieux, la mort du chat me facilitait la tâche. Elle devrait laisser sa porte ouverte le temps de me passer la dépouille, le médecin pourrait alors l'attraper par le bras, mais il faudrait que tout se passe très vite, le médecin n'était disponible qu'au moment où je devrais courir à la télévision pour l'enregistrement de mon portrait, j'étais convoquée à quatre heures, une voiture viendrait me chercher à moins le quart, le médecin n'arrivera pas avant, mais à quatre heures moins le quart précises il se trouvera devant la porte d'Emerence. J'appellerai la vieille femme, elle ouvrira, je lui passerai la boîte, je prendrai le chat, au même instant le médecin et le fils de Józsi s'avanceront avec M. Brodarics et le bricoleur, ils attireront Emerence à l'extérieur, l'emmèneront chez nous, et je pourrai me rendre à la télévision. J'étais verte d'énervement, j'avalais des calmants comme des bonbons, pourtant à ce moment-là, la matinée et l'après-midi semblèrent devoir se dérouler si simplement que j'eus honte de ne pas avoir pensé plus tôt à cette solution rationnelle.

J'ai fait le lit et allumé du feu dans la chambre de ma mère, interrompue par des journalistes surpris par le déballage, le ménage en grand d'une chambre qui n'avait pas été chauffée de tout l'hiver, Viola aboyait sans arrêt. À présent, je sais pourquoi je n'envisageais même pas l'éventualité d'un échec, pour la première fois de ma vie, je me sentais entourée d'une grande lumière, c'est sa flamme qui me stimulait, le reste n'atteignait ma conscience qu'en surface. Aucun être normalement constitué n'aurait pu mettre en doute que mon plan fût réalisable, chacun savait qu'Emerence nous aimait, nous n'utilisions pas la chambre de ma mère, Viola serait heureux, et la vieille femme me connaissait assez, même au moment où elle avait le moins confiance en moi, pour savoir que si je lui promettais de ne laisser personne entrer dans son logement dont j'aurais immédiatement refermé la porte à clé, et de m'occuper de ceux qui y vivaient, je tiendrais parole. Ce que je redoutais vraiment, c'est l'instant où elle s'apercevrait que je ne suis pas seule, la seule personne au monde qui puisse lui faire ouvrir sa porte, mais qu'il y a quelqu'un d'autre, son ennemi juré, le médecin. Cela m'effrayait davantage que de passer à la télévision, et pourtant j'avais un tel trac à l'idée de me trouver devant la caméra que j'en avais des sueurs froides.

*
**

Nous étions convenus avec le médecin de nous retrouver dans l'entrée d'Emerence, j'ai encore eu le temps de préparer le déjeuner. Viola n'était pas dans son état normal ce jour-là, d'abord parce qu'il hurla sans discontinuer, ensuite parce qu'il se tut brusquement. Je l'emmenai promener, mais il voulut rentrer tout de suite, puis il ne réagit plus aux coups de sonnette, ne levant même pas la tête, cependant il ne dormait pas, il avait les yeux ouverts. J'aurais dû comprendre ce que signifiait cette prostration, mais moi je n'étais pas Emerence, je ne compris pas davantage quand il se démena et se mit à hurler en me voyant partir sans lui. J'emportais le cercueil du chat, j'expliquai avec embarras aux autres intervenants que cette mallette était destinée aux affaires d'Emerence. Le fils de Józsi arriva en même temps que la voiture de la télévision, le chauffeur annonça qu'ils étaient désolés, mais on m'attendait au maquillage, il fallait encore faire une mise au point avec le réalisateur avant l'émission, ils avaient malheureusement mal calculé le moment où je devais arriver, il fallait partir tout de suite, je devais monter en voiture. Je lui dis que ce n'était pas possible, j'avais à régler une affaire que je ne pouvais remettre, cela ne durerait pas longtemps, le chauffeur m'accorda cinq minutes, en principe cela suffisait, puisqu'il ne s'agissait que de passer chez Emerence, de prendre par la porte ouverte le chat dans la mallette, les autres attirent la vieille femme à l'extérieur et l'emmènent chez nous, et pendant qu'ils parlementent avec elle, je ferme la porte à clé, je reviens lui rendre la clé, je la rassure : tout se passera bien, personne ne pourra pénétrer chez elle, après l'émission, je reviendrai m'asseoir auprès d'elle, la persuader que nous serons bien ensemble, que tant qu'elle sera malade je m'occuperai de ceux qui sont restés chez elle. Persuader Emerence ! Comment ai-je pu m'imaginer cela ? J'avais manifestement perdu la tête, pris mes désirs pour des réalités, après avoir passé en revue le déroulement de notre intervention, je pensai aussi aux questions auxquelles j'aurais à répondre. Quand le moment fut venu, je courus chez Emerence, il était exactement quinze heures quarante-cinq, le chauffeur exhiba ostensiblement la montre à son poignet gauche, et leva les cinq doigts écartés de sa main droite. Mais oui, j'ai promis. Cinq minutes, pas plus.

Nous étions à la fin mars, il faisait froid, mais l'air sentait bon, le jardin d'Emerence était empli de violettes, l'herbe sous sa fenêtre en était bleue. Je frappai à sa porte, le médecin, M. Brodarics, le fils de Józsi et le bricoleur se tenaient sur leurs gardes, je leur avais demandé au préalable de ne pas bouger avant qu'Emerence ne m'ait remis un paquet. Toute la rue savait ce que nous nous apprêtions à faire ; comme sur un tableau de Bruegel, les gens s'assemblaient en groupes colorés, tout le monde se connaissait, chacun était satisfait de la solution qu'on avait fini par trouver. Sous le porche, le bricoleur avait attiré mon attention, l'odeur déjà épouvantable la veille avait encore empiré, s'il ne savait pas que c'était impossible, il croirait qu'il y avait un cadavre là-dedans, cette puanteur, il l'avait sentie en 45 après le siège de Buda.

Je leur demandai de se pousser de côté, il fallait que je sois seule devant la porte, alors même ceux qui observaient depuis la rue reculèrent, pourtant ils auraient payé cher pour assister au sauvetage d'Emerence qui ne manquerait pas de protester. Quand le carré fut totalement vide, le médecin caché dans un renfoncement du mur attendant le moment d'intervenir, je frappai. Emerence me demanda de ne pas entrer, de lui donner la boîte sans bouger d'où j'étais et d'attendre. Le chauffeur de la télé klaxonna devant notre maison, je ne pouvais pas lui répondre, les yeux fixés sur la porte qui s'ouvrait, sur la main d'Emerence qui apparaissait, je ne vis pas son visage, elle restait probablement sans lumière là-dedans, ou elle venait d'éteindre, parce que la porte ne s'entrouvrit que sur du noir. L'odeur qui s'échappa était telle que j'aurais voulu me boucher le nez, mais j'étais là, le corps tendu, comme un chien de chasse à l'arrêt, c'est bien la puanteur de 45 qui émanait de l'appartement, une odeur

197

d'excréments humains et animaux, mais pouvait-on alors s'attacher à de tels détails ? Je lui tendis la mallette, le chauffeur klaxonna derechef, Emerence referma la porte, j'entendis claquer l'interrupteur. Le médecin risqua un œil, je lui fis signe de rester où il était. Au moment où le chauffeur se manifestait une fois de plus, la porte se rouvrit, Emerence ne me donna pas la valise, mais le cadavre du chat enveloppé dans une vieille veste, la mallette était trop petite, l'animal raidi ne rentrait pas dedans, je le pris dans mes bras comme un nouveau-né assassiné. Elle s'apprêtait à refermer la porte, mais le médecin passa le pied dans l'entrebâillement, le fils de Józsi se précipita, je n'ai pas vu s'ils sont entrés ou bien s'ils ont attiré Emerence à l'extérieur avec le bricoleur comme convenu, je courais déjà chez nous avec la dépouille du chat, prise de nausée entre les rangées de personnages à la Bruegel, je jetai le cadavre dans une poubelle. Le chauffeur klaxonnait à présent sans arrêt, je montai comme une folle à la maison, j'avais l'impression que si je ne me passais pas tout de suite les doigts sous de l'eau bouillante, aucun son ne sortirait de ma gorge à la télévision, ils pourraient me poser toutes les questions qu'ils voudraient. Pourquoi tout se déroulait-il dans une telle bousculade, une telle confusion ? Ils doivent être en route avec Emerence, elle doit se débattre, ils la tirent, la poussent, je devrais être auprès d'elle, mais c'est impossible, ce n'est pas ma faute, mais je n'y suis pas.

– Tu veux faire quelque chose pour moi ? demandai-je à mon mari. (Plus tard, il me dit que ma voix était méconnaissable, comme mon visage.) N'attends pas qu'ils arrivent, va vite fermer à clé la porte d'Emerence avant que les gens de la rue ne regardent à l'intérieur. Toi non plus, ne regarde pas, et quand ils l'auront amenée ici, donne-lui aussitôt la clé et dis-lui que j'ai tout arrangé. Le chauffeur ne lâche plus son klaxon, je ne peux pas rester plus longtemps, ni donner moi-même d'explications à Emerence.

Il me promit de faire ce que je lui demandais, je courus à la voiture, lui vers la villa d'Emerence. Je ne vis ni la vieille femme, ni la brigade de sauveteurs, j'entendis seulement un bruit, une sorte de piétinement, je fis comme si j'étais sourde, m'affalai dans la voiture et nous quittâmes cette rue à toute vitesse.

Sans foulard

Lorsqu'on commet l'impardonnable, on ne s'en rend pas toujours compte, mais quand on l'a fait, quelque chose en nous le sait. Je me dis que cette tension en moi était due au trac, mais c'était le remords. À notre arrivée, il se trouva qu'on avait encore mal calculé le temps, nous étions déjà en retard, je dus me présenter à la caméra sans maquillage, j'étais nerveuse, je n'étais pas à mon avantage, je voyais bien que le journaliste en attendait plus de moi, des idées plus originales, mais en lui répondant j'avais autre chose en tête, mes problèmes personnels. Nous nous étions mis d'accord avec le médecin, si la maladie se révélait bénigne et ne faisait pas craindre d'issue fatale, Emerence resterait chez nous, et si c'était grave, si sa vie était en danger, une ambulance l'emmènerait à l'hôpital, de toute façon tout serait probablement réglé à mon retour. Il y avait de nombreux invités à l'émission, elle dura longtemps, et on ne me laissa pas encore partir après mon interview. J'avais hâte de m'en aller, mais en même temps, je me sentais fière d'être pour la première fois de ma vie sur un plateau de télévision. Si j'avais insisté, on ne m'aurait sans doute pas retenue, mais l'occasion de rencontrer ceux que je voyais chaque jour sur le petit écran n'était pas un événement quelconque, je savais que je devais me dépêcher, mais je ne le fis pas. J'eus enfin l'idée de regarder ma montre et fus consternée en voyant qu'il était si tard, je demandai un

201

taxi pour filer à la maison, mais plus rien n'irait désormais assez vite. Le jour commençait à tomber quand je descendis de voiture, la rue était silencieuse, bizarrement déserte, il n'y avait de bruit que dans notre maison : Viola donnait libre cours à sa peine. Je sentis alors qu'Emerence n'était pas chez nous, sinon le chien ne pleurerait pas. Aussi sûrement que si on me l'avait dit, je sus que c'était plus grave que je ne l'avais imaginé, j'aurais dû m'en rendre compte depuis bien longtemps, quand Emerence avait brusquement abandonné son travail et nous avait notifié de nous occuper de nous-mêmes, mais une fois de plus, je n'avais fait attention qu'à moi. Je descendis du taxi devant notre porte, à deux pas de la poubelle où je jetai un coup d'œil pour voir si l'horrible paquet avait déjà disparu, mais bien sûr il y était encore, je replaçai le couvercle en tremblant, et avant de monter, j'allai voir si la porte d'Emerence était fermée à clé.

Le bricoleur était en train de baisser son store, avec soin, comme il en usait avec n'importe quel objet, mais contrairement à ce que j'attendais, il ne me fit pas signe qu'il avait quelque chose à me dire, qu'il voulait me raconter ce qu'il avait vu pendant que j'étais à la télévision. Il laissa se dérouler le store jusqu'en bas, en se resserrant les lamelles de bois formèrent un rideau compact séparant nos visages. Je sentis qu'il ne voulait pas me parler, alors je pris peur et traversai le jardin en courant. J'avais déjà vécu cela, l'expression que je venais de voir en contre-jour sur le visage du bricoleur est celle que prennent les infirmières, quand en entrant dans la chambre d'un malade on voit que le lit est occupé par quelqu'un d'autre, pour vous prier d'un ton parfaitement neutre d'aller voir le médecin-chef parce que celui-ci a quelque chose à vous communiquer. Pour l'amour de Dieu, que s'était-il passé que nous n'avions pas prévu ? La porte était-elle restée ouverte, les chats d'Emerence s'étaient-ils échappés ? À cet instant, comme cela se produisit ensuite un nombre incalculable de fois, je commençai à prendre conscience que le jour où au lieu de jouer les seconds rôles, je disposais du petit écran pour moi toute seule parce qu'on m'avait décerné un prix, le jour où tous les membres du gouvernement ne s'occupaient que de faire la paix avec moi et de me réconforter tandis que je clamais au monde entier toutes les humiliations du passé, ce jour-là, je n'aurais pas dû laisser Emerence seule aux prises avec ce qui avait pu lui arriver. On se confondait en éloges sur mon imagination, mais tout ce qu'elle m'avait inspiré, c'est d'aller faire le ménage chez Emerence le soir même, de faire disparaître la puanteur, quelle qu'en soit l'origine, afin que personne dans la maison n'ait à se plaindre, il ne m'était pas venu à l'esprit de me trouver à ses côtés au moment où sa souveraineté s'effondrait, lorsqu'on forçait sa porte, même si c'était pour laisser passer un médecin, et qu'on l'emmenait malgré ses protestations. Le prix, pensai-je amèrement, son rayonnement avait déjà commencé, c'est sa lumière que je poursuivais dans la voiture de la télé, fuyant la maladie, la vieillesse, la solitude et l'impuissance.

Arrivée devant la porte d'Emerence, j'oubliai purement et simplement de marcher, les pieds gelés dans mes belles chaussures. Je m'attendais au pire, mais c'était encore trop peu, ce qui m'apparut était inimaginable. La porte d'Emerence n'était ni ouverte ni fermée, à clé ou non : il n'y avait plus de porte. Elle était appuyée au mur près du cabinet de toilette toujours cadenassé, arrachée de ses gonds, quelqu'un l'avait défoncée au milieu, seul le bas était intact, comme sur ces tableaux flamands où, la moitié supérieure d'une porte déposée à terre, une femme souriante est accoudée sur la demi-porte du bas, figurant elle-même un portrait encadré. J'imaginai le visage d'Emerence, regardant par-dessous son foulard, évaluant la situation, s'apercevant que ce n'est pas moi mais le médecin qui lui prend le bras, je ne pus en reconstituer davantage, saisie d'une telle faiblesse que je dus m'asseoir sur le banc pour reprendre mes esprits. Je savais que je n'y échapperais pas, il fallait entrer dans cette puanteur, je me reposai quelques instants puis je pris mon courage à deux mains. Je me rappelais de quel côté j'avais entendu claquer l'interrupteur, j'allumai en tâtonnant, cette fois je n'entendis pas l'étrange petit bruit de pattes de souris, le silence était total, si les chats étaient encore là, ils devaient être terrés quelque part en état de choc.

La lumière dont la crudité provocante m'avait frappée la première fois ne dissimulait rien, je vis que je me tenais parmi des ordures humaines et animales dans cette pièce autrefois propre comme un sou neuf, des tas de nourriture pourrissaient à même le sol ou sur du papier journal, le contenu des plats de marraine répandu par terre grouillait de vers, il y avait aussi un poisson cru à moitié pourri, et un canard dans le même état. Dieu seul sait depuis quand on n'avait pas nettoyé ici, les offrandes de nourriture jonchaient le sol, il y avait aussi des cafards morts, et l'horreur qui s'étalait devant moi était recouverte d'une épaisse couche de poussière blanche, comme si on avait saupoudré de sucre la mort, telle que les danses macabres du Moyen Âge la représentent dans toute son horreur, avec les dents grimaçant un sourire sur un visage vide. Emerence n'était pas là, les chats non plus, une odeur suffocante de désinfectant régnait dans la pièce, plus agressive que celle, habituelle, de chlore ou de désodorisant. Les fenêtres, les volets avaient été démontés. Non seulement le médecin et les ambulanciers étaient venus ici, mais aussi le service de désinfection, car on ne trouvait cette sorte de poudre, et en telle quantité, ni dans le commerce ni dans aucun ménage.

*
**

En rentrant à la maison, je fus incapable de tourner la clé dans la serrure, tant ma main était crispée de remords et d'épouvante, je dus sonner, mon mari ouvrit. Jamais il ne m'avait fait un reproche, pas davantage ce jour-là, il hocha la tête, comme s'il ne trouvait pas les mots pour dire ce qui s'était passé. Il alla préparer du thé, Viola se traîna à ma rencontre. Tandis que je buvais, mes dents claquaient au bord de la tasse. Je ne posai aucune ques-

tion, la clé d'Emerence était sur la table. Nous ne par-
lâmes pas non plus de la télévision, mon mari attendit
que j'aie fini d'avaler mon thé, puis il appela un taxi et
nous prîmes sans un mot le chemin de l'hôpital. C'est
seulement en voyant qu'Emerence n'était pas dans la
chambre où elle était attendue que nous retrouvâmes la
parole. Comment est-ce possible ? On ne l'a pas transportée ici ?

– C'est bien ici qu'on doit l'amener, dit l'infirmière.
Mais elle n'est pas encore arrivée. On l'a d'abord
conduite à la désinfection, parce qu'elle était dans un tel
état quand on l'a trouvée qu'il était impossible de la
mettre au lit comme ça.

Dans un premier temps, je ne compris pas ce qu'elle
disait, je la regardai d'un air stupide, j'étais effondrée, le
personnel soignant s'affairait autour de nous, plein de
sollicitude, on me demanda si je voulais prendre quelque
chose, je n'avais pas l'air bien, au moins un café. Je ne
voulus rien. Nous sommes restés assis à attendre, je ne
pouvais plus éviter de demander les détails à mon mari,
et il me raconta ce qu'il avait vu. Quand il était arrivé
chez Emerence, le médecin était parvenu à saisir le bras
de la vieille femme qui se débattait mais ne pouvait guère
opposer de résistance, le médecin et les premiers secours
constatèrent par la suite qu'elle avait eu une légère
hémorragie cérébrale déjà pratiquement résorbée, elle se
servait avec peine de son bras gauche et plus du tout de
sa jambe gauche, elle avait dû être paralysée plusieurs
jours, mais son exceptionnelle constitution s'était mobi-
lisée contre le mal. Elle parvint néanmoins à dégager son
bras droit, rentra, referma la porte et poussa le verrou,
elle ne répondit à aucune question, à ce moment-là tous
les oisifs de la rue se trouvaient devant sa porte. Elle se
laissa prier un moment sans rien dire, mais quand le
médecin menaça d'appeler la police, elle se mit à crier
que si on ne la laissait pas tranquille, elle assommerait le
premier qui toucherait à sa porte. Elle jouissait d'une
telle autorité que personne n'osa recourir à la violence,
c'est un inconnu, un passant attiré depuis la rue par les

vociférations, qui essaya de forcer la porte quand il comprit de quoi il retournait, mais comme la serrure commençait à céder, une planche fut enfoncée, non pas de l'extérieur, comme on aurait pu s'y attendre, mais de l'intérieur, et par la fente, comme dans un film d'horreur, apparut une hache qu'Emerence brandissait de tous côtés, personne n'osa s'approcher de la porte d'où s'échappait le remugle. À la suite de son attaque, Emerence n'avait pas pu marcher pendant une bonne semaine, elle était restée allongée, appuyée sur les coudes, elle avait dû se débrouiller pour vivre sans se déplacer, et elle s'était probablement mis dans la tête que si elle ne disait pas dans quel état de faiblesse elle se trouvait, il ne pourrait rien lui arriver, il ne viendrait ni médecin ni ambulance, il ne serait pas question d'hôpital, et si elle devait choisir entre deux catastrophes, elle préférait encore ce qu'elle avait décidé : si les chats pouvaient faire leurs besoins où ils voulaient, elle ne se traînerait pas non plus dehors à quatre pattes, et son secret resterait secret. Si elle guérissait, elle remettrait tout en ordre dès qu'elle pourrait de nouveau bouger, et si elle mourait, tout lui serait bien égal, elle ne saurait plus rien, Emerence avait maintes fois insisté sur le fait qu'entre autres choses elle ne croyait pas à l'au-delà.

Elle était restée parmi les excréments humains et animaux en décomposition, les lambeaux d'aliments crus ou cuits couverts de moisissure, mais ils étaient finalement arrivés à la maîtriser, car l'inconnu de la rue, muni de la hache du bricoleur, parvint à s'accroupir au bas de la porte et frappa un tel coup sur la serrure qu'elle céda aussitôt ; comme elle tentait de se défendre, Emerence s'écroula à leurs pieds dans l'entrée. Il n'était plus possible de nier la catastrophe, même sa robe qu'elle n'avait pas ôté depuis Dieu sait combien de temps s'en ressentait, des morceaux d'ordure séchée tombèrent de ses dessous habituellement immaculés. M. Brodarics appela une ambulance qui arriva aussitôt, Emerence n'avait visiblement plus toute sa conscience, elle s'évanouit en arrivant à l'air libre, les deux médecins, celui de notre rue et celui de l'ambulance, se concertèrent, on lui fit une piqûre mais elle ne partit pas dans l'ambulance, le médecin dit qu'il ne jugeait pas sa vie en danger, on pourrait l'hospitaliser, mais il appelait d'abord le service de désinfection, parce que si la malade requérait des soins urgents, il fallait aussi s'occuper tout de suite du logement. L'équipe arriva, ils répandirent d'abord de la poudre, puis pulvérisèrent un liquide dans tous les coins, ensuite ils enveloppèrent Emerence dans une couverture et l'emmenèrent au local de désinfection en disant qu'elle pourrait aller ensuite à l'hôpital, mais qu'il fallait la nettoyer entièrement avant de pouvoir la mettre dans l'ambulance. Tandis que les hommes pulvérisaient et répandaient des pesticides sur les restes de nourriture, toutes sortes de bêtes apparurent et s'enfuirent par la porte, d'énormes chats, le service d'hygiène déciderait ce qu'il devait advenir du logement qui ne pouvait rester dans cet état, ne serait-ce que par égard pour les autres occupants de la maison. On ne pouvait plus fermer à clé, cela n'aurait d'ailleurs servi à rien, tant qu'il y aurait ces pourritures, personne ne viendrait cambrioler. Dès que la désinfection serait terminée, on clouerait des planches en travers de la porte.

*
* *

Cela me manquait, cette image de la vieille femme dans ses déjections, parmi les bouts de viande pourrie, les auréoles de soupe séchée, avec sa paralysie qui cédait peu à peu, mais encore incapable de marcher. En voyant le fils de Józsi rongé d'inquiétude sur le banc à côté de nous, je fus saisie d'un autre souci, bien réel : s'il n'y avait pas de cambrioleur dont l'estomac pût résister au domaine d'Emerence, les livrets d'épargne n'en restaient pas moins un butin à disposition. Je lui dis :

– Allez chercher ces malheureux livrets (le jeune homme les trouva d'ailleurs tout de suite, ils étaient glissés dans le canapé souillé, entre l'accoudoir et la garniture, le fils de Józsi s'était rappelé la cachette de son père), moi, j'attends Emerence.

207

Mon mari lisait, il a toujours un livre sur lui, moi, je ne faisais que me masser les doigts, j'avais l'impression que mon bras gauche était inerte. Quand la vieille femme arriva enfin, nous eûmes du mal à la reconnaître sans ses vêtements habituels. Elle se laissait faire sans un mot, les yeux fermés, la bouche agitée de spasmes, elle était absente. On la mit sous perfusion, la couvrit, j'étais si épuisée de honte et de tristesse que j'aurais voulu me coucher auprès d'elle. Le médecin nous dit de rentrer chez nous, nous ne pouvions rien pour elle, elle était en état de choc et ne nous reconnaîtrait pas, par ailleurs pour le moment il ne savait guère comment nous rassurer, l'hémiplégie était effectivement en cours de résorption comme le montraient les radios, Emerence était même pratiquement remise de sa pneumonie, mais son cœur était dans un tel état qu'on ne pouvait pas présumer ce qu'elle supporterait encore, ou bien − il hésita avant de poursuivre − ce qu'elle voudrait encore supporter. Il n'était pas sûr que la guérison résolve tous ses problèmes, la maladie et les circonstances de son hospitalisation avaient dû représenter pour elle une extrême humiliation. La médecine avait déjà fait des miracles, mais dans ce cas elle devrait faire un effort particulier, parce qu'il n'avait jamais vu de cœur dans un tel état d'épuisement.

Pour la première fois, la toute première fois depuis que nous nous connaissions, je vis Emerence sans foulard. Elle sentait bon le propre, la magnifique chevelure blanche de sa mère brillait devant moi, je retrouvais dans les contours de sa tête la parfaite harmonie de cet autre crâne qui n'existait plus depuis bien longtemps. Plus près de la mort que de la vie, Emerence devenait sa mère comme par magie, sans le savoir. Lors de notre première rencontre, tandis qu'au milieu des roses je cherchais quelle fleur elle pourrait être, si on m'avait dit que la vieille femme était un camélia blanc, un laurier blanc ou une jacinthe, cela m'aurait fait rire, mais à présent elle ne pouvait plus faire de mystères, rien ne dissimulait son intelligent front bombé, même usée par l'âge, sa beauté rayonnante s'offrait à nos yeux. Ce qui reposait sur le lit

n'était pas son corps nu ou peu vêtu, mais la tenue consé-
quente, enfin dépouillée de toute apparence trompeuse,
d'une souveraine frappée par un mal effroyable. C'est
assurément une grande dame qui était allongée devant
nous, pure comme les étoiles. Alors j'ai vraiment compris
ce que j'avais fait en ne restant pas auprès d'elle, si j'avais
été là, j'aurais pu user de mon autorité toute fraîche, au
lieu de l'employer à mauvais escient, pour obtenir du
médecin qu'il ne s'occupe de rien et l'emmène chez
nous, je l'aurais accueillie telle quelle, sans désinfection,
Chouchou et Adélka m'auraient aidée à la baigner, à
l'arranger, la télévision aurait fait l'émission sans moi, il
importait plus de lui éviter la honte de voir des inconnus
saccager son intérieur dont personne à part moi n'avait
vu le véritable aspect. Plus tard, à la réception du Parlement tout le monde croirait à ma réussite, mais j'étais la
seule à savoir que j'avais échoué dès la première épreuve.
Je devais au moins réparer la fin, la dernière étape, sous
peine de perdre Emerence pour la vie entière. Je devrais
faire des miracles, me surpasser et lui faire croire qu'elle
n'avait fait que rêver cet après-midi, qu'elle avait tout
rêvé.

Le prix

J'appelai l'hôpital encore deux fois dans la nuit, l'état
d'Emerence n'avait pas évolué, elle n'allait ni mieux ni
plus mal. En rentrant à la maison, j'avais coupé quelques
tranches de viande sur une assiette et étais retournée
dans l'abominable logement, le médecin avait dit que les
chats s'étaient échappés mais qu'ils reviendraient car ils
ne connaissaient pas d'autre foyer, il faisait nuit à présent, tout était calme, même s'ils avaient été mortelle-
ment effrayés, ils étaient probablement revenus. L'odeur
de pourriture me fit suffoquer tandis que je regardais
dans tous les coins, mais la pièce était vide, on n'y entendait aucun bruit. Quand j'y retournai à l'aube, l'assiette
de viande était intacte, aucun chat n'était venu dans la
nuit, pourtant je l'avais tellement espéré, au fond, il valait
mieux qu'ils aient disparu, qu'ils ne soient pas là, mais
j'étais au-delà de mon sens pratique, de la réalité, de mes
propres intérêts même, je fis seulement une prière pour
qu'il en réapparaisse un ou deux, et quand j'aurais rangé
et nettoyé la maison, si on laissait Emerence rentrer chez
elle, qu'il y ait au moins un de ceux qu'elle aimait. Mais
de même que le service de désinfection n'avait pas trouvé
d'animal vivant ou mort, je ne revis jamais aucun d'entre
eux : quand la porte avait été forcée, sentant que le monde
s'écroulait sur eux, ils étaient retournés se réfugier vers
l'imprévisible, le danger et la mort d'où Emerence les
avait autrefois sauvés. Jamais plus un seul chat ne vint

rôder aux alentours de la maison d'Emerence, comme si un message secret les en tenait éloignés. Viola n'approcha pas non plus de lui-même le logement dévasté, et pourtant il en connaissait le chemin mieux que personne, après la mort d'Emerence, l'appartement réhabilité retrouva bientôt un nouvel occupant, mais la lumière pouvait être allumée dans l'entrée comme autrefois, les violettes refleurir à chaque printemps, le chien n'en avait rien à faire. Il la cherchait partout où ils s'étaient promenés ensemble, mais pas chez elle. Viola y reconnaissait le théâtre de la bataille perdue, même s'il n'y avait pas assisté. D'ailleurs ce jour-là, la rue était particulièrement silencieuse, de même, lorsqu'un chef d'État est malade, le peuple bouleversé prend le deuil à l'avance et garde le silence non sur ordre, mais par un mouvement de son propre cœur. Le chien restait couché sur sa couverture comme si on lui avait tranché la gorge, sans même laisser échapper un gémissement, et quand nous le descendions, il n'accordait pas un regard aux autres chiens de la rue.

*
* *

J'ai fait beaucoup de photos dans ma jeunesse, sans grand talent, avec un appareil rudimentaire, quand je repense au jour où on m'a remis le prix, ce souvenir ressemble à un de mes anciens clichés où un hasard optique avait fixé deux mouvements contraires d'une même personne. Un jour, j'avais photographié ma mère, et en allant chercher les épreuves, j'ai eu du mal à croire qu'il était possible de réaliser cela : ma mère que j'avais voulu fixer pour l'éternité venait et s'en allait en même temps, sa silhouette grandissait et rapetissait à la fois dans un mouvement double et opposé, mes parents ne manquaient pas de montrer à leurs visiteurs cet instant surnaturel dont les deux aspects contradictoires et inséparables se déroulaient au même moment et au même endroit. C'est ainsi que je dus être au moment où on m'a remis le prix, quoi qu'il ait pu se passer pendant ces heures, j'avais en moi, autour de moi et derrière moi l'image de tous les actes et toutes les pensées, inversée comme dans un miroir. Ce fut une journée bien remplie qui commença à l'aube quand je portai l'assiette de viande et constatai que les chats s'étaient enfuis, puis je quittai le logement d'Emerence pour courir à l'hôpital. Je n'étais pas seule, Chouchou m'avait précédée ainsi qu'Adélka, Emerence, revenue à elle, nous infligea un mutisme ostensible, implacable, nullement enclin au pardon. Chouchou s'affairait avec une bouteille thermos, Emerence ne voulait ni café ni boisson fraîche, rien, outre son propre plat de marraine, Adélka en avait apporté deux autres dans son cabas, du bouillon préparé par la femme du bricoleur et du lait de poule envoyé par les Brodarics en signe d'amitié. Emerence ne leva même pas les yeux, ne manifesta d'intérêt ni pour les messages ni pour les cadeaux, par la suite, l'infirmière nous dit que des visiteurs avaient défilé toute la matinée et tout l'après-midi, le lendemain était le jour de la fête nationale, les gens voulaient se débarrasser des visites à faire, mais ils étaient venus pour rien et repartis chez eux quelque peu vexés, la vieille femme ne leur avait pas accordé un regard. Je ne lui avais rien apporté, je surveillais à ma montre combien de temps je pouvais encore rester auprès d'elle, je ne l'ennuyais pas en lui parlant, la touchant seulement de temps en temps sous la couverture, elle se rétractait alors, ne donnant pas d'autre signe qu'elle avait senti ma main. Plus tard, le médecin se mit en colère, il dit durement à Chouchou et Adélka qu'on ne pouvait pas encore savoir si la vieille femme s'en sortirait, mais si c'était le cas, une seule chose était bien visible : elle ne souhaitait pas que des témoins assistent à sa lutte. Il était inutile de la nourrir, de la faire crouler sous les plats de marraine, elle n'y prêtait pas attention, elle ne mangeait pas, ce dont elle avait besoin pour survivre, elle le recevait par perfusion, et si elles voulaient vraiment lui venir en aide, qu'elles la laissent se reposer. Il avait raison, chaque fois que quelqu'un s'approchait d'elle en murmurant, elle faisait la même chose qu'avec moi, elle fermait les yeux pour ne voir personne, en quittant l'hôpital avant la cérémonie de remise du prix, j'emportai l'image d'un masque mortuaire sans yeux, je rentrai à la maison pour passer ma robe noire et tenter de remettre de l'ordre sur le visage défait qui me faisait face dans la glace. Entre autres choses utiles, la grande enveloppe de l'invitation contenait une vignette à apposer sur le pare-brise du taxi, permettant d'arriver sans encombre jusqu'au tapis déroulé devant l'entrée principale du Parlement, une chance, car je pouvais à peine marcher. Pendant le trajet, je ne dis pas un mot, et n'en dis guère plus à la cérémonie. Ce n'était pas la première fois que ce que je recevais me parvenait sous une forme ou dans des circonstances telles que j'en étais épuisée, les photos prises à ce moment-là peuvent en témoigner. Avant que la cérémonie ne commence, on me conduisit dans une pièce où on fit des photos en souvenir de ce grand jour, ce qui me fit penser, malgré mon profond désarroi : que c'est tragique, que c'est comique ! La photo conservée par un quelconque service officiel immortalise dans un album mon visage irréel, celui d'un héros mythique de l'Antiquité aux traits figés par l'épouvante d'avoir vu la Méduse. J'étais passée d'un lit de mort à une cérémonie, je n'avais pas besoin de médecin pour savoir qu'Emerence ne guérirait pas, et que j'en étais en quelque sorte la cause. Tout en remerciant, en répondant mais oui, bien sûr, certainement, vraiment, je pensais qu'Emerence ne s'en remettrait pas, non que son prodigieux organisme fût incapable de lui faire franchir ce fossé si un médecin la soignait et si elle prenait des médicaments, il s'agissait d'autre chose contre laquelle la science était impuissante, cela n'avait rien à voir avec la thérapeutique : Emerence ne voulait plus rester en vie, parce que nous avions anéanti le cadre qui maintenait son existence et la légende auréolant son nom. Elle était un exemple pour tout le monde, elle aidait chacun, la poche de son tablier amidonné livrait des bonbons enveloppés dans du papier, des mouchoirs de toile immaculée qui s'envolaient en bruissant comme des colombes, elle était la reine de la neige, la sécurité, la première cerise de l'été, la première châtaigne sortant de sa bogue à l'automne, les citrouilles resplendissantes l'hiver, au printemps le premier bourgeon de la haie : Emerence était pure, invulnérable, elle était le meilleur de nous-mêmes, celle que nous aurions aimé être. Emerence au front toujours voilé, au visage lisse comme un étang, ne demandait rien à personne, ne dépendait de personne, toute sa vie elle s'était chargée des autres sans jamais dire un mot de sa peine, et quand elle l'aurait enfin dit, j'étais allée faire mon numéro à la télévision, j'avais permis qu'on la découvre au seul moment infamant de sa vie, souillée par la maladie. Comment aurais-je jamais pu l'expliquer, exposer l'anatomie de sa miséricorde, qui lui faisait peupler sa maison d'animaux, Emerence était d'une bonté sans discipline, d'une générosité sans arrière-pensée, elle ne dévoilait son abandon qu'à un autre abandonné, n'avait jamais dit combien elle était seule, et tout ce temps, tel le Hollandais, elle avait elle-même mené son mystérieux navire sur des eaux toujours inconnues, poussée par le vent de relations toujours temporaires. Je savais depuis longtemps que plus une chose est simple, moins elle est facile à partager, désormais Emerence ne pourrait plus se révéler à personne, ni elle, ni ses chats, quoi qu'elle dise, la puanteur qui s'était échappée de chez elle et l'ordure qui y était encore lui avaient ôté tout crédit, les restes de poulet et de canard autour d'elle, les bouts de poisson et de légumes en décomposition ne justifieraient plus que ce qui n'avait jamais existé : sa folie, et non le fait que son corps n'ait plus obéi à sa volonté de fer, après son attaque comment aurait-elle en effet pu ranger ou nettoyer, utiliser les restes ou aller les mettre à la poubelle, c'est déjà un miracle qu'au début elle ait pu se traîner au-dehors et rapporter chez elle ce qu'on déposait à sa porte. Emerence était devenue impuissante aux yeux de toute une communauté, le travail d'une longue vie avait été anéanti lorsque l'embolie, tout en ayant l'amabilité de n'être pas trop grave et même de bien vouloir s'améliorer aussitôt, lui avait ôté des mains le grand balai de bouleau.

Il y avait tant de monde, parents et autres, dans la salle d'honneur, que je ne trouvai pas de place, ce qui me fit particulièrement plaisir, puisque je n'avais plus de place nulle part, j'attendis qu'on appelle mon nom pour avancer vers la tribune, prendre l'écrin et aller au buffet, faire semblant de manger quelque chose, j'aurais voulu que tout aille très vite, je sentais que si Chouchou ou Adélka ou n'importe qui s'avisait de faire à ma place ce que je devais faire sous peine de ne plus pouvoir regarder Emerence en face, non seulement elle s'effondrerait, mais moi aussi. Nous avions été longtemps ensemble, c'était le protocole le plus long de ma vie, rien n'était plus lumineux, sinon la présente réception, qui rimait pourtant étrangement avec un ancien fantasme de mon enfance. J'avais toujours voulu monter un grand escalier, en robe longue, sous les yeux d'un public nombreux, tout le monde admirant ma prestance. Si l'on peut marcher faux comme on chante faux, c'est bien ce que je fis ce soir-là, je montai les marches en titubant, malheureuse, le dos rond, serrant les mains qu'il convenait de serrer, plus tard je m'échappai du Parlement par un escalier latéral, persuadée qu'on me laisserait entrer à l'hôpital sans faire de remarque sur ma tenue, mais que même si je m'asseyais à son chevet toute nue ou dans un manteau royal d'emprunt, Emerence ne m'accorderait pas un regard.

*
**

Quand je repense à cette journée, ce jour où on m'a remis le prix, outre le souvenir bien vivant de ma tristesse impuissante, un seul sentiment surgit, celui d'une extrême fatigue. J'avais fini vers une heure, en rentrant, je passai des vêtements de travail et pris le chemin de la maison d'Emerence avec de quoi faire le ménage. Je ne laisserai pas la honte s'abattre sur elle, le service de désinfection n'aura pas à intervenir, avant qu'ils n'arrivent j'aurai sorti tout ce qui n'a rien à faire dans son logement. C'est samedi, jour de fête nationale, je peux sans aucun doute tout faire, le personnel sanitaire est déjà parti assister aux festivités, et quand ils viendront, tout sera propre et en ordre. Je lâchai mon seau de saisissement en voyant les hommes de la désinfection fumer une cigarette sur le carré. Le médecin avait oublié de m'avertir que l'administration avait ordonné une intervention immédiate afin de détruire le mobilier pour raisons sanitaires, avec indemnisation totale. Je restai stupéfaite devant eux, comme un clown triste au cirque, je m'étais juste changée, mais mon visage défait était encore maquillé, mes cheveux encore apprêtés pour la cérémonie. Comment accepter ce qui se préparait, ils ne s'imaginaient tout de même pas qu'ils allaient pouvoir anéantir le foyer de quelqu'un, comme des vandales ?

– Il n'est pas question de cela, me dit le chef de l'équipe de nettoyage, on va d'abord nettoyer à fond, enlever les ordures, lessiver le sol, les meubles, les murs, puis brûler ce qui est sale ou infecté. Vous pouvez lâcher votre seau, pas d'initiative privée, l'état des lieux requiert l'intervention de professionnels officiels. Vous pouvez signer comme représentant de la famille pour attester qu'il a été procédé dans le respect du règlement, en fait il faudrait que ce soit la malade, mais il paraît qu'elle n'a plus toute sa tête, alors si vous voulez bien le faire au titre de représentant légal provisoire, pourriez-vous vérifier l'inventaire, parce que la propriétaire sera indemnisée par la ville pour les objets détruits ? Il ne sert à rien de protester ici, ni de discuter avec nous. C'est une décision administrative.

*
* *

Je fis demi-tour et me précipitai à la maison pour téléphoner, en principe je pouvais joindre le lieutenant-colonel, il était rentré de vacances pour la fête nationale, mais je ne pus lui parler, il était déjà en route pour venir chez Emerence. Nous sommes arrivés pour ainsi dire en même temps, les six « officiels », munis de gants de caoutchouc, blouses et masques, s'affairaient. Ils rassemblèrent à la pelle les pourritures liquéfiées, les jetèrent dans un camion-citerne qui sentait le chlore, ils enlevèrent les derniers restes, arrosèrent avec une solution chimique, puis lessivèrent le tout, sortirent les meubles dans le jardin, les sièges poisseux, le petit canapé couvert de saletés, les armoires s'étalaient sur le gazon soigné d'Emerence, les autres objets relativement indemnes ou déjà désinfectés furent entreposés à l'écart, je vis devant le lilas le mannequin de ma mère avec les photos épinglées, c'était comme une vision. Tout ce qu'il y avait de papiers salis ou de linge souillé fut entassé sur le canapé avec de vieux calendriers, des journaux, des cartons et mes propres livres dédicacés à Emerence, qu'elle n'avait jamais ouverts et pourtant réclamés, quand ils eurent tout vidé, trié objets et meubles dignes d'être sauvés ou voués à la destruction, ils établirent une liste de ce qui était à détruire, arrosèrent d'essence le canapé et les sièges et y mirent le feu. En regardant les flammes, je pensai à Viola, c'est là qu'il avait grandi, c'est là aussi que la vieille femme se reposait toujours, puisque c'était son lit, c'est là que se perchaient les chats comme des hirondelles sur un fil, les chaussures d'Emerence, ses bas, ses foulards brûlaient.

Le lieutenant-colonel se comporta enfin en policier, avant de donner son accord à la destruction, il examina chaque objet, estimant ce qui pouvait quand même être sauvé, mit lui-même de côté ce qui pouvait échapper au bûcher, il vida aussi les tiroirs, la cuisine était à présent totalement vide, les murs avaient été brossés, désinfectés, une partie de l'ancien mobilier transporté sur l'herbe y faisait piètre figure, le reste était en flammes, les passants qui jetaient un coup d'œil tombaient en arrêt en voyant le brasier, il fallait chasser les curieux. Il ne restait plus dans la cuisine que le coffre-fort qui obstruait la porte de communication avec la chambre, et qui avait dû être forcé au temps des Croix-Fléchées, une plaque métallique indiquait qu'il avait été fabriqué par les aciéries Imre Grossmann père, il ne contenait que des petits pots vides qu'on avait déjà enlevés. Si Emerence possédait des bijoux ou de l'argent liquide, ils avaient disparu dans le feu, nous n'en avions pas trouvé dans les tiroirs et personne n'avait passé la main dans les coussins des sièges, puisque le fils de Józsi l'avait déjà fait. Vers l'heure du déjeuner les employés eurent le sentiment d'avoir fait disparaître tous les objets infectés, ils auraient dû s'attaquer à l'autre pièce, mais le lieutenant-colonel prit la direction des opérations. L'équipe municipale souscrivit avec joie à l'idée que la pièce du fond ne pouvait représenter de danger ni pour la propriétaire, ni pour les autres occupants de la maison puisque le coffre-fort impossible à déplacer isolait Emerence elle-même de ce que cette chambre pouvait contenir, et ni animal, ni vermine n'avait pu se glisser derrière l'énorme meuble qui barrait hermétiquement la porte.

Un week-end prolongé s'annonçait en raison de la fête nationale, on n'eut pas besoin d'expliquer longtemps aux hommes de l'équipe qu'ils avaient fait du bon travail, et que toute autre entreprise serait superflue : le lieutenant-colonel appartenait à la police locale, il connaissait Emerence, il était d'avis qu'il fallait laisser l'autre pièce intacte, la propriétaire subirait un choc assez considérable en voyant qu'on avait brûlé le contenu de sa cuisine et la majeure partie de ses affaires personnelles, au cas où il resterait quelque chose à faire, le lieutenant-colonel s'assurerait personnellement qu'elle rappelle le service d'hygiène, et si elle ne le faisait pas, c'est qu'elle aurait trouvé tout en ordre, en attendant, il apposa sa signature à côté de la mienne pour attester qu'il prenait la responsabilité au nom du commissariat de l'arrondissement. Chacun fut satisfait, le chef d'équipe jugea qu'il n'y avait plus de source de contamination et que le raisonnement du lieutenant-colonel tenait debout. Ils s'échinèrent encore à déplacer le coffre-fort pour pouvoir dire avec bonne conscience qu'ils n'avaient rien négligé, la clé n'était pas sur la porte, ils n'eurent pas le cœur de l'enfoncer, l'état du bois, la peinture blanche sans une éraflure disaient assez que depuis la première visite du lieutenant-colonel, alors sous-lieutenant, Emerence n'avait pas déplacé le meuble, n'avait pas pénétré dans la pièce, ils pouvaient partir, il n'y avait certainement ni provisions ni parasites dans cette pièce, personne n'y était venu depuis des décennies. Ils prirent congé et s'en allèrent, entretemps, le fils de Józsi était arrivé de l'hôpital, il regardait avec horreur le bûcher qui brûlait encore, puis il nous dit que l'état d'Emerence était stationnaire, mais ce n'est plus son cœur qui pose à présent le plus de problèmes, elle ne coopère pas avec les médecins, et fait comprendre que tout lui est égal, quoi qu'il arrive, par ailleurs elle avait reçu mon message du Parlement et son médecin était inquiet parce qu'elle n'avait pas réagi, elle avait visiblement compris, mais cela ne l'intéressait pas.

*
**

Le message du Parlement ? Je dus faire un effort, j'avais du mal à me concentrer sur quoi que ce soit dans l'entrée de ce foyer dévasté qui sentait le désinfectant, tandis qu'à quelques pas de là le passé d'Emerence partait en fumée, jeté en proie aux flammes, les coussins recelant d'innombrables souvenirs, les cuillers en bois, les ustensiles naïfs à l'ancienne mode. Soudain, je ne sus plus si j'avais reçu le prix dans le même état mental où j'avais vécu les événements de la matinée, ce qui est sûr, c'est qu'après la séance de photos, il y eut encore un moment irréel, on m'avait fait prendre place dans une salle à part avec un de mes confrères, et le collaborateur de la télévision me harcelait de questions, à quoi je pensais, à qui je devais de vivre cette journée, je lui répondis que je le devais notamment à Emerence qui s'était chargée de tout ce qui aurait pu m'empêcher d'écrire, tant il est vrai que derrière toute réussite se cache une personne invisible sans qui il n'est pas d'œuvre possible. Les infirmières écoutaient le reportage à l'hôpital, me dit le fils de Józsi, l'une d'elles se précipita auprès de la vieille femme, lui dit qu'on parlait d'elle, elle posa même le petit transistor près de son oreille pour qu'elle entende au moins la fin. Emerence lui jeta un regard indifférent, ne fit aucune remarque, mais elle avait pris tant de médicaments, c'est sans doute pour cela qu'elle gardait le silence.

Moi j'étais d'un autre avis, Emerence avait parfaitement compris ce qu'elle avait entendu, mais elle s'en souciait comme d'une guigne, elle avait toujours détesté la publicité et les belles paroles. J'aurais dû être à ses côtés dans la gueule du lion, sur le mont Golgotha, mais puisque je n'y étais pas, elle avait dû subir seule ce qui lui arrivait, alors ce que je pouvais raconter ne l'intéressait pas, c'est facile de parler, plus tard, même sur le catafalque j'ouvrirais les yeux, et pendant mon enterrement je compterais encore combien étaient venus. Emerence me connaît comme sa poche, elle sait qu'aucun choc nerveux ne saurait m'empêcher de m'exprimer.

Le fils de Józsi prit congé, pressé de retrouver sa famille, avant de partir, il me consola gauchement mais avec sympathie pour la perte de la cuisine détruite et de mon héritage à venir. Ce qui avait été brûlé, dit-il, était assurément un préjudice pour moi. Jusque-là, je n'y avais pas pensé, et même si je n'étais vraiment pas de bonne humeur, je ne pus m'empêcher de rire. La moitié de mon héritage était perdue, pas de chance ! Nous restâmes, le lieutenant-colonel et moi, sur le banc, la jolie jeune femme du bricoleur, toujours attentive et obligeante, nous apporta du café. Nous ne buvions pas, tournant nos cuillers, les yeux dans le vague.

– Comment a-t-on pu en arriver là ? demanda enfin l'officier.

Seigneur, à cause de moi. J'avais échoué. Cela me fit toutefois du bien de lui assener tous les détails de ce qui s'était passé pendant qu'il se promenait dans la forêt de Visegrád. Si j'avais pu le joindre à temps, bien des choses auraient pu être évitées, ou se seraient passées autrement, puisque j'avais abandonné Emerence, lui au moins aurait partagé ce moment avec elle, cet unique moment où elle avait eu vraiment besoin d'aide. Il ne fit aucune remarque, il avait assez de tact pour ne pas me culpabiliser, il ne me réconforta pas non plus, mais me demanda ce que j'avais l'intention de faire. Rien de particulier, si elle restait en vie, je prendrais la vieille femme chez nous, et je renoncerais au voyage prévu, nous devions partir trois jours plus tard pour Athènes comme membres de la délégation hongroise au congrès pour la paix organisé par l'association des écrivains grecs, et nous pensions nous reposer quelque temps au bord de la mer, mais les événements en avaient décidé autrement. Je n'en mourrais pas, même si je ne devais jamais revoir Athènes.

Il se mit en colère et me dit en haussant le ton que j'avais commis assez de fautes, fallait-il encore que je fasse des histoires ? Les services officiels seraient vraiment ravis si leur déléguée n'arrivait pas, ils se creuseraient la tête pour savoir ce qui s'était passé, peut-être ne lui avait-on pas donné l'autorisation de partir, je n'avais pas à mêler le pays à ma vie privée, je devais partir, cela ne servait à rien que je reste. Si la vieille femme mourait d'ici demain, je n'y pourrais rien, et si elle vivait encore demain, il était pratiquement certain d'après le médecin qu'elle survivrait et m'attendrait. Ce n'est rien, une petite semaine, pendant ce temps il prendrait les dispositions nécessaires, il fallait remplacer la porte, réclamer l'indemnisation des objets détruits, il n'était pas question de poursuivre Emerence, si un corps paralysé ne peut se mouvoir, si une main paralysée ne peut mettre de l'ordre, ce n'est pas un crime, c'est un accident, la vieille femme n'avait pas fait exprès de compromettre l'hygiène publique. Il lui procurerait aussi des meubles, il irait en chercher de plus beaux, de plus confortables, dans les réserves de l'État où était conservé le mobilier de ceux qui disparaissaient sans héritiers. Inutile de discuter, les relations internationales sont importantes, il prendrait son tour de garde auprès d'Emerence, mon mari et moi devions faire ce qu'exigeaient notre métier et le pays. À notre retour, l'organisme d'Emerence aurait tranché, si c'était en son pouvoir, elle serait déjà en voie de guérison, sinon, on nous attendrait pour l'enterrement. Nous avions le temps d'ouvrir la seconde pièce à notre retour, il allait faire clouer aujourd'hui même des planches sur la porte béante, et après la fête nationale, il enverrait un policier ouvrir la porte de communication qu'il ferait également condamner d'ici là ; quand nous entrerions, nous verrions bien si un nettoyage sérieux s'imposait. Mais il ne le croyait pas, Emerence n'avait jamais utilisé cette pièce.

*

Enfin de retour à la maison, j'arrachai mes vêtements comme s'ils me brûlaient. Je voulus donner à manger au chien mais mon mari avait déjà essayé de le nourrir. Viola avait entamé une grève de la faim, dans la rue il se traînait à nos côtés, demandant à rentrer dès qu'il avait levé la patte, il n'aboyait pas, ne buvait rien, la crise s'était déclarée, nous ne pouvions rien faire, Viola réagissait aux événements à sa manière. Je ne déjeunai pas non plus, au Parlement on avait généreusement rempli mon assiette, mais je n'avais rien pu avaler, répondant vaguement à des questions que je ne comprenais pas. Je m'allongeai un moment sur le canapé, puis je me relevai en sursaut, sentant que si je ne montais pas la garde auprès d'Emerence, elle allait mourir, j'étais la seule à pouvoir la protéger de cette horreur qui nous étouffait toutes deux. Je courus à l'hôpital, le médecin me dit en souriant qu'Emerence était revenue de son apathie, elle avait même repris quelques forces et recommencé à parler, elle avait demandé à l'infirmière de la couvrir convenablement, parce qu'elle ne supportait pas d'être déshabillée, ensuite elle avait réclamé un foulard, on lui avait trouvé un bonnet de chirurgien qui lui donnait un drôle d'air, mais elle était apaisée. Il pensait qu'elle était enfin sortie du gouffre, il faudrait lui apporter du linge et ce dont elle avait besoin à l'hôpital, parce qu'elle était arrivée sans rien. J'osais à peine le regarder, non seulement à cause des événements, mais à cause d'elle aussi, avec son bonnet elle devait offrir un spectacle incroyable, non qu'il fût déplacé, il lui convenait même parfaitement, je la voyais en grand professeur, donnant enfin la mesure de ses réelles capacités qu'elle s'était obstinée à ne jamais mettre en œuvre. Je gardai le silence, qu'aurais-je pu dire, elle n'avait plus de serviettes de toilette, de chemise de nuit à elle, plus rien de ce qu'elle conservait dans ses armoires, ce qui lui restait barbotait dans le désinfectant ou fumait sur le gazon, mais cela ne regardait pas son médecin. Si je lui apportais mon propre linge, qu'elle-même qualifiait d'indécent, elle aurait des soupçons, elle connaissait mes serviettes de toilette, mon linge n'est pas en toile de lin, comme le sien. Enfin, je trouverais bien une solution.

Quand j'entrai dans sa chambre, elle me reconnut et se recouvrit le visage d'une serviette, les rois se drapent ainsi d'un voile mortuaire, comme le veut l'étiquette, afin de dérober à la cour les grimaces de leur agonie, bien qu'en l'occurrence il ne fût nullement question d'agonie, elle donnait l'impression d'être plus éveillée que jamais, seulement elle ne souhaitait plus me voir. Eh bien, tant pis. Je partis d'un pas lent, mais avant de rentrer à la maison, je fis un saut à l'échoppe de Chouchou, lui demandai d'apporter à Emerence ce qui lui semblerait convenir, du linge et des affaires de toilette, et de trouver un pieux mensonge pour expliquer qu'elle ne lui apportait pas ses affaires personnelles. Il y avait du monde chez Chouchou, les gens de la rue s'efforçaient d'organiser qui irait à quel moment et ce qu'il fallait préparer à manger pour la malade. Une fois à la maison, je guettai l'arrivée du policier que le lieutenant-colonel envoyait pour condamner la porte, à quelque moment qu'il vienne, je savais que je devais attendre pour au moins m'acquitter honorablement du contrôle de cette opération. Ma résistance touchait à sa fin, des cercles et des lignes dansaient devant mes yeux, j'aurais vendu mon âme pour que quelqu'un me secoue et me dise : « Arrête de sangloter, tu as fait un cauchemar. » J'avais de plus en plus l'impression que ce qui nous arrivait ne pouvait pas être réel, il était impossible qu'une telle avalanche d'événements de cette nature s'abatte sur un seul être. Le policier en civil arriva assez vite avec ses planches, depuis que je suis au monde on ne cloue plus le couvercle des cercueils, on les attache avec des ferrures, et pourtant quand il cloua quatre planches en travers du chambranle, j'eus l'impression qu'il fermait un cercueil. Le marteau fit surgir tant de funérailles, la

fin d'une existence, d'un foyer, le finale de la saga d'Emerence.

J'aurais dû me préparer pour assister aux festivités du
Parlement, mais je me sentais à peine capable de m'habil-
ler, comme si on m'avait broyée dans un mortier. J'appelai
l'hôpital, l'état d'Emerence s'était encore un peu amélioré, on lui avait donné un calmant, elle dormait, elle prenait aussi des antibiotiques, nous devions garder espoir.
Par ailleurs, quand elle était éveillée, elle parlait à peine,
et chaque fois que des visiteurs s'approchaient de son lit,
elle se recouvrait le visage d'une serviette. Ils étaient nombreux, il y en avait même un peu trop, ils dérangeaient
constamment la perfusion.

Emerence est en vie, son état s'améliore, je peux donc
m'apprêter à passer une belle soirée. Voyons, la robe qui
convient ; mais ce jour-là aucune maquilleuse, si expéri-
mentée soit-elle, n'aurait pu réparer mon visage. Au Parlement, la première personne à qui je dis que je ne me
sentais pas dans mon assiette le crut aussitôt sans avoir
besoin d'explications. Personne ne s'étonna que je quitte
la salle qui ressemblait ce soir-là à une nuit d'été étoilée,
l'éclat des décorations, des bijoux, des lustres se reflétait
dans le miroir du parquet. C'est ainsi que devaient être
les bals de l'ancien temps, mais je n'avais qu'une envie :
partir, rentrer le plus vite possible à la maison et me
réfugier dans mon lit. Demain j'en saurai davantage, je
connaîtrai la sentence. Si Emerence mourait, il n'y aurait
plus de salut possible, si elle vivait, le pouvoir qui jusque-
là m'avait permis de ne pas sombrer me retiendrait une
fois de plus, pour la toute dernière fois, au-dessus de mon
propre abîme.

Amnésie

Ce fut une nuit agitée mais heureusement sans rêves, bien sûr je sursautais de temps en temps, croyant avoir entendu le téléphone – j'avais demandé aux infirmières de m'avertir quoi qu'il advienne –, mais l'appareil resta muet. Le matin, j'emmenai promener un Viola apathique qui persistait à ne pas manger, puis je courus à l'hôpital. Émerence allait visiblement mieux, on était en train de lui faire sa toilette, une infirmière apporta son petit déjeuner sur un chariot, dès qu'Emerence me vit dans l'embrasure de la porte, elle se mit à marmonner entre ses dents et se recouvrit le visage d'un geste brusque. Le cœur lourd, j'allai frapper à la porte du médecin de garde qui avait passé la nuit auprès d'elle, mais il ne me dit rien que de rassurant : si l'amélioration se poursuivait à ce rythme, nous pourrions partir en voyage sans nous faire de souci, la vieille femme serait tirée d'affaire, et même elle guérirait. Toutefois, je ne pourrais pas l'emmener avant plusieurs semaines, et encore sous certaines conditions, il lui serait par exemple interdit de travailler. Avait-elle un foyer où on pourrait s'occuper d'elle ? Cette question, pensai-je. S'il voyait sa maison ! Je répondis que nous avions décidé qu'elle habiterait chez nous tant qu'elle ne serait pas complètement rétablie, physiquement et moralement.

Mon mari s'occupait de nos documents de voyage, il semblait à présent que nous puissions vraiment partir, bien que je n'eusse pas envie de ce voyage. Je m'attelai aux bagages sans conviction, espérant stupidement qu'on nous décommanderait au dernier moment, que le congrès serait annulé. Rendant une dernière visite à l'hôpital, je parlai avec le médecin-chef, il nous laissait partir avec toutes les garanties quant à l'état physique d'Emerence, mais en ce qui concernait son esprit, dit-il, c'était du ressort du neurologue, l'embolie pratiquement résorbée affectait encore la motricité, sa jambe gauche était toujours paralysée, mais le centre de la parole n'était pas menacé, son mutisme était d'ordre psychologique. Lorsque Emerence se recouvrit à nouveau le visage de son misérable chiffon pour ne pas me voir, je pensai que j'allais cesser de l'importuner, Viola était le seul devant qui elle ne se cacherait pas, et qu'elle ne regarderait pas avec haine. Je tournai les talons sans même la saluer, en chemin je rencontrai deux voisines qui montaient la ruelle en pente avec des marmites. À la maison, Viola poursuivait sa grève de la faim, mais je n'en avais plus rien à faire, j'étais si triste, fatiguée et bourrelée de remords que cela n'avait plus d'importance, je rassemblai tout le fourbi du chien, son coussin, ses gamelles, les boîtes de nourriture et emportai le tout chez Chouchou en lui demandant de le garder les quelques jours que durerait notre absence, Viola s'installa avec une totale passivité dans la petite maison de Chouchou, il ne me regarda même pas quand je partis, comme s'il n'était pas notre chien. Je terminai les bagages, j'étais une machine, ne ressentant plus rien, je crois que la seule chose que je comprenais, c'est que plus rien n'était important, pas même moi. Après le dîner, j'appelai de nouveau l'hôpital, je n'y retournerais pas, à quoi bon. Emerence allait bien, elle avait bien mangé, je dis comme il convenait que je lui souhaitais un prompt rétablissement et qu'on lui transmette bien des choses de ma part, mon message était aussi formel qu'une note de service. Je priai l'infirmière de lui dire de ne pas s'inquiéter, tout était en ordre, son ami le lieutenant-colonel s'en occupait, son appartement l'attendait dans les dispositions qu'elle avait souhaitées, il était nettoyé à fond, et tout ce qui réclamait des soins était soigné. Je pensais qu'elle avait bien le temps d'apprendre ce qui s'était passé après qu'on l'eut emmenée, je lui fis dire également de ne pas m'attendre pendant quelques jours. M'attendre, alors qu'elle ne m'accordait même pas un regard ! Je ne l'informai pas de notre voyage à l'étranger, mais j'appelai le fils de Józsi afin qu'il ne s'étonne pas de ne pas nous trouver s'il venait à nous chercher, et nous prîmes le vol de nuit pour Athènes.

*

Le matin à l'hôtel je fus réveillée par un coup de téléphone de l'association des écrivains, j'étais si harassée que je ne compris pas ce qu'on me disait, non seulement à cause de la langue, mais je n'entendais plus rien. Je devais être en état de choc, car soudain je ne comprenais plus aucune langue, j'aurais été incapable de demander un verre d'eau, à plus forte raison de discuter des possibilités de la coexistence pacifique internationale. À la conférence, nous étions placés au premier rang, je m'endormis aussitôt, alors mon mari me ramena à l'hôtel, présenta en mon nom des excuses au président et l'informa des événements récents en lui communiquant ce qui était racontable. On m'avait confié la présidence d'une commission, mais je ne fis que balbutier des bribes incompréhensibles, alors on me mit dans une voiture et on m'emmena dans un hôtel de Glifada où on me laissa, n'ayant que faire d'une déléguée malade. La mer Égée scintillait devant moi dans le parfum de myrte, de jasmin et d'hibiscus, mais j'étais à peine consciente, mon mari me décrivait ce qu'il voyait. À notre arrivée, la mer était bleue, bleu saphir, à la tombée du jour, elle prit la couleur de l'ambre puis devint rouge quand le soleil y disparut – je n'ai rien vu, c'est lui qui me l'a dit. Je dormis une journée entière et quand je sortis de cet état proche de l'inconscience, nous nous promenâmes lentement dans Glifada, je ne me souviens de rien, pas même du nom de l'hôtel, tout ce que je perçus, c'est que d'innombrables senteurs m'entouraient et que les vagues avaient rapporté le cadavre d'un chien. Alors je pensai à Viola, superficiellement, comme si j'avais tout rêvé, lui, moi-même, tout ce qui nous était arrivé, Emerence, l'équipe de désinfection, la porte défoncée à la hache.

Cette année-là, Pâques tombait tôt, au début d'avril, le dernier jour que nous passions ici était le Vendredi saint. Je me souviens que nous sommes allés à l'église, le Christ mort était étendu sur un catafalque, une corbeille dorée emplie de pétales de roses était posée à la porte du sanctuaire, tous ceux qui entraient répandaient des pétales sur le corps du fils de Dieu jusqu'à ce qu'il en soit recouvert. Ensuite on fit sonner la petite cloche du campanile, les anciens du village attendaient leur tour, et comme ils nous avaient vus jeter une poignée de pétales sur le corps sacré, ils vinrent chercher mon mari et lui firent comprendre par gestes qu'il devait lui aussi pleurer le Sauveur. Il me reste aussi ce souvenir, mon mari sonnant la cloche tandis que le vent de la mer agitait ses cheveux gris déjà clairsemés, ensuite il mit la corde dans ma main, les vieux du village durent être contents de moi, car en sonnant la cloche, je versais des larmes qui n'avaient toutefois rien à voir avec la cérémonie, mais avec moi-même. Le lendemain, nous avons regagné Athènes pour prendre l'avion de retour. Le voyage ne fut ni plus réel ni plus irréel qu'un autre vol, l'association des écrivains grecs manifesta une extrême sollicitude à mon égard, mes confrères se comportèrent comme si la personne dont ils chargeaient les bras de cadeaux d'adieu était passée sous un train de marchandises. Ils nous accompagnèrent même jusqu'à l'aéroport, et s'ils n'ont plus jamais invité d'écrivains hongrois, j'en suis la cause.

*
**

Dans l'avion, nous décidâmes que mon mari rentrerait à la maison avec les bagages pendant que j'irais à l'hôpital. Je me sentis à l'étroit en montant dans l'ascenseur, tout avait pu arriver en mon absence, je me représentais toutes les situations possibles : l'issue avait été fatale et Emerence attendait son enterrement quelque part au sous-sol sur un lit de glace, ou elle était encore en vie, mais il vaudrait mieux que non, parce qu'elle ne guérirait pas, peut-être l'avait-on emmenée dans un autre service sans me le demander, légalement, c'était au fils de Józsi de s'en occuper. J'avais seulement oublié la variante qui m'attendait : le rire que j'entendis résonner depuis le bout du couloir, son rire singulier que j'aurais reconnu entre tous. Des infirmières me sourirent quand je me mis à courir, quelqu'un me cria quelque chose, mais avais-je le temps de l'écouter, je courais vers la porte ouverte par laquelle fusait ce rire. La chambre était noire de monde, le charme d'Emerence avait visiblement opéré ici aussi, car on ne permettait pas autant de visites à la fois, une bonne demi-douzaine de personnes se pressaient autour de son lit. Chouchou faisait disparaître les reliefs d'un repas qui ne devait rien à la cuisine de l'hôpital, mais à celles de notre rue, le rebord de la fenêtre était encombré de plats, de tasses et d'assiettes venus d'ailleurs. Emerence tournait le dos à la porte, appuyée sur des oreillers, elle dut lire sur les visages qu'un visiteur de marque arrivait, elle se retourna en riant encore, croyant sans doute que c'était le médecin. Dès qu'elle me reconnut, le sang lui afflua au visage, lissant ses traits et faisant disparaître toute joie comme une vague qui déferle sur le sable. À présent elle utilisait ses deux mains, quelques jours auparavant, seule sa main droite s'emparait encore avec maladresse de la serviette, devant les autres elle gardait la tête découverte, mais dès qu'elle me vit, elle se recouvrit le visage. Les visiteurs restèrent muets de stupeur devant la brutalité de son geste, elle aurait aussi bien pu me gifler. Soudain chacun eut quelque chose d'urgent à faire, les femmes rassemblèrent la vaisselle, lavèrent la cuiller d'Emerence, tout le monde s'en alla en prenant congé d'un air pincé, Chouchou ne dit pas un mot du chien, mais, arrivée à la porte, elle agita les doigts, je compris qu'à six heures, soit j'irais chez elle, soit c'est elle qui viendrait, nous pourrions alors parler. Je n'aurais jamais pensé que les gens puissent avoir tant d'intuition et percevoir avec la précision d'un radar que pendant mon absence Emerence m'avait jugée inconstante, personne ne comprenait pourquoi, mais à quoi bon compliquer les choses, quoi qu'il se soit passé, il valait mieux rester en dehors, il était même plus convenable de ne pas s'en mêler.

Pour la première fois depuis que l'avalanche d'événements s'était déclenchée, je fus saisie d'une émotion négative et mon sentiment de culpabilité se volatilisa. Pour l'amour de Dieu, de quel péché m'accusait-elle ? De ne pas l'avoir laissée mourir ? Si on ne l'avait pas mise sous perfusion, si on ne lui avait pas donné de médicaments, elle serait morte. Je n'étais pas restée auprès d'elle parce que je ne le pouvais pas, ce n'était pas par plaisir que j'étais partie, ni pour m'amuser, mais pour travailler, la télé représente aussi un travail pour moi, si quelqu'un le sait, c'est bien elle. Si elle ne veut pas me voir, à son aise. Le fils de Józsi lui rendait visite, le lieutenant-colonel, Chouchou, Adélka, elle n'avait pas besoin de moi. Je ne tentai même pas de lui parler, de lui expliquer quoi que ce soit, je la connaissais trop bien. Eh bien, qu'elle reste sous sa serviette jusqu'au Jugement dernier, si c'était pour voir cela, épuisée comme je l'étais, j'aurais pu m'épargner de courir à l'hôpital, je serais à la maison dans ma baignoire. Je sortis et me dirigeais vers l'ascenseur quand une infirmière m'arrêta.

– Madame, s'il vous plaît, dit-elle en cherchant visiblement ses mots. Elle ne va pas bien, on le croit seulement. Elle… elle donne le change quand il y a du monde. Autrement, elle ne dit pas un mot.

Eh bien, qu'elle garde le silence. L'infirmière vit sur mon visage qu'elle devait m'en dire davantage.

– L'amélioration est spectaculaire, mais superficielle, poursuivit-elle, essayant un autre argument. La dernière fois, on ne pouvait pas encore tout évaluer, aujourd'hui, elle peut bouger les membres, mais pas encore marcher. Monsieur le lieutenant-colonel vient tous les jours, nous nous demandons comment cela va continuer.

Puisque monsieur le lieutenant-colonel vient tous les jours, je n'ai plus qu'à rentrer chez moi. La fanfare de la police viendra à son tour et pourquoi pas les scouts. Je m'évertue pour rien, les voisines la pourvoient en nourriture et ragots, le lieutenant-colonel assure sa sécurité. Si elle n'a pas besoin de moi, tant mieux. Finies, les offres de service.

– Ce qui serait bien…

L'infirmière s'interrompit. Je comprenais ce qu'elle voulait dire, mon unité de mesure n'est-elle pas le mot ? On n'a pas le droit de se vexer, n'est-ce pas, il faut tout avaler, l'attitude injuste d'Emerence, ses caprices, parce que non seulement elle va rester paralysée, mais elle n'en a peut-être plus pour longtemps. Allons donc ! Elle vivra éternellement, je ne me fais pas de souci. Aujourd'hui, en écrivant ces lignes, j'ai l'impression d'avoir décidé pour la seconde fois et définitivement de son destin, parce que à ce moment-là je lui ai lâché la main.

– De toute façon, je vous appelle au cas où elle aurait besoin de vous.

– Non, ne vous donnez pas cette peine, elle n'aura pas besoin de moi, elle ne veut rien de moi, ni matériellement, ni affectivement.

Je rentrai en me traînant, mon mari écouta sans rien dire tandis que je lui racontais ce que j'avais trouvé. Il resta silencieux un moment puis ce que j'entendis de sa part n'était pas ce que j'attendais, ce fut différent, inattendu. Il soupira et dit :

– Pauvre Emerence.

Pauvre Emerence ! Je ne m'étais jamais sentie si proche de notre pasteur, avec qui je m'étais tant disputée à cause d'elle.

– Tu es parfois d'une injustice surprenante, poursuivit mon mari. Comment peux-tu ne pas comprendre ce qui est cependant si clair ? Tous les autres le comprennent, les voisins, le lieutenant-colonel. C'est pourtant évident, d'après ce que tu racontes.

Évident ? Je le regardai comme Viola me regarde lorsqu'il ne saisit pas ce que j'attends de lui et s'efforce de déchiffrer mes consignes imprécises. Qu'avais-je encore fait, après ce que j'avais commis ce jour funeste ? Depuis, ma vie n'était qu'un perpétuel remords, je n'avais plus une minute de paix, la remise du prix, la réception s'étaient passées dans un tremblement inconscient, Athènes avait été l'enfer, et quand je ne dormais pas, les pensées m'encerclaient comme des loups aux aguets.

– Emerence a honte devant toi et devant les voisins, elle fait semblant d'être amnésique, parce qu'ainsi il lui est plus facile de supporter l'idée que nous l'ayons vue gisant parmi les ordures, sa dignité réduite en morceaux. Faut-il que je t'apprenne ce que c'est que la honte, alors que c'est à toi qu'elle doit d'en être là, puisque ce sauve-tage est ton œuvre ? Tu l'as livrée, la pure entre les pures, avec ses secrets qu'il fallait garder à tout prix, puisque tu étais la seule à pouvoir la convaincre d'ouvrir sa porte. Tu es un Judas, tu l'as trahie.

Judas, il ne manquait plus que ça ! Il ne suffisait pas que je sois à moitié morte, que je n'aspire qu'au repos ? J'en avais assez de tout, le moment était mal choisi pour me faire la morale, je voulais aller me coucher. Chouchou devait passer à six heures, je demandai à mon mari de me réveiller si je dormais encore quand elle arriverait et me blottis dans mon lit, fuyant Emerence et moi-même. Je crois que j'étais totalement épuisée, mais je fus incapable de me détendre vraiment, et c'est moi qui allai ouvrir quand j'entendis japper et gratter, on ramenait le chien. Viola était maigre, mais heureux, pour la première fois de sa vie il nous fit fête, comme s'il voulait nous faire sentir qu'il était de retour à la maison et que s'il nous avait trouvés, au moins nous, cela pouvait signifier la fin du cataclysme, Emerence allait peut-être revenir. Je remerciai Chouchou de s'être occupée de lui, je lui demandai combien je lui devais, elle indiqua une somme raisonnable que je lui remis. Elle n'avait pas la moindre intention de s'en aller.

– Voilà, madame, dit-elle, il faut que vous sachiez quelque chose, au cas où le médecin ou les infirmières ne vous l'auraient pas dit. Emerence guérit, mais d'une manière très particulière, parce qu'elle ne se souvient que par bribes de ce qui s'est passé. Elle a oublié la hache, l'ambulance, le fait qu'elle se soit débattue, elle nous a demandé comment on l'avait amenée ici, je lui ai dit que c'est vous qui vous en étiez occupée. Ce qu'elle réclamait le plus, c'est de savoir si on avait bien refermé sa porte à clé, nous lui avons dit bien sûr, tout de suite, et que la clé est chez vous. Emerence sait ce que le lieutenant-colonel nous a conseillé de lui raconter : un jour nous avons frappé chez elle, mais comme elle ne répondait pas, nous avons pris peur, nous sommes allées vous chercher, elle ne vous a pas répondu non plus, alors nous avons été sûres qu'il se passait quelque chose de grave, le docteur a forcé la porte – c'est mon mari que notre rue appelait docteur, j'essayai de l'imaginer un pied-de-biche en main, mais je n'y parvins pas –, nous l'avons trouvée inanimée derrière la porte, le bricoleur l'a conduite dans la voiture de M. Brodarics et nous l'avons amenée à l'hôpital, depuis on la soigne. Nous n'avons rien dit de la désinfection, ni des chats, ni que vous étiez partie à Athènes, ça non plus, personne ne le lui a dit. Si vous lui parlez, il faudrait qu'elle croie que toutes ses affaires sont encore là, que vous avez tout de suite fermé son logement mais que vous y passez chaque jour pour veiller à tout, elle a bien le temps d'apprendre qu'elle n'a plus de cuisine, sans compter toutes les horreurs qu'il y avait là-dedans. Tout le monde est très gentil avec elle, le lieutenant-colonel ment comme un arracheur de dents, le jeune Szeredás aussi, avec ce qu'elle sait, Emerence peut encore guérir, seulement je ne sais pas comment elle le prendra si elle apprend la vérité.

Je ne dis rien, pourtant elle attendait des compliments, qu'elle eût d'ailleurs mérités, la rue avait réussi haut la main son examen de tact et de bonne conduite, mais je gardai le silence, parce que je connaissais bien Emerence. L'idée se frayait un chemin à travers d'épaisses ténèbres, je commençais à y voir clair. Emerence amnésique – grotesque ! Comment concilier cela avec la serviette dont elle se recouvrait le visage ? Toute sa vie, Emerence avait été souveraine, et elle réglait sa mémoire en fonction de sa politique réaliste. Je ne fus pas surprise de ce dont je venais de prendre conscience, mais cela m'épouvanta. En me serrant la main avant de partir, Chouchou remarqua que mes doigts étaient froids, je n'étais pas en train de couver quelque chose, au moins ?

Mon mari était arrivé à la même conclusion, ce n'était plus la peine d'en discuter. Je me jetai dans un fauteuil, pétrissant le pelage de Viola, il fallait que je réfléchisse à ce que j'allais faire. J'appelai le lieutenant-colonel, il ne répondit pas lui-même au téléphone, mais on me promit de lui dire de me joindre, quant au neveu, l'optimisme de Chouchou avait déteint sur lui, c'est une grâce divine, dit-il, que sa tante ne se souvienne de rien, plus tard, quand un logement propre, repeint, meublé, et une porte neuve l'attendraient, il serait plus facile de la consoler.

Ce n'est pas la science médicale qui m'en faisait savoir davantage, mais la connaissance que j'avais d'Emerence : je l'avais vue anéantir le repas de fête préparé pour rien, j'avais navigué avec elle sur les méandres compliqués de sa mémoire. Emerence, oublier ses chats ? C'est impossible, sinon elle ne demanderait pas ce qu'il en est de son logement, elle se rappelle tout, mais elle n'ose pas poser ouvertement de questions. Au début, la torpeur due aux médicaments avait sans doute affaibli sa mémoire, mais au fil des jours, les images aux contours flous défilent avec des couleurs de plus en plus franches, et si elle reconnaît Chouchou et ses autres fidèles de la rue, son logement et les animaux qui y vivent, le canard non vidé, le poisson pourri et tout ce qui l'entourait à la fin quand elle était paralysée doivent être encore en place dans sa conscience, mais elle ne le montre pas parce qu'elle espère en réchapper une fois encore, comme elle était remontée de tous les abîmes que la vie avait ouverts devant elle. Malheureuse Emerence à qui on ne dit pas la vérité, et qui n'ose pas la demander, mais tend la main vers des ombres ! Trêve de sensiblerie, ce qui compte à présent, ce n'est pas de savoir qui a blessé qui et de quelle manière, si toutefois une personne malade était susceptible de blesser quiconque. En route, à l'hôpital, dans ce drame, il n'y a qu'un rôle, et ce n'est pas moi qui le joue, mais Emerence.

Elle n'était pas seule, l'épouse du professeur lui rendait visite, Emerence lui parlait avec bonne humeur, j'appris que cette femme était également intervenue en sa faveur, l'hôpital devait s'étonner de ce qu'Emerence compte pour tant de personnes. Devant la belle jeune femme dont la visite était aussi inattendue que flatteuse, elle n'avait pas osé exécuter le numéro consistant à se recouvrir le visage, mais dès qu'elle fut partie, Emerence reprit sa serviette. Je ne m'étais pas trompée, certes non, son cerveau fonctionnait impeccablement, l'épouse du professeur ne pouvait lui nuire, elle ne savait manifestement rien, nul besoin de masque devant elle, mais devant moi, si, elle le prit dès que je m'approchai, comme un prêtre prend son étole, et s'en couvrit pour m'éviter, et éviter la honte. Je regardai autour de moi, sur la table parmi le matériel de soins était restée la pancarte qu'on avait sans doute accrochée à sa porte à l'époque où elle luttait pour rester en vie : *Visites interdites*. J'allai dans le couloir la suspendre à la poignée, puis j'ôtai la serviette du visage d'Emerence et la jetai sur le second lit inoccupé. Elle ne pouvait pas la reprendre, elle était obligée de me regarder en face. Ses yeux étaient emplis de haine et de colère.

– Laissons cela, lui dis-je. J'accepte que vous me haïssiez pour ne pas vous avoir laissée mourir, mais dites-le franchement, ne vous couvrez pas la tête, parce que cela ne peut pas continuer ainsi. Je ne voulais que votre bien, cela n'a pas marché comme je l'avais prévu, mais j'ai agi pour votre bien, même si vous ne le croyez pas.

Elle me fixait du regard, on aurait dit un enquêteur et un juge en une seule personne, enfin, des larmes inattendues jaillirent de ses yeux. Je savais ce qu'elle pleurait, son secret qui ne l'était plus, le sort de ses chats dont elle n'osait pas s'enquérir, sa dignité bafouée, sa hache, la mort d'une légende et ma trahison. Elle ne le dit pas, mais je compris que si j'avais accepté qu'une fois impotente elle se condamne elle-même à mort, si je n'avais pas dévoilé sa honte aux gens de la rue qui l'avaient toujours consi-

dérée avec respect, elle aurait senti que je l'aimais. Emerence ne croyait pas au paradis, elle croyait à l'instant.
Quand je lui avais fait ouvrir sa porte, le monde s'était
écroulé sur elle et l'avait ensevelie. Pourquoi avais-je fait
cela ? Comment avais-je pu ? Pas un mot ne fut prononcé, mais les phrases muettes étaient là, entre nous.

– Emerence, repris-je, si cela avait été l'inverse, vous
m'auriez laissée mourir ?

– Bien sûr, répondit-elle sèchement.

Ses larmes avaient cessé de couler.

– Et vous ne le regretteriez pas ?

– Non.

– Mais si je n'avais pas pu vous sauver, tout aurait été
révélé quand même. Le poisson, les chats, les ordures.

– Et après ? Si vous m'aviez laissée crever, n'importe
quoi aurait pu être révélé. Qu'est-ce que ça sait, un mort,
qu'est-ce que ça voit, qu'est-ce que ça ressent ? Vous vous
imaginez qu'on vous attend là-haut, et que Viola ira aussi
quand il mourra, et que tout sera comme maintenant, que
vous retrouverez l'appartement, que les anges empor-
teront votre machine à écrire et l'écritoire de votre grand-
père, et que tout continuera ? Ce que vous pouvez être
bête ! Quand on est mort, on se fiche de tout, un mort, c'est
zéro. Comment pouvez-vous ne pas comprendre ? Vous
êtes pourtant assez vieille.

Ce n'était donc pas que de la honte, il y avait aussi la
colère et la haine. C'était aussi bien, mais alors qu'elle ne
s'attende pas à ce que je fasse amende honorable, je ne
suis pas Adélka.

– Dans ce cas, à quoi sert le caveau, Emerence ? Pourquoi réunir votre père, votre mère et les jumeaux dans
votre tombeau de légende ? Les pissenlits au bord du
fossé feraient aussi bien l'affaire. Les herbes folles.

– Pour vous, mais pas pour moi ni pour mes morts, si
votre famille repose parmi les pissenlits, c'est votre affaire.
Les morts ne sentent rien, mais ils réclament d'être honorés,
et cela, on le leur doit, mais qu'est-ce que vous savez de
l'honneur ? Vous croyez que si vous me jetez un os à moelle
depuis le Parlement, je vais me mettre la main sur le cœur

238

et faire le beau comme Viola ? Alors là, vous pouvez toujours attendre. Faire des déclarations, ça vous le pouvez, mais rester quand il aurait fallu cacher ma misère aux yeux du monde puisque vous me sauviez la vie, vous n'aviez pas de temps pour ça. Allez-vous-en, allez faire encore une petite déclaration. Vous avez eu le culot de dire que vous me deviez ce prix ?

Elle savait ce qu'elle faisait en me jetant tout cela à la face, nous nous connaissions si bien. Je me levai. Je n'étais pas encore sortie quand elle me rappela :

– Avez-vous au moins ramassé les ordures ? Et mes bêtes, vous les avez bien nourries ? Vous avez bricolé une porte ?

J'eus un instant la tentation de lui dire qu'elle n'avait plus qu'une moitié de logement, que la porte avait disparu et que les chats s'étaient enfuis. Si je le lui avais dit, peut-être ne me serais-je jamais remise de ce moment, mais par bonheur, je ne fis pas cette bêtise. Je lui répondis qu'à part moi, personne n'était entré dans sa maison, dès que le médecin l'avait sortie de chez elle, mon mari avait remonté la porte avec M. Brodarics et ils avaient réparé le haut avec la planche à pâtisserie, si bien que les bêtes ne pouvaient pas passer au travers. Et quand elle avait été amenée ici, j'avais tout mis en ordre la nuit même, je n'avais plus eu qu'à fignoler le lendemain, j'avais eu du mal à récurer le sol, mais j'y étais arrivée, je n'avais pas mis les ordures dans la poubelle de sa maison, mais je les avais réparties dans celles de la rue, sur l'autre trottoir pour que personne ne se doute de rien. Mes paroles coulaient comme une source, je parlais comme j'aurais donné lecture d'une nouvelle. Les chats allaient bien, sauf bien sûr celui que j'avais enterré sous l'églantier. À présent, ils mangeaient de la viande, parce que je n'avais pas le temps de leur préparer autre chose. Maintenant il fallait que je m'en aille, parce que nous n'avions encore rien mangé de la journée, seuls les chats avaient eu leur repas, et je craignais d'être surprise par la pluie.

Je partis, cela suffisait amplement pour cette journée. Emerence ne disait plus rien. Elle m'appela :

– Magdouchka!

Seuls mes parents m'appelaient ainsi, personne d'autre, je sursautai, attendant la suite. Mon cœur battait, je sentais mes émotions s'entrechoquer, la honte d'avoir menti, l'espoir, les remords, le soulagement. Elle leva légèrement la main, me fit signe d'approcher. Elle redit mon nom, il y avait autre chose dans ce mot, quelque chose de plus, un frisson mystérieux, comme de l'électricité, le mot tremblait aussi, mais pas d'une manière inquiétante, plutôt comme un voile léger qui se déchire, ou un rideau que l'on tire. Je m'assis au bord du lit et Emerence prit ma main. Elle examina mes doigts en détail et dit :

– Toutes ces saletés puantes ? La crasse et la pourriture ? Avec cette main qui ne sait rien faire ? Et toute seule, pour que personne ne vous voie ? La nuit ?

Je détournai la tête, ne supportant pas son regard. Alors vint le moment le plus décisif, le plus bouleversant de ma vie, elle ouvrit la bouche et happa mes doigts entre ses gencives édentées. Si quelqu'un nous avait vues, il aurait pensé que nous étions des perverses ou des folles, seulement je savais ce que cela signifiait, parfois Viola n'avait pas d'autre moyen de nous faire comprendre quelque chose, je connaissais ce mordillement, ce langage canin exprimant l'extase et le bonheur sans limite. Emerence rendait grâce de s'être trompée, je ne l'avais pas trahie, je l'avais véritablement sauvée, elle ne serait pas un objet de risée, la rue ne savait vraiment rien, on n'avait pas vu l'ordure, son honneur était sauf, elle pouvait rentrer chez elle. Quand je remonte le temps en pensée, il y a peu de moments que je considère comme réellement horrifiants. Celui-ci en est un. Jamais, ni auparavant ni après, je ne sentis plus nettement la dualité de l'horreur et du plaisir. À présent tout était en ordre, les chats d'Emerence s'ébattaient autour de nous, les volets garantissaient l'obscurité où le canapé, le royaume d'Emerence depuis longtemps partis en fumée étaient en sécurité. Je retirai mes doigts, c'était plus que je ne pouvais supporter. Je m'aperçus que mes larmes coulaient quand Emerence me tamponna les yeux, en

240

demandant pourquoi je pleurais, puisque à présent il était certain qu'elle pouvait rentrer chez elle la tête haute, et elle me promit de guérir bien vite. Je remis de l'ordre sur mon visage, avant que je ne sorte Emerence rassembla les petits gâteaux, les tablettes de chocolat, et m'intima l'ordre de porter ces friandises à Viola.

Chouchou

Sa guérison progressait régulièrement, les mèches épaisses coupées lors de la désinfection repoussaient autour de son visage sans rides à la forme parfaite. Tout le monde, les médecins, les gens de notre rue, le lieutenant-colonel, s'apercevait qu'un poids lui était tombé du cœur, mais pour ma part, à mesure qu'elle devenait plus calme et plus gaie, j'étais de plus en plus nerveuse, parce que je m'étais irrémédiablement enferrée dans ce mensonge que je n'avais pu éviter. Je parlai une fois de plus avec son médecin, il n'était pas particulièrement satisfait de la tournure des événements, mais ne put me donner d'autre conseil que d'attendre le plus possible avant de lui révéler la vérité, quand le lieutenant-colonel aurait fait repeindre la cuisine, installer les nouveaux meubles et monter une porte neuve. Je ne pris pas la peine de lui expliquer que si même on faisait du logement d'Emerence une suite digne du palais de Buckingham, cela ne conviendrait encore pas, pour la seule raison que ce qu'elle aimait était irremplaçable, si elle avait voulu changer de meubles, elle l'aurait fait depuis longtemps, mais Dieu sait quels souvenirs étaient liés à sa cuisine qui ne contenait pas deux objets semblables. L'autre problème, c'est que non seulement elle trouverait à redire à tout, mais sa santé serait de nouveau menacée, parce qu'elle se rendrait compte que s'il avait fallu de nouveaux meubles, c'est qu'il était arrivé quelque chose aux anciens, précisément ce que je lui avais caché en lui mentant.

– Comprenez, dis-je au médecin, ce qui fait vivre cette vieille femme à présent, c'est de penser que j'ai gardé son secret, que j'ai tout mis en ordre, qu'elle n'a pas déchu devant les voisins, qu'elle peut rentrer chez elle la tête haute, et qu'elle n'y sera pas seule, puisque les chats l'y attendent.

– Elle s'en remettra, dit le médecin pour me consoler.

Je le regardai avec désespoir – il ne me comprenait pas. Il ne comprenait pas Emerence.

En fait, tout le quartier cherchait les chats, pour qu'au moins elle les retrouve, eux. Je ne pouvais pas en donner de description, puisque je ne les avais vus qu'une fois, je me souvenais qu'il y en avait des blanc et noir, des tigrés, nous avons trouvé dans l'avenue un cadavre gris que personne ne réclama, il avait été écrasé, en principe ce pouvait être un des animaux d'Emerence, nous n'avons trouvé trace d'aucun autre. Nous tremblions déjà à l'idée de ce qui ne manquerait pas d'arriver, l'entrée d'Emerence ne désemplissait pas, ceux qui se préoccupaient d'elle venaient de plus en plus nombreux avec tabourets ou petits bancs, et ainsi se poursuivaient les discussions autour du problème de la vieille femme. La présidence était manifestement assurée par Chouchou, c'est à elle qu'on apporta le chat inconnu à fins d'examen, Adélka l'assista avec zèle, bien qu'elle n'ait jamais vu les bêtes de sa vie. Le seul qui ne voulut pas pénétrer dans l'entrée était Viola, il reniflait une odeur étrangère, une émanation hostile qu'il abhorrait. C'est à cette époque que le chien adopta un comportement qui dura des mois mais n'eut heureusement pas de conséquence tragique, grâce au lieutenant-colonel qui envoya une circulaire aux commissariats, aux jardiniers et organes municipaux concernés, les informant qu'un chien répondant au nom de Viola dont il donnait la description errait dans le quartier à la recherche de son maître, qu'on veuille bien me le ramener. En effet, après notre retour, Viola s'échappait régulièrement pour quelques jours, se mettait en chasse dans le quartier, allant jusqu'au bois, à la recherche d'Emerence. Il vint une fois me chercher, m'appela en aboyant pour me montrer quelque chose, il était tout excité, fiévreux, il traversa deux rues, me mena jusqu'à une clôture, puis me regarda d'un air contrit, comme pour me demander de ne pas lui en vouloir, ce qui l'avait fait agir n'était plus d'actualité, mais il avait vraiment vu ce qu'il avait vu. Je devinai aussitôt pourquoi il m'avait amenée ici, il avait sans doute déniché dans ce jardin un des chats d'Emerence qui ne s'était pas enfui à son approche puisqu'il le connaissait, mais le temps que le chien vienne me chercher, le chat avait repris son vagabondage. Un peu plus tard, une dépouille que des femmes trouvèrent aux abords du marché nous sembla appartenir à la collection d'Emerence, ce chat noir et blanc, portant une étoile sur le poitrail avait été manifestement blessé à mort par un chien, fin d'autant plus vraisemblable qu'Emerence avait inculqué à ses chats qu'ils ne devaient pas fuir leur ennemi héréditaire, que les chiens ne leur feraient pas de mal, il n'avait donc pas pris la fuite. Tous les autres avaient disparu comme s'ils n'avaient jamais existé.

Je n'allais plus chaque jour à l'hôpital, je n'en avais pas le temps, mais cela ne semblait pas non plus justifié, au début j'essayais de fuir soucis et pensées, sans y parvenir. J'aurais voulu écrire, mais voilà, la création relève d'un état de grâce, il faut tant de choses pour que cela réussisse, impulsions et sérénité, paix intérieure et émotions stimulantes, à la fois douces et amères, tout cela me manquait. Quand je pensais à Emerence, je ne ressentais pas de soulagement à l'idée qu'elle était en vie, mais un total désarroi et une honte persistante. Un jour, Adélka vint me chercher pour rejoindre les voisins dans l'entrée d'Emerence, nous avions à parler.

Chouchou en vint au fait, elle demanda à quoi nous devions nous attendre à mon avis, c'est-à-dire ce qui se passerait si Emerence recouvrait assez de forces pour rentrer chez elle. Je lui dis ce que nous avions décidé : dans un premier temps, il lui serait interdit de travailler, elle resterait chez nous tant qu'elle ne serait pas guérie.

Sa tête et ses mains fonctionnaient à présent parfaitement, mais elle ne pouvait pas marcher sans aide, toutefois les médecins assuraient que c'était une question de temps. Je débitais cela comme une mauvaise actrice qui, dans une mauvaise pièce, joue encore plus mal que la moyenne. Chouchou faillit m'arrêter d'un geste.

– Mais elle ne pourra plus jamais travailler, sans parler de complet rétablissement, dit-elle presque gaiement comme si elle voulait me convaincre du contraire. Emerence est finie, chère madame, et si ce n'est pas pour maintenant, ce sera dans un an, or ceci est un logement de fonction, la maison, le trottoir, l'escalier doivent être entretenus. Il faut une nouvelle concierge, on ne peut pas éternellement répartir les tâches entre les locataires en attendant qu'Emerence meure, et cela même si elle ne s'était pas chargée d'un travail que cinq personnes peuvent à peine effectuer.

La femme du bricoleur bondit comme si elle avait été touchée dans son honneur. Ce ne sont pas des manières de parler, s'écria-t-elle, au nom des habitants de la maison elle déclarait que la vieille femme ne serait pas abandonnée, on se répartirait ses tâches comme par le passé, peu importe combien de temps cela durerait, on attendrait sa guérison, chacun ferait quelque chose, on continuerait comme on avait fait jusque-là. Qu'est-ce qu'elle s'imaginait, Chouchou ? Ils ne mettraient pas Emerence à la rue.

– Qui parle de rue ? demanda Chouchou en la toisant, telle une Parque. (Mais elle était bien réelle, à présent je sais que Chouchou était la seule d'entre nous à avoir envisagé toutes les possibilités d'une manière responsable, et à avoir eu le courage d'y réfléchir.) Elle n'ira pas à la rue, le lieutenant-colonel pourra la faire admettre dans une maison de repos ou dans une bonne maison de retraite, ou bien son neveu la prendra chez lui, ou vous, madame, si c'est votre idée. Mais il faut s'occuper de la maison, balayer la neige, non seulement ici, mais aussi devant les autres immeubles comme le stipule le contrat qu'elle a signé. Il n'y a personne pour vous aider, madame, vous n'y arriverez pas toute seule, comment imaginez-vous que cela va continuer ?

Après un silence, tout le monde se mit à parler en même temps, on aurait dit une scène de Pentecôte à l'envers, plus personne ne comprenait ce que disait l'autre. Je déclarai qu'Emerence pourrait effectivement habiter chez nous, on trouverait quelqu'un pour le ménage. Elle sera bien chez nous, Emerence nous aime. Chouchou se mit à ricaner :

– Allons donc, vous ne vous imaginez tout de même pas qu'elle ira chez vous ? Ce qui la maintient en vie, c'est de croire qu'elle a sa propre maison. Il faudrait peut-être d'abord penser à ce qui se passera quand elle apprendra la vérité, parce qu'on ne lui a encore rien dit. Vous êtes bien braves de vous partager ses tâches. Vous lui avez demandé si elle veut qu'on s'occupe d'elle ? Madame l'écrivain la prend chez elle. Bon. Elle pourvoit à ses besoins. Mais cette solution convient-elle à Emerence ? Emerence souhaite-t-elle qu'on l'entretienne ? A-t-elle donné son accord ?

Adélka s'essuyait les yeux en reniflant, chacun se taisait. Moi plus que les autres, parce que depuis le début je redoutais ce que Chouchou venait de dire.

– À quoi jouez-vous ici ? poursuivit Chouchou. Vous la connaissez, elle n'ira chez personne, elle n'ira nulle part. Si on la ramène chez elle et qu'elle s'aperçoit de tout, prenez garde, elle a déjà repris assez de forces, cachez bien sa hache, elle a déjà commencé avec les ambulanciers, après ce sera notre tour, ou bien celui du médecin, de madame l'écrivain, ou du lieutenant-colonel, ceux qui ont laissé brûler ses meubles. Il ne lui faut pas n'importe quelle vie, à Emerence. Il lui faut sa propre vie, et elle ne l'a plus.

La séance fut levée dans une atmosphère pesante, Adélka était si bouleversée qu'elle ne put même pas protester. Ayant vidé son sac, Chouchou s'en alla. Je partis également, nous n'arriverions plus à rien. Mme Brodarics retint les locataires pour établir le plan de remplacement d'Emerence qu'elle nota sur une feuille de papier quadrillé avec l'aide de la femme du bricoleur. Je fus de mauvaise humeur le reste de la journée, je passai une mauvaise nuit, comme si je craignais que quelque chose d'inattendu et de désagréable ne survienne. Je m'attendais à des problèmes, aussi bien à des nouveaux qu'au retour des anciens – non sans raison, car une semaine plus tard, M. Brodarics, que les locataires avaient élu comme représentant en l'absence d'Emerence, m'apprit au téléphone avec un certain embarras que Chouchou était venue lui dire qu'elle était prête à abandonner son échoppe dont elle rendrait la licence, à reprendre le travail d'Emerence et tout ce qui allait avec, si l'assemblée des locataires en émettait le vœu. Quel était mon avis, qu'est-ce que j'en disais ?

J'ai toujours considéré la nuit dans les jardins de Gethsémani du point de vue de Jésus, la première chose qui me vint à l'esprit fut de me demander ce qu'avaient pu ressentir Jean ou Philippe quand ils comprirent que celui qui allait avec eux par tous les chemins, celui dont ils connaissaient les pouvoirs mieux que personne puisqu'ils l'avaient vu ressusciter Lazare et la fille de Jaïre, celui qui jusqu'au dernier moment leur avait donné une force indicible et la foi en la vie éternelle, que celui-ci avait été trahi. Et M. Brodarics me demande ce que j'en pense ? Rien. Honte, ignominie. Je raccrochai. Chouchou ne manquait pas d'air de se proposer, elle qui n'avait jamais rien eu sur terre avant qu'Emerence ne lui fasse obtenir sa boutique grâce au lieutenant-colonel, Chouchou qu'elle nourrissait, pourvoyait de vêtements quand elle voyait son armoire vide. Vraiment, on pouvait s'attendre à tout ! D'ailleurs je n'en fus pas seulement indignée, mais aussi effrayée, pour le moment M. Brodarics avait refusé sa proposition, mais quand Emerence serait de retour, incapable de travailler, les habitants de la villa seraient tôt ou tard contraints d'agir, ils ne pourraient pas la remplacer jusqu'au jour de sa mort, ils étaient ou très âgés, ou écartelés entre leurs multiples occupations, presque tout le monde avait deux métiers, il n'y avait personne qu'on puisse joindre à tout moment, la neige, les fuites d'eau, le facteur, le ramoneur, les autorités ne se plieraient pas à l'emploi du temps du locataire de permanence. Ou bien Emerence se rétablissait totalement et reprenait ce qu'elle avait fait jusqu'alors, ou bien elle devrait quitter la maison et rester chez nous jusqu'à la fin, puisqu'elle perdrait son logement en même temps que son emploi. Qu'allais-je faire d'elle, Seigneur, si elle ne pouvait marcher, s'occuper, faire les courses, la cuisine, apporter ses plats de marraine, qu'allais-je faire ?

*
**

Le lendemain à l'hôpital, on me dit que le médecin-chef me demandait de passer à son bureau. Je savais à l'avance ce qu'il voulait sans qu'il eût à me le dire. Certains critiques, s'ils sont enclins à respecter les règles du jeu tacites, jettent un gentil compliment qui ne les engage à rien, et que l'auteur peut mâchonner comme un vieux chien qu'on achève pendant qu'il mange sa pâtée. L'air radieux, il vanta l'étonnante guérison d'Emerence, la force avec laquelle elle s'était remise à lutter pour la vie après sa dépression du début, les résultats positifs, les kilos qu'elle avait repris. Je savais, n'est-ce pas, qu'elle avait de la cataracte aux deux yeux. Non ? Ce n'est rien, une manifestation de l'âge, cela ne la gênerait pas dans un premier temps, puisque de toute façon elle ne lisait pas, et elle pourrait quand même regarder la télé. J'attendais le coup de feu, il ne tarda pas à venir.

– Je vous en prie, commencez à l'habituer à l'idée de rentrer chez elle, d'ailleurs elle en a déjà très envie, elle parle souvent de sa maison, elle voudrait être dans son jardin, elle dit qu'elle a manqué le début de l'été, sa saison préférée. Je sais que vous lui avez caché la vérité, vous avez bien fait, elle n'aurait jamais guéri si elle avait tout su dès le début. Mais à présent, elle a repris des forces, je pense qu'elle peut supporter la vérité, soyez assez aimable pour demander au lieutenant-colonel de faire remettre le logement en état, car nous allons renvoyer la vieille dame chez elle.

249

– Pas encore, dis-je aussitôt. C'est impossible. Nous n'avons pas pris de décision quant à son avenir, le logement est resté dans l'état où il était après la désinfection, rien n'y a été fait, nous devons encore réfléchir. Nous ne pouvons pas faire ce que vous demandez, c'est absurde.

– Pas au point qu'il ne vaille plus la peine d'en parler, répondit le médecin-chef. Je la garde encore une semaine, d'ici là, tout peut être réglé. Vous devez savoir qu'elle aura besoin d'aide pour tout, elle ne peut pas encore marcher, si toutefois elle remarche un jour, et ceci pour une durée imprévisible, mais nous ne la laisserons pas sans aide sociale, nous en avons parlé avec le Conseil. Il faut organiser qui va faire ses courses, qui lui fera à manger, elle ne peut pas quitter le lit, il lui faudra aussi un bassin, mais une aide-soignante viendra lui faire les piqûres, la baigner et changer son lit. Si vous ne trouvez pas de solution dans sa famille ou parmi ses amis, le lieutenant-colonel saura certainement où l'envoyer, mais toutes les marques de sympathie qu'elle a reçues nous permettent de penser qu'il y aura bien quelqu'un pour l'accueillir.

Je croyais entendre Chouchou. Pas moyen d'y échapper.

– Docteur, que va-t-il se passer si Emerence ne veut aller chez personne ?

En parlant, je me rendis compte de l'énormité de ce que je disais. *Elle ne le veut pas, ne le souhaite pas, elle ne le fera pas, elle va protester.* Comment ? Tout le monde savait que désormais les choses ne feraient plus qu'arriver à Emerence, plus rien ne dépendait d'elle, sinon la mort.

Le médecin-chef me regarda avec bonté, il fit comme s'il n'avait pas entendu ma dernière question si maladroite. Il se leva, me serra chaleureusement la main.

– Alors nous sommes d'accord. Ce n'est pas de gaieté de cœur que je la laisse partir, tout le monde ici l'a prise en amitié, moi aussi, sa constitution est un miracle, de même que son esprit, un cas gériatrique intéressant. Mais je ne peux pas priver plus longtemps de ce lit un patient que nous pouvons remettre sur pied, cette vieille femme restera probablement paralysée et nous ne pouvons pas la garder jusqu'à son dernier jour. Croyez-moi, même ainsi, nous aurons davantage fait pour elle que pour n'importe qui d'autre. Encore une chose. C'est peut-être le plus important.

J'attendis le second coup de feu, le vieux chien recrachait sa pâtée, mais il vivait encore. Ce que j'entendis était vraiment le plus important.

– Ne l'exposez pas à être ramenée dans un logement inconnu, fraîchement repeint et aux meubles flambant neufs, pour être immédiatement transportée ailleurs parce qu'elle ne peut pas rester seule. À présent, dites-lui la vérité, elle la supportera. La hache, la désinfection, tout. Dites-lui tout, et dites-le-lui ici où je peux lui injecter un calmant, qu'elle n'apprenne pas les choses chez elle en cherchant ses meubles et ses chats. J'en ai déjà parlé avec les voisins, ils disent que c'est à vous qu'elle tient le plus, c'est à vous de lui parler, en fin de compte c'est vous qui avez déclenché tout cela. D'ailleurs elle peut vous remercier d'être encore en vie, parce que si vous ne l'aviez pas amenée à ouvrir sa porte, il ne se serait pas passé vingt-quatre heures avant que la vieille femme ne soit morte.

*
**

Devait-elle vraiment me remercier de cette vie pour laquelle nous l'avions sauvée ? Les chats qui peuplaient sa solitude erraient dans les rues ou étaient morts, ses affaires parties en fumée, la noble proposition des voisins de se partager le travail n'était évidemment pas viable à long terme, et Emerence n'irait pas en maison de repos, même si on la tuait, elle voulait rentrer à la maison, mais quelle maison ? Si elle venait chez moi, cela ne lui plairait pas, il lui fallait ses affaires à elle, et puisque c'était la seule chose envisageable, comment ménager une place dans notre vie à cette grabataire, quand trouverais-je le temps de lui passer le bassin, de la laver, de lui faire à manger, de lui éviter les escarres, l'infirmière ne viendrait pas tous les jours, et que ferais-je quand il me faudrait sortir, que ferait mon mari ? Et d'ailleurs, viendra-t-elle si je l'invite ? Elle refusera immédiatement ma proposition, mais alors où ira-t-elle, elle n'a pas d'autre endroit. Le fils de Józsi ne la prendra pas, le lieutenant-colonel s'est remarié, il n'y a pas d'autre solution, elle ne peut venir que chez nous.

*
**

Je pris le chemin du retour en me creusant la tête pour savoir que faire si elle refusait. Sans même aller la voir, je me dépêchai de rentrer pour parler avec mon mari. Il y avait de l'animation dans la rue devant la villa, des gens s'empressaient, un camion était garé, j'entrai pour voir ce qui se passait. On remettait en état le carré devant la porte, on badigeonnait les murs de la cuisine, les planches étaient déclouées, quelqu'un remplaçait la porte brisée, des femmes récuraient le sol, rien que des inconnus, probablement les gens du lieutenant-colonel : les travaux avaient commencé. Je montai chez nous pour téléphoner, le lieutenant-colonel ne comprit pas ce qui me contrariait de nouveau. La porte était en place, la peinture était faite, le plancher lavé, les meubles arriveraient dans quelques jours, il faisait chaud, ce serait vite sec. Où était le problème, qu'est-ce qui me désespérait donc tant ?

Où était le problème, mais qui comprendrait enfin ? Je lui racontai la trahison de Chouchou, ce qui le contraria, mais il me dit que la loi protégeait Emerence, on ne pouvait pas l'expulser et personne ne l'obligerait à partir, car le fait qu'elle ne pourrait plus jamais travailler n'était qu'une présomption. De toute façon, les habitants de la maison devraient attendre deux ans, c'est la règle en cas de congé de maladie, et en deux ans il peut se passer bien des choses, elle peut encore guérir, ou bien mourir, la pauvre, pour l'instant les voisins peuvent s'occuper d'elle comme ils l'ont fait jusqu'à présent, il s'arrangerait pour l'infirmière, je n'avais pas à me faire de souci, en fait, tout était en ordre. Le moment critique était passé, tout le monde avait le droit d'être malade, par ailleurs il me demandait d'achever ce que j'avais commencé, Eme-rence était encore en vie puisque j'avais renforcé de mon propre crédit le touchant mensonge des voisins, il ne me restait plus qu'à couronner ce que j'avais fait, à embellir la mauvaise nouvelle que je lui apporterais en disant que ce qui avait disparu avait repris une nouvelle forme, et que l'ancien logement, ou le nouveau, ou le même loge-ment, attendait sa maîtresse.

Il ne me comprenait pas non plus, sans doute ne pou-vait-il pas me comprendre, nous n'avions pas les mêmes valeurs. Dans le lexique d'Emerence, il y avait : saleté, spectacle, scandale, comédie de rue, honte, dans celui du lieutenant-colonel : loi, ordre, solution, solidarité, effica-cité ; le contenu de chacun des lexiques était juste, mais ce n'était pas la même langue. Il pourrait au moins dire lui-même à Emerence ce qui s'était passé en réalité, moi je n'y étais pas, j'étais à la télévision, alors que lui était resté sur place.

– Je n'ai pas peur d'elle, répondit le lieutenant-colonel. Emerence est une femme pleine de bon sens, vous la mésestimez en tremblant de lui dire que vous ne l'avez pas sauvée pour qu'elle subisse une cruelle désillusion, mais tout étrange qu'il soit, c'est quand même un happy end. Moi, je vais le lui dire, cet après-midi même. Ne parlez pas à Chouchou, il n'y a pas de quoi la remercier, je raconterai aussi sa trahison à Emerence, ne craignez rien, cela lui donnera un coup de fouet, mieux que les médicaments, elle se lèvera peut-être aussitôt de fureur, et ce que Chouchou prendra si elle ose se pointer chez elle, ce ne sera pas rien. Je m'occupe de tout, mais laissez-moi vous dire que je m'étais trompé sur votre compte. C'est encore une chance que vous ne perdiez vos moyens que maintenant, au dernier moment.

Finale

J'avais déjà vécu des heures semblables à ce que fut cet après-midi, il passa dans la même tension que le jour où mon mari avait été opéré des poumons, ou la nuit qui précéda l'enterrement de mes parents. Je m'allongeai dans la chambre de ma mère avec Viola qui ne bronchait pas, il devait être six heures quand Adélka sonna et me dit, le visage décomposé : je n'allais pas le croire, mais on ne l'avait pas laissée approcher Emerence, elle ne savait pas ce qui se passait. Il y avait un écriteau à la porte disant qu'elle ne pouvait pas recevoir de visites, et quand elle avait voulu confier sa soupe à l'infirmière, celle-ci lui avait dit de la remporter, Emerence ne voulait rien, et les visites étaient provisoirement interdites. On n'avait pas non plus laissé entrer la femme du bricoleur, elle était repartie avec son cabas plein. Alors le couperet est tombé, pensai-je, je peux y aller. Je me mis en route sans hâte, dans la rue Chouchou balayait devant notre maison d'un air rêveur – manifestement de son propre chef –, quand elle m'aperçut elle n'eut pas l'air contrit, mais plutôt perplexe, Adélka lui avait sans doute parlé des nouvelles dispositions, et elle se demandait, comme lorsqu'elle avait abattu ses cartes sur la table d'Emerence, si cela serait à son avantage ou en sa défaveur.

Dans la rue de l'hôpital, deux voisines revenaient avec leurs offrandes. Elles étaient inquiètes, Emerence devait aller plus mal, le ciel était sombre, plombé, le froid était venu brusquement, le vent arrachait des brindilles sur l'avenue, peut-être y était-elle particulièrement sensible et les infirmières l'avaient-elles pour cette raison isolée de tout le monde. On ne l'avait pas gardée aussi sévèrement même quand la pauvre semblait à l'article de la mort. Il fallait que je monte, à moi on me dirait peut-être la vérité.

Arrivée à l'étage, je décrochai l'écriteau interdisant l'entrée, l'infirmière me vit faire, mais elle approuva de la tête, elle avait manifestement reçu des instructions. En pénétrant dans la chambre d'Emerence, je pensai que le lieutenant-colonel avait raison, je m'étais mêlée de sa vie, et si j'avais eu l'audace de retirer les ciseaux de la main d'Atropos, je devais aussi avoir le courage d'inspecter l'atelier des Parques. Emerence tournait le dos à la porte, elle ne se retourna pas, comme le chien, elle reconnaissait mon pas. À la différence de la veille, elle s'était de nouveau voilé le visage, mais je le savais, elle savait que c'était moi.

Nous gardâmes toutes deux le silence. Elle n'avait jamais été plus mystérieuse, plus muette, plus impénétrable qu'en cet après-midi, tandis que l'obscurité montait et que les branches frappaient contre les fenêtres closes. Je m'assis auprès d'elle, l'écriteau à la main.

– Combien reste-t-il de chats ? entendis-je enfin sous le foulard. Sa voix était aussi irréelle que ses traits invisibles.

À présent, tout était égal.

– Pas un, Emerence. Nous pensons en avoir trouvé trois morts, les autres ont disparu.

– Cherchez encore. Ceux qui sont vivants se terrent quelque part dans un jardin.

– Bien. Nous chercherons.

Silence. Les branches fouillaient la fenêtre.

– Vous m'avez menti en disant que vous aviez fait le ménage.

– Il n'y avait rien à nettoyer. Le service de désinfection s'en était chargé.

– Et vous les avez laissés faire ?

– Je ne peux pas aller contre une décision officielle. Le lieutenant-colonel pas davantage. C'est une tragédie, ce qui est arrivé, un malheur.

– Une tragédie ! Vous auriez pu aller au Parlement le jour même, ou le lendemain.

– Même si j'avais été là, cela n'aurait servi à rien d'ennuyer qui que ce soit. Je vous ai dit qu'il y a un règlement pour des cas comme celui-là, des mesures d'hygiène publique. Je ne peux pas l'abroger.

– Vous n'étiez pas là ? Où étiez-vous ?

– À Athènes, Émerence. Il y avait un congrès, mais vous l'avez oublié, pourtant nous en avions parlé depuis longtemps. Nous étions délégués, il fallait partir.

– Vous êtes partie, alors que vous ne saviez même pas si j'allais survivre ?

Je ne sus que répondre. Je regardai les gouttes de pluie glisser lentement sur la vitre. Oui, c'est cela. J'étais partie.

Soudain, elle arracha le foulard de son visage et me regarda fixement. Elle était livide.

– Mais quelle sorte de gens êtes-vous donc, vous et le lieutenant-colonel ? C'est encore le maître le plus honnête, lui au moins, il n'a jamais menti.

Une fois de plus, il n'y avait rien à répondre. Il est vrai que mon mari n'avait jamais menti, en revanche, le lieutenant-colonel, un des hommes les plus respectables que j'aie jamais rencontrés, et moi-même étions des menteurs. J'étais partie pour Athènes, et je serais partie même si mon père s'était trouvé dans un état critique, parce que les Affaires étrangères de Grèce auraient interprété différemment l'absence de la déléguée officielle hongroise, parce que cette mission était une conséquence de mon prix, et je n'aurais pu la refuser à la Hongrie, je suis écrivain, je n'ai pas de vie privée, comme une actrice je dois jouer mon rôle, même si j'ai des problèmes personnels.

– Allez-vous-en, dit Émerence avec calme. Vous n'avez pas acheté de maison, pourtant je vous l'ai demandé, et combien de trésors je vous destinais pour la meubler, vous n'avez pas eu d'enfant, pourtant je vous ai promis que je l'élèverais. Remettez l'écriteau à la porte, je ne veux voir aucun de ceux qui ont été témoins de ma honte. Si vous m'aviez laissée mourir comme j'y étais résolue quand j'ai compris que je ne serais plus capable de fournir un vrai travail, j'aurais veillé sur vous d'outre-tombe, mais à présent, je ne supporte plus votre présence. Allez-vous-en.

Ainsi, elle croit quand même à l'autre monde, elle voulait seulement faire enrager le prêtre, et nous avec.

– Dorénavant, faites ce que vous voulez. Vous êtes incapable d'aimer, et pourtant je l'ai cru. Me sauver, pour ce qui m'attend ? Et vous me prendriez chez vous, vous me soigneriez ? Idiote !

– Emerence !

– Allez-vous-en, faites des déclarations à la télévision, écrivez des romans ou retournez à Athènes. Qu'aucun d'entre vous n'essaie de m'approcher si on me ramène à la maison, parce que Adélka a laissé ici des ciseaux, et le premier qui s'amène le sentira passer. Qu'est-ce que vous avez à vous exciter avec mon destin ? Il y a des foyers sociaux, notre État est le meilleur de tous les États, et j'ai droit à deux années de maladie. C'est votre copain qui l'a dit. Allez, ouste. J'ai à faire.

– Emerence, chez nous...

– Chez vous ! Vous en maîtresse de maison, vous pour vous occuper de moi ! Vous et le maître ! Allez au diable ! Chez vous, il n'y en a qu'un qui soit bien dans sa tête, c'est Viola.

Son repas était resté intact à côté d'elle, dans son agitation elle faillit renverser l'assiette mais je n'osai pas m'approcher, je craignais vraiment qu'elle ne me donne un coup de ciseaux. Elle s'allongea, fixant le plafond, je la vis à peine en partant sans un au revoir. Je rentrai sous la pluie, me demandant vainement ce que j'aurais dû dire, mais rien ne me vint à l'esprit.

*
**

Au bout d'une heure, je me calmai, je crois que je m'étais inconsciemment attendue à bien pire, mais cette illusion de paix ne dura pas longtemps, mon mari me fit peur. Il marchait de long en large dans l'appartement, disant que cette maîtrise, ce calme ne lui plaisaient pas, cela ne ressemblait pas à Emerence, une violente sortie lui aurait semblé plus naturelle. Je n'ai pas pu continuer à élucider l'état d'esprit d'Emerence, car notre chien devint brusquement fou au sens propre du terme. Viola hurlait, grattait, mettait tous les tapis sens dessus dessous, se roulait par terre, l'écume à la gueule, il était dans un tel état que je crus sa dernière heure venue. J'appelai le vétérinaire, lui demandant de venir tout de suite. Il vint, comme en cet inoubliable soir de Noël, Viola l'adorait, il lui montrait ses tours savants, même quand il lui avait fait une piqûre. À présent, le chien restait couché, il ne se leva pas quand le vétérinaire l'appela, il s'agenouilla auprès de lui et lui parla, tandis que ses doigts fins pianotaient sur tout le corps de Viola. Il s'épousseta les genoux en haussant les épaules : le chien n'avait rien de physique, il devait avoir reçu un choc, quelque chose d'horrible qui lui avait mis les nerfs à vif. Il essaya de donner quelques ordres, Viola n'obéit pas, ne s'assit pas, ne courut pas, quand il le mit debout, le chien s'effondra sur le flanc, comme paralysé. En partant, le vétérinaire promit de revenir le lendemain et me dit de donner le soir à Viola du glucose et une dose de calmant pour nourrisson. Il ne savait pas ce qui l'avait pris. Et l'aurais-je cloué sur la croix, il ne l'aurait pas davantage su. Il partit.

*
**

Je mis le couvert pour le dîner. Viola restait couché. Je lui demandai de me montrer qu'il m'aimait, mais il ne m'accorda pas un regard, il restait écroulé comme un tas de chiffons, il se mit soudain à hurler d'une voix indescriptible qui me pétrifia, mon plateau plein me tomba des mains, je n'osai pas m'approcher du chien, j'avais l'impression qu'il était devenu fou, qu'il allait me mordre. Je ne voulais pas croire cette voix, je ne voulus pas davantage la croire quand mon mari, venu me rejoindre à la cuisine près des ruines de notre dîner, regarda sa montre et dit posément : huit heures et quart. Huit heures et quart, répétai-je après lui, comme si une folle disait l'heure par ma bouche. Huit heures et quart, huit heures et quart. Quand je l'eus dit pour la troisième fois, mon mari alla chercher mon imperméable, alors je me tus, sentant soudain que tout ce qui se passait autour de moi n'était pas normal. Je répète l'heure trois fois, comme un perroquet. Qu'est-ce qui m'arrive, est-ce que je suis devenue folle ? Je me mentais comme si ma vie en dépendait, ne pas dire ce que Viola avait dit. Mais je savais, et mon mari aussi. Le chien nous l'avait dit le premier. Il pleurait comme un enfant.

*
**

À l'hôpital, le couloir était empli de médecins, on entendait la voix de la surveillante dans son bureau, elle téléphonait. Pas de questions, dit le médecin d'Emerence dès qu'il nous vit, il avait hâte de se débarrasser de ce qu'il avait à nous dire. Après mon départ, Emerence avait d'abord été calme, elle tiraillait son foulard, ne répondait pas quand on lui parlait, mais cela n'avait rien d'exceptionnel, d'autres fois, elle leur avait déjà fait sentir qu'elle voulait qu'on la laisse tranquille. Peu après huit heures, quand l'infirmière était venue éteindre la lumière, Emerence avait exigé qu'on la ramène immédiatement chez elle, parce qu'elle devait aller voir dans les maisons et les jardins voisins où les siens l'attendaient, personne ne les soignait, ne les nourrissait. On lui dit que c'était impossible pour plusieurs raisons, d'abord on ne signait pas de sorties le soir, ensuite, il n'y avait encore rien pour la coucher chez elle. Alors elle devint tranchante, autoritaire, elle se mit à crier, puisque c'est comme ça, qu'on ne l'emmène pas, elle a assez de forces à présent pour dominer cette misérable faiblesse, elle doit s'en aller tout de suite, elle ne peut pas rester ici, on a besoin d'elle ; et elle tenta en effet de se mettre en route, elle se jeta à bas du lit. Bien sûr, elle ne pouvait pas marcher, ni même se tenir debout, et comme elle était brutalement tombée à terre, peut-être même au cours de sa chute, elle fut terrassée par une nouvelle embolie, induite par les révélations du lieutenant-colonel et par ma visite, et qui cette fois ne paralysa pas son cerveau, mais son cœur. Par ailleurs, bien que je ne l'eusse jamais cru, même en cet instant irréel où on m'annonçait comme un fait ce que Viola m'avait fait comprendre par ses cris inarticulés, j'ai trouvé quelque chose à dérober : j'ai privé Emerence de la dernière chose dont elle aurait pu être fière à juste titre, l'admiration qui revient au finale d'une mort dans la dignité. Personne ne s'occupa plus d'elle, allongée sur le lit où on l'avait replacée, parce qu'en la voyant, je m'écroulai sur le pas de la porte comme si on m'avait assommée, et dès ce moment-là, le service tout entier s'occupa de moi, et cela dura un certain temps avant qu'on ne me ranime. On ne me laissa pas rentrer à la maison mais on me garda une semaine, et c'est à moi que les voisins apportèrent alors les plats de marraine, Emerence s'était effacée de manière chevaleresque de l'attention générale. On me mit dans une chambre où il y avait le téléphone et la télévision, on me soigna, m'examina, me consola, j'étais entourée d'une aura de sympathie comme Toldi [1] appuyé sur une bêche invisible, ayant obtenu le beau message d'absolution du roi Lajos, à mes pieds le cadavre de mon Bence, au-dessus de moi des nuages aux déchirures romantiques, et la légende d'une légende. Mon mari ne venait que le soir après neuf heures, quand il avait la certitude de ne rencontrer personne, et si chacun s'approchait de mon lit avec un sourire encourageant, lui seul conservait un visage empreint de compassion et d'une tristesse inexorable.

---

1. Noble hongrois, chef de guerre, héros historique du XIVᵉ siècle. De nombreuses légendes se rattachent à son nom.

L'héritage

Souvent je pense que tout s'est en fait déroulé très simplement. Émerence avait cessé de faire peser ses problèmes insolubles sur ses rares parents et le cercle plus ou moins défini de ses relations, elle avait tout résolu en personne, d'un geste imposant, à la manière d'un grand chef de guerre. Quand on n'a plus rien à faire de soi-même, parce qu'on ne le peut plus, il convient alors d'en finir, quand l'humanité marchera depuis longtemps à l'échelle des étoiles, ceux qui vivront alors seront loin d'imaginer la crèche barbare où, pour une tasse de cacao, nous avons livré nos pitoyables combats, seuls ou avec d'autres, mais même à ce moment-là on ne pourra toujours pas corriger le destin de celui qui n'a de place dans la vie de personne. Nous n'avons pas eu le courage de l'exprimer, c'est elle qui l'a dit, puis elle s'est courtoisement retirée. Même les administrations et services officiels, par ailleurs surchargés de travail, ont d'une certaine manière agi comme s'ils avaient reçu d'Émerence l'ordre de ne pas faire traîner les choses. Le lieutenant-colonel s'arrangea pour que l'enterrement soit pris en charge sans avoir à produire le moindre document – le registre des locataires avait fini sur le bûcher en même temps que d'autres papiers souillés –, à l'hôpital, on trouva naturel qu'une octogénaire émotive et malade soit emportée par une crise cardiaque, le jour d'ouverture de la succession et des obsèques fut immédiatement fixé – la cérémonie de l'urne ne comptait que comme enterrement provisoire, puisque la dernière demeure d'Emerence serait le Taj Mahâl qui devait être construit aux termes du testament ; le fils de Józsi me montra le bon de commande, et me demanda d'aller trouver le pasteur pour organiser la cérémonie religieuse. Je n'acquiesçai pas immédiatement, en fait j'aurais voulu échapper à cette mission, rester fidèle, au moins en cela, à la volonté d'Emerence qui ne voulait pas d'enterrement religieux, mais le fils de Józsi pensait que la rue s'indignerait et lui reprocherait de ne pas avoir respecté les convenances. Nous décidâmes de ne pas rédiger de faire-part, mais d'annoncer dans le journal l'heure de la cérémonie, le neveu prévint par lettre ceux de Csabadul, lesquels répondirent en envoyant leurs condoléances et leurs regrets de ne pouvoir assister personnellement à l'enterrement, par ailleurs ils trouvaient juste qu'Emerence laisse ses biens au fils de son frère Józsi, ils ne l'avaient pas vraiment soutenue – elle ne le leur avait pas demandé – de toute façon, les relations étaient rompues depuis longtemps. Au reste, si son neveu voulait rassembler les parents enterrés à Nádori, non seulement ils ne l'en empêcheraient pas, mais ils lui en seraient reconnaissants.

*\
**

Tandis que nous dressions la liste de ce qui restait à faire – nos réunions avaient lieu où siégeait autrefois la cour d'Emerence, dans l'entrée de la Cité interdite –, Viola était couché à nos pieds dans une totale indifférence, à présent je pouvais l'emmener sans problème dans ce qui avait été le foyer de la vieille femme, il se comportait comme s'il n'y était jamais venu. Mon mari l'entendit pleurer trois jours durant, puis gémir et se taire, et Viola cessa enfin de jouer au tas de chiffons, il se leva, se secoua, s'étira, regarda mon mari comme s'il sortait d'un rêve, et de ce moment-là il devint littéralement muet : Viola ne nous fit plus rien savoir. Il n'émit plus de ces petits jappements joyeux ou plaintifs, tout au plus grognait-il quand on le soignait, s'il était malade, mais jusqu'à la fin de sa vie, il n'aboya plus jamais.

Le lieutenant-colonel avait fixé l'ouverture de la succession le même jour que l'enterrement, nous nous rendîmes à neuf heures au Conseil, le lieutenant-colonel, le fils de Józsi et moi, il n'y eut pas d'inventaire sur place, le lieutenant-colonel présenta la liste établie par le service de désinfection en déclarant qu'il restait des biens mobiliers qu'il avait examinés autrefois, de beaux meubles anciens, mais rien d'autre, la plupart de ce qui se trouvait dans la cuisine avait été détruit, pourtant la défunte possédait tout ce qu'on peut trouver dans un ménage bien équipé, s'ils le souhaitaient, ils pouvaient aller contrôler, mais le Conseil ne souhaita rien contrôler. Le fils de Józsi dit que sa tante lui avait donné suffisamment d'argent de son vivant et que les meubles me revenaient, tout fut réglé en dix minutes, la jeune femme qui s'occupait du dossier demanda en souriant qu'au cas où la défunte aurait conservé un trésor, je le déclare par la suite, parce que je devrais m'acquitter des droits afférents, je le lui promis. La procédure fut rapide, courtoise, on nous offrit même du café, nous étions tous en noir, le lieutenant-colonel portait l'uniforme d'apparat qu'il revêtait lors de visites de chefs d'État. Nous prîmes sa voiture pour aller au cimetière de Farkasrét, le fils de Józsi nous apprit que la véritable demeure d'Emerence serait prête le jour de la Saint-Étienne, d'ici là l'exhumation aurait eu lieu au cimetière de Nádori, et il nous attendrait de nouveau le 25 août, cette fois auprès du tombeau, pour la mise en place définitive de l'urne d'Emerence.

*
**

Une foule noire se pressait sur le parvis de la maison funéraire. Je ne le vis pas, on me le dit par la suite, tous les commerçants privés de notre quartier avaient fermé à l'heure de l'enterrement, le cordonnier, Chouchou, la brodeuse de foulards, le marchand d'eau gazeuse, le tailleur, la remmailleuse, la marchande de gaufres, le pédicure, le fourreur. Chacune de leurs boutiques portait un écriteau disant à peu près la même chose : *Fermé jusqu'à deux heures pour raisons familiales. Je suis à un enterrement.* Le cordonnier se montra le plus concis, à côté de ses heures d'ouverture, il avait noté : E-m-e-r-e-n-c-e. Une musique triste s'entendait de loin, l'urne était entourée d'innombrables petits bouquets, j'étais incapable de la regarder, le fils de Józsi conduisait le deuil avec le lieutenant-colonel. Je me demandais si le pasteur allait vraiment venir, parce que nous avions eu une discussion pénible d'une demi-heure, digne d'être publiée dans un bulletin théologique, on aurait dit une dispute des anciens Pères de l'Église sur des problèmes de leur temps. La thèse du pasteur était la suivante : pourquoi une personne qui ne manquait pas une occasion de faire savoir qu'elle s'était éloignée du Ciel, qui ne venait jamais dans la maison du Seigneur et scandalisait les fidèles par ses déclarations, avait-elle besoin d'un enterrement religieux ? Quand je tentai de lui faire comprendre qui était Emerence, il répliqua avec un regard glacial qu'il était de son devoir d'examiner du point de vue de Dieu et de l'Église à quel titre une personne qui ne pratiquait pas sa foi, apportait le scandale dans la communauté par sa vie marginale et indigne d'un membre de l'Église, et qui ne communiait jamais, réclamait un service religieux. Ce n'est pas elle qui le réclame, répondis-je, c'est moi et tous les gens de bonne volonté, cet hommage lui revient, parce que parmi ses chères ouailles, j'en connais peu qui soient aussi bons chrétiens que cette vieille femme, qui disait des horreurs de l'Église en tant qu'institution, et déclarait à propos de la prédestination qu'elle ne croyait pas que Dieu vaille moins qu'elle, elle qui, lorsque le chien faisait une bêtise, tenait compte du fait que Viola n'était pas humain, et ne le châtiait donc pas pour l'éternité, alors comment le Seigneur aurait-il été assez injuste pour la damner de son vivant, avant même d'avoir pesé sa vie ? Cette femme ne mettait pas sa foi chrétienne en pratique le dimanche entre neuf et dix à l'église, mais tout au long de sa vie, dans son entourage, et avec l'amour du prochain qu'on trouve dans

266

la Bible, et s'il ne voulait pas me croire, c'est qu'il était aveugle, parce qu'il avait pu la voir assez souvent dans le quartier avec son plat de marraine. Le jeune homme instruit et sévère ne dit ni oui ni non, il me demanda à quelle heure était la cérémonie et m'accompagna à la porte avec courtoisie, mais sans la moindre marque de compassion, en me faisant comprendre qu'Emerence ne lui avait malheureusement jamais donné l'occasion de reconnaître ses qualités.

Je fus émue en voyant sa silhouette revêtue de la chape, il fit un discours intelligent, d'une logique limpide, où il reconnaissait la valeur du travail manuel, tout en avertissant l'assemblée de ne pas se préoccuper seulement du pain qui fait vivre chacun, et de ne pas s'imaginer que la religion ne concernait que lui-même et Dieu, ni qu'on puisse vivre sa foi pour soi-même, en dehors de notre Sainte Mère l'Église. Il fit pour la vieille femme une oraison funèbre correcte mais sans chaleur, ses paroles, manquant de sensibilité, ne permettaient pas de retrouver la véritable Emerence, au point qu'en l'écoutant, je ressentis comme sous l'effet du chloroforme une sourde torpeur au lieu de la maudite souffrance primaire qui nous envahit devant un être aimé, alors qu'il se trouve, redevenu poussière, dans un petit quelque chose en forme de vase, et qu'à cet instant il faudrait croire que ce qui est là est celui qui nous souriait. La foule en deuil était aussi nombreuse que si Emerence était accompagnée de douze enfants et leur descendance, de collègues d'un lieu de travail comme une usine, l'allée principale et les chemins adjacents étaient couverts du flot noir de ses « fidèles ». Certains, placés près du prêtre, s'accrochaient à la correction lénifiante de son discours pour lutter contre la peine, ceux qui étaient restés un peu plus loin avaient plus de chance et pleuraient. Nous nous rendîmes à petits pas vers le columbarium, je fis emmurer avec l'urne d'Emerence quelques fleurs de son jardin. On dit encore une prière, puis la niche fut cimentée, Chouchou sanglotait, Adèle la regardait fixement. Elle n'a pas regardé

Emerence dans son urne, mais Chouchou, qu'elle n'a pas quittée des yeux un seul instant.

***

Quand on a le cœur percé d'une lame acérée, on ne s'effondre pas aussitôt. Nous savions tous que la perte d'Emerence ne se ferait pas sentir tout de suite, c'est plus tard que nous serions bouleversés, atterrés, pas ici où nous pouvions encore la retrouver, même sous la forme impensable d'une urne, mais dans la rue où plus jamais elle ne balaierait, dans le jardin où rôderaient en vain des chats blessés aux pattes de velours et des chiens errants à qui personne ne jetterait plus à manger. Emerence avait emporté un morceau de la vie de chacun d'entre nous, le lieutenant-colonel assista à la cérémonie comme s'il était de service dans la garde d'honneur, le fils de Józsi et sa femme pleuraient à chaudes larmes, pour ma part je suis incapable de le faire en public, mais je sentais bien que le temps de pleurer n'était pas encore venu, c'eût été trop facile.

Quand tout fut fini, la plupart des assistants restèrent par groupes, Adélka qui depuis la mort d'Emerence se faisait davantage entendre, se montrait plus déterminée comme si elle avait jusqu'à présent été refoulée à l'arrière-plan par la forte personnalité de la vieille femme, allait de l'un à l'autre, elle avait dû organiser les prolongations, peut-être prévu d'aller boire un café ou une bière, car les gens ne bougeaient pas, ils restaient là à bavarder. Chouchou était toute seule dans son coin, elle ne tarda pas à s'en aller, depuis qu'elle avait fait sa proposition, elle était sur la liste noire.

Nous partîmes aussi. Le lieutenant-colonel demanda au neveu s'il souhaitait être présent quand on ouvrirait pour moi la seconde pièce d'Emerence, sa brigade devait venir dans l'après-midi, nous viderions l'appartement, il dresserait aussi l'inventaire qu'il avait promis au service d'hygiène publique. Le fils de Józsi préférait rentrer chez lui, aux termes du testament, cela ne le concernait plus, nous pouvions rendre le logement d'Emerence à la copropriété, je pouvais emporter chez moi tout ce dont j'aurais l'usage et donner ce qui me serait inutile. Sa femme aurait aimé venir, au moins voir ce dont j'héritais, mais il l'arrêta d'un geste, elle ne devait pas se montrer curieuse, s'il y avait eu quelque chose pour eux, Emerence ne l'aurait pas oublié, elle devait être satisfaite de ce qu'ils avaient reçu, même ainsi ils devaient être extrêmement reconnaissants à la vieille femme. Ils rentrèrent chez eux avec leur voiture, le lieutenant-colonel nous emmena comme à l'aller, et je l'accompagnai chez Emerence tandis que mon mari montait chez nous. La rue était déserte, j'avais vu juste, Adélka avait organisé une sorte de banquet funèbre dans le quartier du cimetière.

*
**

La hache était restée sur le carré, le lieutenant-colonel s'en servit pour arracher les planches que ses hommes avaient clouées sur la porte extérieure détruite et la porte de communication qui n'avait plus de clé. Il me demanda si je voulais qu'il entre avec moi, je l'en priai. Emerence était un être mythologique, mon héritage pouvait consister en n'importe quoi. À présent, il n'y avait plus de prêtre pour dissiper ma tension.

– De quoi avez-vous peur ? demanda le lieutenant-colonel. Emerence vous aimait, vous ne pouvez rien attendre de mauvais de sa main. Je suis entré autrefois ici, tout était recouvert de housses. Elle conservait un salon, il y avait aussi un beau miroir. Venez !

Nous entrâmes ensemble, d'abord nous ne vîmes rien, il faisait un noir d'encre. Ah oui, les volets. Le lieutenant-colonel longea le mur à tâtons, les émanations de désinfectant avaient dû s'infiltrer par les rainures autour de la porte, car non seulement nous sentîmes l'odeur de renfermé de cette pièce qui n'avait pas été aérée depuis Dieu sait combien de temps, mais nous nous mîmes à tousser dans l'atmosphère confinée. Enfin il trouva l'interrupteur et me repoussa d'un coup d'épaule dans la pièce de devant, celle qui avait été remise en ordre, parce qu'en allumant la lumière, il me vit en proie à un malaise comme si j'avais inhalé du gaz. Il ne me laissa entrer que quand il eut ouvert toutes les fenêtres, je vis alors ce que je devais voir selon les dispositions d'Emerence. Je cherchai appui au mur.

On voit cela au cinéma, mais même dans un film, il est difficile d'en croire ses yeux, les kilos de poussière recouvrant les meubles, les toiles d'araignée volant sur le visage et dans les cheveux des acteurs au moindre mouvement. Si ses affaires étaient protégées de housses, elle avait dû les enlever aussitôt après la visite de la police, parce qu'elles avaient disparu. Jamais je n'avais vu de pièce aussi magnifiquement meublée. Je passai le dos de la main sur une des bergères, un velours vieux rose luisait sur le bois doré du meuble rococo : je me trouvais devant un salon fin XVIIIe, peut-être le chef-d'œuvre d'un ébéniste d'autrefois qui travaillait dans les châteaux, un trésor digne d'un musée. Des bergers et leurs agneaux s'ébattaient sur un plateau en porcelaine posé au milieu de la table de salon dont j'entrais en possession pour la maison que je n'avais pas achetée, les pieds dorés du petit canapé étaient aussi graciles que des pattes de jeunes chatons. Je tapotai le tissu, un nuage de poussière s'éleva puis retomba, mais le tissu se fendit sous le léger coup, comme si un tel manque de tendresse l'avait tué, le miroir s'élevait jusqu'au plafond, sur la tablette, entre deux figurines de porcelaine, se trouvait enfin quelque chose de vivant, une horloge à mouvement perpétuel où figuraient le soleil, la lune et les étoiles, elle marchait encore. Je voulus l'essuyer, mais le lieutenant-colonel m'arrêta.

– Ne touchez à rien, m'avertit-il. C'est dangereux. Le tissu est mort, les meubles aussi, tout est mort ici, sauf la pendule. Laissez-moi faire.

J'aurais voulu prendre en main au moins les figurines, ou regarder ce qu'il y avait, si toutefois il y avait quelque chose, dans le tiroir de la console, je ne l'écoutai pas. Je saisis le bouton du tiroir, celui-ci ne s'ouvrit pas, il fallait le faire jouer, trouver le geste précis, que seule la famille connaissait, permettant d'ouvrir la serrure, mais ce n'est pas ce qui se produisit : autour de moi, tout se transforma en une vision kafkaïenne comme dans un film d'horreur, la console s'effondra. Elle se disloqua doucement, sans brusquerie, se métamorphosa en sciure dorée, disparut, la pendule, les figurines tombèrent, la tablette et le cadre du miroir se volatilisèrent, le tiroir, les pieds se réduisirent en poussière.

– Les vers, dit le lieutenant-colonel. Vous ne pouvez rien emporter, tout est fichu, Emerence n'a plus ouvert la porte depuis qu'elle m'avait laissé entrer. Ceci constituait sa récompense pour avoir sauvé Eva Grossmann. Si c'était en bon état, cela vaudrait une fortune, mais on voit bien que ce n'est pas le cas. Regardez.

Il donna un coup du plat de la main sur un fauteuil qui s'écroula à son tour. J'eus une bizarre association d'idées : je ne sais pas pourquoi je pensai à la bataille de blindés de Hortobágy en voyant les sièges en ruine, le velours se déchirer et s'échapper des bois en se tordant, les pieds se réduire en poussière devant nos yeux, comme si un produit chimique les avait maintenus en vie tant qu'aucun regard humain ne s'était posé sur eux, je revis ce que j'avais vu étant petite quand les Allemands ont mitraillé le troupeau, le ciel s'accrochait aux cornes fourchues, et comme la garniture des meubles, la mort saccageait les corps du bétail.

– Il n'y a rien ici qui puisse vous être utile, dit le lieutenant-colonel. Je vais faire nettoyer. Vous prenez la pendule ? Elle marche toujours. Malheureusement, les porcelaines sont brisées.

Je ne voulais pas de cette pendule, elle resta par terre, je ne voulais rien. Je sortis du logement d'Emerence sans même jeter un regard en arrière, les larmes ne venaient toujours pas. Le lieutenant-colonel prit congé, il ne tira pas la porte derrière lui. Adélka me raconta que lorsqu'elle jeta un coup d'œil à l'intérieur à l'arrivée de la brigade de nettoyage, il n'y avait plus ni porcelaine brisée, ni pendule, rien que les meubles en ruine. Cela ne m'intéressa pas.

La solution

À la maison, Viola se montra passif, presque indiffé-rent. Je l'emmenai promener, il passa devant la maison d'Emerence, la locataire de service était en train de balayer le porche, nous échangeâmes de grands saluts, je vis également Chouchou qui avait regagné son échoppe de primeurs, elle m'adressa un salut poli, elle ne semblait ni abattue ni même triste du fait que personne ne vienne plus rien lui acheter, elle consommait elle-même sa mar-chandise. La rue était silencieuse, il n'y avait guère de maisons où la télévision fût allumée. Ne sachant pas à quoi m'occuper, je me rendis chez le pasteur pour lui remettre quelque chose pour l'enterrement. Il lisait dans le jardin, il n'y avait personne au bureau, mais il prit quand même l'argent. Je le remerciai de son geste, il se défendit avec raideur : cela faisait partie de ses obliga-tions, dit-il. À ce moment, nous fûmes plus proches que jamais l'un de l'autre, il me regarda comme s'il prenait soudain conscience de l'existence de quelqu'un qui avait jusque-là échappé à son attention.

– On n'entend la télévision nulle part, dit-il.

– Les gens sont en deuil, beaucoup viennent de pro-vince, ce silence est une coutume de la campagne. De même que le Vendredi saint, il n'est pas convenable d'écouter de la musique un jour d'enterrement.

– Mais elle n'avait qu'un parent, et il n'habite pas ici. Qui porte son deuil ?

– Tout le monde. Des catholiques, des juifs, ils doivent tous quelque chose à Emerence.

Je n'aurais jamais cru cela de lui, mais il m'accompagna jusqu'au coin de la rue, de là, on voyait la maison d'Emerence ; madame l'ingénieur balayait la rue sans un mot. Le pasteur me regarda, mais cette fois, il ne posa pas de question. Le dimanche qui suivit l'enterrement, j'allai au temple, l'assistance était en général nombreuse, mais jamais comme ce jour-là. Des non-pratiquants étaient également venus, il y avait l'épicier Elemér tout en noir, que l'on n'entendait jamais proférer que des blasphèmes, le médecin évangéliste, le professeur catholique, le teinturier juif, le fourreur unitarien, ce service fut un requiem œcuménique auquel il eût été honteux de ne pas assister. Seul manquait le bricoleur qui pourtant allait encore à l'école du dimanche, mais il était de service, il balayait la rue, un vent violent avait soufflé la nuit précédente, il y avait des feuilles partout. Le pasteur me regarda dans les yeux en déposant le morceau de pain dans ma main, je lui rendis son regard au lieu de fixer mes trois doigts représentant la Sainte Trinité, mais à ce moment-là, il savait parfaitement que je saluais ainsi le fait qu'il avait rendu hommage à la rue lors de l'enterrement d'Emerence.

*
**

Une autre personne manquait au temple : Chouchou. Nous rentrâmes chez nous la conscience pure, tacitement conscients de notre supériorité sur elle, personne n'avait besoin d'elle, elle s'en était enfin rendu compte, les gens de la villa s'en sortaient tout seuls, la rue se serrait les coudes, j'avais moi-même balayé une fois, mais Adélka m'avait pris le balai des mains, j'étais si maladroite, et je m'étais esquivée, honteuse de n'être bonne à rien, peut-être même pas à ce que je sais faire. Seule Chouchou ne prenait pas part au travail collectif, nous ne la vîmes plus, elle avait même fermé son échoppe, de quoi vivait-elle, mystère, j'avais plutôt l'impression qu'elle restait chez elle à attendre quelque chose, rien ne montrait qu'elle fût là ou non, c'était l'été, nous ne pouvions pas voir de fumée s'échapper de sa cabane. Mais ce qu'elle voulait, ce qu'elle attendait, se révéla par la suite.

Le bricoleur apporta la nouvelle quelques semaines plus tard, ce vieil ami de Viola lui gratouilla les oreilles avec embarras. Il commença par dire que M. Brodarics me faisait savoir que malgré tout, la maison ne s'en sortait plus sans Emerence. Cela allait encore en ce moment, parce qu'il faisait beau, mais dès le début de l'automne, avec la chute des feuilles, ils n'y arriveraient plus, il n'y avait que peu de jeunes parmi eux, et encore ils travaillaient du matin au soir.

– N'en dites pas plus, l'interrompis-je. M. Brodarics me fait dire que les gens de la villa veulent une gardienne à temps complet, et qu'ils vont engager quelqu'un, à moins que ce ne soit déjà fait. Je comprends. A-t-on passé une annonce ?

– En fait, non.

Il évitait de me regarder, ses cils tremblaient d'embarras, Viola sursauta. Je ne voulais pas lui faire de mal, mais je lui avais serré la gorge sans le faire exprès dans un geste d'énervement.

– Écoutez, dit le bricoleur, nous la connaissons depuis toujours. Elle est propre, ordonnée, efficace, non seulement elle ne boit pas, mais elle est trop vieille pour courir après les hommes. Quand Chouchou a fait sa proposition, tout était encore trop frais, nous en avons été indignés. Mais à présent, tout le monde a repris ses esprits, nous avons réfléchi. Finalement, nous nous sommes mis d'accord.

– Avec Chouchou, dis-je amèrement.

– Mais non, avec Adélka. M. Brodarics a pensé que nous devions vous le dire, afin que vous ne soyez pas surprise.

Plus rien ne me surprenait. Après le départ du bricoleur, je sortis sur le balcon d'où on pouvait voir le carré devant la porte d'Emerence, Adélka était déjà assise à la table joliment dressée, comme Emerence l'aimait, et elle n'était pas seule, elle se penchait sur un plat avec la femme du cordonnier, peut-être étaient-elles en train d'éplucher quelque chose. À présent, il ne me semblait plus insolite de pleurer. Mon mari ne parvint pas à me calmer, et pourtant son regard n'était que compassion.

– Ni la maison, ni la rue ne peuvent se passer d'Émerence, entendis-je. Adélka n'est pas mauvaise, ils la connaissent effectivement tous. Elle a bien fait d'attendre, Chouchou était trop pressée. Pourquoi pleures-tu maintenant ? Tu ne peux pas pleurer Emerence, les morts sont toujours vainqueurs. Seuls les vivants perdent.

– C'est sur nous que je pleure. Nous sommes tous des traîtres.

– Il ne s'agit pas de traîtrise. Seulement, il y a beaucoup à faire.

Il se leva, le chien se redressa avec peine, quand mon mari s'approcha de lui, il appuya la tête contre ses genoux. Depuis qu'Emerence n'était plus, c'est mon mari qui l'avait remplacée, pas moi, une fois de plus. Les miracles d'Emerence ne fonctionnaient pas en ligne droite.

– Tu te montes la tête, et de nouveau tu n'écris plus, ton travail s'en va à vau-l'eau. Pourquoi ne te remets-tu pas à ta machine ?

– Je ne sais pas. Je suis fatiguée. J'ai de la peine. Je hais tout le monde. Je hais Adélka.

– Tu es fatiguée parce que tu fais la cuisine, le ménage, les courses et tu ne trouves personne pour t'aider parce que tu ne cherches personne d'autre que celle qui ne reviendra pas. Il n'y a plus d'Emerence, comprends-le à la fin, tu es liée par tes contrats, il faut que tu travailles pour toi, et si tu n'étais pas si épuisée, tu saurais depuis longtemps ce que tu as à faire. Tout le monde l'a compris dans la rue, les Brodarics, le bricoleur, tout le monde, sauf toi. Remue-toi, pour l'amour de Dieu, puisque les habitants de la villa te le font savoir à leur manière.

Je me bouchai les oreilles pour ne plus l'entendre. Il attendit que je sois quelque peu calmée, puis il prit la laisse de Viola.

– Le bricoleur est venu parce que ici, tout le monde t'aime, et ils ont voulu t'aider à prendre la décision que

276

tu as déjà prise sans avoir le courage de le dire. Combien de temps vas-tu encore hésiter ? Cela n'a pas de sens ! Tu as enseigné à Emerence que le travail de création n'a pas de rival, pourquoi avoir honte devant celle qui lui succède ? Elle l'apprendra à son tour.

Viola se laissa faire avec indifférence quand mon mari lui mit sa laisse. Il ne manifesta pas de joie, ne protesta pas, il était prêt à partir.

– Emmène le chien, allez faire un tour, et avant que d'autres en aient l'idée, mets-toi d'accord avec elle.

– Non, je ne l'aime pas. Emerence non plus n'aimait pas Adélka, elle en avait seulement pitié.

– Qui parle d'Adèle ? Adèle est sentimentale, faiblarde et idiote. Je te parle de Chouchou. Elle s'est parfaitement occupée de tout pendant que nous étions à Athènes. Chouchou est droite, courageuse, elle ne donne pas dans la sensiblerie, elle n'hésite pas, et quand il est question de travail, elle est aussi impitoyable que toi.

– Emerence.

Je prononçai son nom avec une force qui savait presque indépendamment de moi que je ne pourrais plus jamais crier ce nom à personne.

– Emerence est morte. Chouchou est vivante, et elle ne t'aime pas, ni personne d'autre, cette faculté lui manque, mais elle compense cela par d'innombrables qualités. Si tu la respectes, Chouchou t'aidera jusqu'à ton dernier jour, parce que tu ne pourras pas la mettre en danger. Elle n'a ni secret ni porte, et si elle en a une un jour, il n'y a pas un chant de sirène qui la lui fera ouvrir à qui que ce soit.

La porte

Mes rêves sont des visions absolument identiques qui reviennent inlassablement, je fais toujours le même rêve. Je suis sous le porche de notre immeuble, au pied de l'escalier, derrière la porte cochère au verre armé inexpugnable, renforcée d'une armature de fer, et j'essaie d'ouvrir la serrure. Il y a une ambulance dans la rue, les silhouettes des infirmiers, floues à travers la vitre, sont d'une taille surnaturelle, leurs visages enflés sont entourés d'un halo, comme la lune.

La clé tourne.

Je m'escrime en vain.

Table

CET OUVRAGE
A ÉTÉ ACHEVÉ D'IMPRIMER
SUR ROTO-PAGE
PAR L'IMPRIMERIE FLOCH
À MAYENNE EN JANVIER 2010

N° d'éd. 153. N° d'impr. 75776.
D.L. janvier 2005.

(Imprimé en France)